MADAME NINA WEISS ALLES

MIX
Papier aus verantwortungsvollen Quellen
FSC® C012536
www.fsc.org

Gedruckt nach der Richtlinie des
Österreichischen Umweltzeichens
„Druckerzeugnisse“,
Christian Theiss GmbH, Nr. 869

Madame Nina:
Madame Nina weiß alles

www.edition-a.at

Cover: JaeHee Lee
Gestaltung: Lucas Reisigl
Lektorat: Silvia Meister

Gesetzt in der Ingeborg
Gedruckt in Österreich

3 4 5 6 7 — 20 19 18 17

ISBN 978-3-99001-216-1

Madame Nina

MADAME NINA WEISS ALLES

Die Memoiren einer Wiener Nachtclub-Königin

edition a

Ein Superstar am Bauernmarkt

In der Bar wurde es plötzlich still. Die angenehme Geräuschkulisse, das sanfte Plätschern der Gespräche, unterbrochen vom kurzem, hellen Lachen eines meiner Mädchen, war binnen Sekunden verebbt und einer fühlbar gespannten Ruhe gewichen. Gerade hatte ich zur Champagnerflasche gegriffen, um mir ein weiteres Glas Dom Pérignon einzuschenken, als mir das unpassende Schweigen bewusst wurde. In die Stille hinein stellte ich die Flasche zurück auf die Theke und sah auf.

»Was gibt es denn?«, fragte ich. Keines der Mädchen antwortete. »Los, los«, forderte ich sie auf, »macht weiter.«

Die Uhr ging auf Mitternacht an diesem Donnerstagabend Anfang der goldenen Neunzigerjahre in Wien. Eine gute Ära war das, der wirtschaftliche Aufschwung beinahe ungebrochen, noch regierte der Zeitgeist des »Alles ist möglich«. Dieser generell positiven Grundstimmung konnte auch der seit Tagen anhaltend fallende Regen keinen Abbruch tun. Und wenn Gäste Sorgen oder Stress hatten, gaben sie die Probleme samt ihrem Mantel bei der Eingangstüre meines Etablissements »Ninas Bar« ab. Das Unangenehme wurde nach draußen in die unfreundliche Nacht verbannt.

Hier bei mir durften sich die Herren für einige Stunden Urlaub von den Kümmernissen des Alltags nehmen, private oder berufliche Schwierigkeiten rückten in den Hintergrund.

Ab und zu erzählte ein Gast, den etwas bedrückte, einem Mädchen von seinen Problemen. Allerdings waren die Widrigkeiten durch das stimmige Ambiente der Bar weichgezeichnet, und die Herren sprachen über das, was sie beschäftigte, in anekdotenhaft verbrämter Weise. Schon allein dadurch wogen die Sorgen nicht mehr so schwer, jeder Kummer oder Ärger schien leichter und daher auch einfacher zu bewältigen. Wenn diese Gäste mein Etablissement verließen, hatten sie dank der Mädchen, die alle auch gute Zuhörerinnen waren, jede Menge seelischen Ballast abgeworfen.

Diese Art der Entspannung hat im Laufe der Jahre, da bin ich ganz sicher, vielen Gästen über private und berufliche Krisen hinweggeholfen.

Hier in der Bar war es stets gemütlich. Bei mir tauchten die Herren in eine Welt der Intimität und Lockerheit ein. Das gedämpfte Licht und der warme Schein der Kerzen aus den schweren Silberleuchtern, das exquisite plüschige, rote Mobiliar, die üppigen Stoffdrapierungen und meine stets wie Diven zurechtgemachten Mädchen schufen den Rahmen dieser Oase des Wohlfühlens. Bei mir sollten die Gäste amüsante Stunden in luxuriöser Atmosphäre und diskreter Behaglichkeit erleben.

In diesem ebenso noblen wie familiären Ambiente, auf das ich großen Wert legte, saß ich mit einigen Gästen an der Theke. Einige andere Herren hatten sich bereits mit Mädchen in eines der sechs Séparées zurückgezogen.

Es war ein typischer Donnerstagabend in meiner Bar. Um die dreißig Mädchen waren da und etwa vierzig bis fünfzig Gäste, bunt gemischt, vom Beamten bis zum Bauunternehmer. Der Donnerstag war in den Achtziger- und

Neunzigerjahren traditionell gut fürs Geschäft, denn es war üblich, dass die Männer, die verheirateten und liierten, an diesem Tag »Ausgang« hatten, ihren sogenannten »Herrenabend« genossen. Auch in meinem Etablissement hatte der Donnerstag diese Bezeichnung.

Das Perlen der Gespräche hatte wieder eingesetzt, ich nahm also doch noch einen Schluck Champagner. Als ich das Glas abstellte, wanderte mein Blick durch die Bar und blieb bei den mit einem roten Teppich ausgelegten Stufen vor dem Eingang hängen.

Schlagartig wurde mir klar, was meine Mädchen gerade eben so fasziniert und die Gespräche zum Verstummen gebracht hatte. Es war ein Herr, der dort beim Entree stand, ein Mann mit einer Aura, die weit in den Raum reichte. Gewellte, dunkle, schulterlange Haare. Prägnante Gesichtszüge. Eine hohe Stirn mit starken Augenbrauen, darunter eine ausgeprägte Nase und schmale Lippen. Wer war das nur? Er kam mir bekannt vor. Hunderte Gesichter rasten durch meinen Kopf, doch keines deckte sich mit dem Aussehen dieses Gastes. Dabei hatte ich ein wirklich hervorragendes Gedächtnis, was die Besucher der Bar betraf. Noch nach vielen Jahren konnte ich mich an jeden von ihnen erinnern, an kleinste Details, die mir die Herren in Gesprächen anvertraut hatten. Vermutlich war diese Tatsache eines der Erfolgsgeheimnisse meines Etablissements. Auch wenn ein Gast zehn Jahre lang nicht da war, erkannte ich ihn sofort wieder und wusste alles, was er mir einst erzählt hatte. So konnte ich ihn wie einen alten Freund empfangen, der erst gestern zu Besuch war. Und den Herren vermittelte dies ein Gefühl der absoluten Vertrautheit und des Willkommenseins.

Aber der Mann, der noch immer bei der Eingangstür stand? Nein, an ihn erinnerte ich mich nicht. Ich konnte also ausschließen, dass er schon einmal hier gewesen war. Ich musste ihn woanders gesehen haben. Vielleicht in der Zeitung oder im Fernsehen? Aber ich konnte nicht einordnen, warum mir sein Aussehen so geläufig war.

Ich stand noch immer an der Theke und unterhielt mich mit einem Gast, einem Rechtsanwalt in mittleren Jahren. Gerade erzählte er mir von seinem Hund, davon, dass das arme Tier seit seiner Scheidung an Schnupfen litt. Und dass er das Leiden seines treuen, vierbeinigen Freundes nun mit Homöopathie zu bekämpfen gedachte. Doch jetzt musste der Rechtsanwalt warten.

»Herr Doktor, bitte entschuldigen Sie«, sagte ich. »Ich bin gleich wieder bei Ihnen, ich will nur rasch unseren neuen Gast begrüßen.«

Ich füllte eine zweite Champagnerflöte, nahm die beiden Gläser und winkte ein Mädchen heran. Gemeinsam gingen wir auf den Herrn an der Treppe zu, ich voran, Julia hinter mir. Ich trug nicht nur den Champagner, sondern auch mein strahlendstes Lächeln. Dieses Strahlen war meine Rüstung, meine Uniform. Ich streifte es über wie den teuersten Pelz. Es hüllte mich ein und gab mir Sicherheit. Und kaum legte ich es an, versetzte es mich in eine Glücksstimmung. Wie eine Welle breitete sich meine gute Laune, mein Lachen, meine Herzlichkeit in der Bar aus und erreichte jeden meiner Gäste. Egal, ob die Herren ständige Besucher waren, wie der renommierte Rechtsanwalt, oder ob sie zum ersten Mal in mein Etablissement kamen, ich umfing sie mit meiner Fröhlichkeit. Ich konnte dieses Strahlen, diesen Glückszustand jederzeit abrufen, dennoch war daran nichts künstlich oder aufgesetzt. Denn es kam aus meinem Innersten, es war mein tiefes Bedürfnis, die Gäste damit zu umfangen, sie mit einer angenehmen Wärme zu umgeben. Egal, ob es mir gut oder schlecht ging, ob die Geschäfte großartig liefen oder dahindümpelten, mein Strahlen konnte ich jederzeit anknipsen.

Lache, Bajazzo, auch wenn dir zum Weinen ist, das war mein Motto. Eine Zeile, angelehnt an den Text aus der Oper »Pagliacci«, die ich schon immer verinnerlicht hatte. Dort singt der Bajazzo, der Clown: »Die Leute zahlen und wollen lachen hier ... Verwandle in Witze die Schmerzen und die Tränen ... Lache Bajazzo ... Lache über den Schmerz, der das Herz dir vergiftet.« Hier in der Bar war ich der Bajazzo, der alle Sorgen weglachte.

»Herzlich willkommen, der Herr«, begrüßte ich also strahlend den fremden Mann an der Treppe. »Wie geht es Ihnen an diesem wunderschönen Abend?«

Julia bat ich: »Nimm dem Herrn doch bitte den Mantel ab.«

Gerne ließ er sich von ihr aus der langen Jacke helfen und nahm das Champagnerglas, das ich ihm anbot.

»Wenn ich mich nicht irre, sind Sie zum ersten Mal bei uns?«, fragte ich den mysteriösen Unbekannten.

»Es tut mir leid, ich spreche kein Deutsch«, antwortete er mir höflich auf Englisch.

Er war also Amerikaner. Ich hatte in meiner Jugend lange genug in den USA gelebt, um seinen Akzent sofort zu erkennen.

»Oh wie schön«, sagte ich. »Sie sind aus New York, nicht wahr?«

Er nickte. Zugleich spürte ich seine leichte Verwunderung über meine Frage. Vielleicht war es seine kurz in die Höhe gezogene Augenbraue, die mir dieses Gefühl vermittelte. War er so prominent, dass er davon ausging, jeder müsse ihn kennen? Fieberhaft dachte ich nach, wer er sein könnte. Zu gern hätte ich Julia zugeflüstert, dass sie mir mit dem Namen aushelfen soll, denn offensichtlich wusste sie ganz genau, um wen es sich da handelte. Doch Julia hatte nur Augen für den amerikanischen Herrn, sie war intensiv damit beschäftigt, ihn ehrfürchtig anzuschauen.

Eines wurde mir dadurch aber immerhin klar, der Mann musste aus dem Showgeschäft sein. Denn obwohl Julia, ein zwanzigjähriges Mädchen aus Oberösterreich, erst seit einigen Monaten bei mir in der Bar arbeitete, wusste ich bereits, dass sie ein eher begrenztes Wissen über Unternehmer und Politiker hatte.

Nun gut, dachte ich. Wenn der Herr aus der Showbranche kommt, dann ist er sicher kein Produzent oder Regisseur. Denn würde er hinter den Kulissen arbeiten, hätte Julia vermutlich keine Ahnung, dass der Mann berühmt ist. Da sie ihn aber ebenso intensiv wie offensichtlich anhimmelte, musste der Amerikaner als Musiker auf der Bühne stehen oder in Filmen zu sehen sein. Ein Popstar also? Oder ein Schauspieler? Ein Name fiel mir aber noch immer nicht ein.

»Machen Sie es sich bitte gemütlich«, sagte ich stattdessen zu dem Fremden und wies auf einen der freien Plätze an der Theke.

Es war für mich immer erfrischend, Englisch zu sprechen. Ich verband damit stets Erinnerungen an meine Zeit in Amerika. Obwohl diese Phase in den USA für mich ziemlich schwierig gewesen ist. Von meiner Heimat Kroatien kommend war ich damals zunächst in New York gelandet. Und wenn ein Wort als Überbegriff für meine Amerika-Zeit steht, dann ist es »Chaos«. Mit Chaos hatte alles begonnen und im Chaos hatte der USA-Aufenthalt geendet. Doch trotz aller Widrigkeiten habe ich aus dieser Zeit, von der ich Ihnen später noch ausführlich erzählen werde, etwas Wunderbares mitgenommen. Meine große Liebe für die offene, wenngleich auch ein wenig unverbindliche und oberflächliche Art der Amerikaner.

Abermals versuchte ich Blickkontakt mit Julia aufzunehmen. Ich wollte endlich das Rätsel um diesen Herrn lösen. Doch Julia war dermaßen hingerissen von unserem Gast, dass sie mich überhaupt nicht wahrnahm. Ihre grünen Augen blitzten ihn aufgeregt an, sie setzte ihre üppigen Rundungen in Szene, umschwirrte den Amerikaner wie ein aufgeregt flatternder draller Engel. Man konnte ahnen, dass sie so rasch wie möglich auf seinem Schoß landen wollte.

Die Vorstellung, die Julia da lieferte, war zwar sehenswert und schmeichelte dem Herrn sicher. Aber ich war nach wie vor in der Bredouille. Wie sollte ich mit jemandem gelöst plaudern, der davon ausging, dass ich genau wusste, wer er war und was ihn nach Wien geführt hatte? Der es vielleicht als Beleidigung empfand, wenn er erkannte, dass ich keine Ahnung hatte? Ich zog mich vorübergehend mit einer harmlosen Frage aus der Affäre.

»Wie gefällt Ihnen die Stadt?«, wollte ich von ihm wissen.

»Schön ist es hier«, antwortete er freundlich. »Aber ich habe bisher nicht viel von Wien gesehen. Wir drehen den ganzen Tag. Da bleibt nicht viel Zeit.«

Ein Schauspieler also. Immerhin ein Hinweis, der meinem Gedächtnis vielleicht doch noch auf die Sprünge helfen konnte. Mit dieser neuen Information im Hinterkopf betrachtete ich den amerikanischen Gast genauer. Ja, ich kannte dieses markant geschnittene Gesicht tatsächlich. Vielleicht trug er die Haare gewöhnlich anders? Die lange Mähne gehörte eventuell zu seiner Rolle. Ich versuchte, ihn mir mit einer anderen Frisur vorzustellen. Doch mein Erinnerungsvermögen versagte hartnäckig. Ich hatte noch immer keine Ahnung, wer da neben mir saß.

Das Gedränge um unseren prominenten Gast verschärfte sich zusehends. Jetzt buhlten neben Julia auch Emilija und Bianca um seine Aufmerksamkeit. Die zielstrebige Emilija, eine Rumänin, die ihr Image gern aufpolierte, indem sie sich als Mazedonierin ausgab, und die österreichische Jus-Studentin Bianca, die eine konservative Pagenfrisur trug, versuchten mit dem Schauspieler auf Tuchfühlung zu gehen.

Auch alle anderen Mädchen in der Bar schienen nur noch Augen für diesen einen Gast zu haben, jede schaute fasziniert in seine Richtung. In der Luft lag eine fast magische Spannung. Die ein wenig verrückte und überdrehte

Bianca, die aber auch das klügste Mädchen war, erfasste die Situation instinktiv und brachte sie doppeldeutig auf den Punkt. »Einer für alle, alle für einen!«, rief sie den Schlachtruf der drei Musketiere und prostete unserem prominenten Gast mit ihrer Sektflöte zu.

Sie erntete lautes Gelächter. Die Atmosphäre entspannte sich in der allgemeinen Heiterkeit. Und auch ich konnte endlich aufatmen. Denn die scharfsinnige Bianca hatte mir das richtige Stichwort geliefert. Das letzte Puzzleteil fiel auf seinen Platz, ich hatte die Identität des Herrn gelüftet. Jetzt wusste ich, dass die langen Haare tatsächlich zu seiner Rolle gehörten. Der Mann, der neben mir an der Theke saß und meinen Mädchen den Kopf verdrehte, war Charlie Sheen, ein achtundzwanzigjähriger Hollywoodstar. Er war mir so bekannt vorgekommen, weil ich in der Zeitung gelesen hatte, dass er in und um Wien für das dreißig Millionen Dollar teure Remake des Alexandre-Dumas-Klassikers »Die drei Musketiere« vor der Kamera stand. Der Mantel-und-Degen-Film wartete mit Starbesetzung auf. Kiefer Sutherland spielte Athos, Chris O'Donnell D'Artagnan – und Charlie Sheen gab mit Aramis den Dritten im Bunde.

Langsam wurde mir das Aufsehen, das die Mädchen um unseren berühmten Gast aus Hollywood machten, zu viel. Ich hob die Hand und forderte sie mit einem Wink auf, zur Normalität zurückzukehren. Sie verstanden sofort, und rasch hatte sich die Betriebsamkeit wieder auf normalem Niveau eingependelt. So gehörte sich das. Schließlich besuchte uns nicht zum ersten Mal ein prominenter Gast. Meine Bar, »Ninas Bar«, war immerhin der nobelste

Nachtclub der Stadt. Im Zentrum von Wien gelegen, in der Innenstadt nahe dem Stephansplatz, am Bauernmarkt. Und wenn anspruchsvollen Herren der Sinn nach einem ebenso diskreten wie niveauvollen Zeitvertreib stand, stießen sie rasch auf uns. Meine Bar, zu der auch ein kleines Restaurant gehörte, war ein beliebter Treffpunkt für Opernsänger, Schauspieler, Geschäftsmänner und Adelige. Und wenn internationale Stars nach Wien kamen, schauten einige von ihnen ebenfalls gerne bei uns vorbei.

Ich hatte die Mädchen ausreichend instruiert, wie solch hochkarätige Gäste zu behandeln sind – genauso wie jeder andere Herr, der zu uns in die Bar kam. Das war ein ungeschriebenes Gesetz, das in meinem Etablissement galt. Der Grund für meine strikte diesbezügliche Anweisung war simpel: Stars wie Charlie Sheen sollten hier in eine Atmosphäre der Privatheit eintauchen und nicht das Gefühl haben, wie auf dem roten Teppich bei einer Oscar-Verleihung im Rampenlicht zu stehen und die Rolle des glamourösen Stars spielen zu müssen. Ich hatte stets vermutet, dass dieser Teil des Prominentenlebens einigermaßen anstrengend für sie ist. In der Öffentlichkeit durften sie sich nie einen Fehler erlauben, weil die Lupe des Interesses ständig auf sie gerichtet war. Immer standen sie unter Beobachtung, verfolgt von den Medien und den begeisterten Fans. Deshalb war es mir wichtig, dass sie sich in meiner Bar wie zu Hause fühlten, weit weg von der Schattenseite ihrer Berühmtheit, abseits von den Strapazen ihrer Auftritte vor einem großen Publikum. Bei mir in der Bar sollten sie einfach nur Männer sein können, Herren, die erfolgreich waren und sich ein bisschen Genuss und Entspannung verdient hatten.

»Was hat Sie denn hierher zu uns geführt?«, fragte ich Charlie Sheen. Da war ich ganz Geschäftsfrau, ich interessierte mich trotz des hohen Ansehens, das meine Bar in Wien genoss, immer dafür, warum Gäste zu uns kamen. Ich wollte wissen, wer ihnen den Anstoß gegeben hatte, »Ninas Bar« zu besuchen.

»Ich wohne im Hotel Sacher«, erklärte mir Charlie Sheen. »Dort habe ich an der Rezeption gefragt, wohin ich in Wien gehen kann.«

Ich nickte. Schön zu hören, dachte ich. Wieder einmal hatte sich mein Konzept der Perfektion bezahlt gemacht. Ich achtete mit Argusaugen darauf, dass sich bei mir alle Gäste wohlfühlten und darauf, dass meine Mädchen ein erstklassiges Service boten. Denn ein zufriedener Gast war die beste Werbung. Schließlich lebten wir von Mundpropaganda. Und die machte vor den Pforten der Luxushotels nicht Halt. Die Portiers der Nobelherbergen kannten »Ninas Bar« aus der Zeitung und aus dem Fernsehen, und sie empfahlen mein Etablissement an ihre Gäste, sobald sie nach einer derartigen Lokalität gefragt wurden. Wenn die Herren dann bei mir in der Bar schöne Stunden erlebt hatten, bedankten sie sich im Hotel für den guten Tipp mit einem hohen Trinkgeld. Und die Portiers empfahlen »Ninas Bar« gern wieder. Wenn also ein Gast wie Charlie Sheen nach einem Nachtclub fragte, fiel dem Personal an der Rezeption als erste Adresse »Ninas Bar« ein. Voilà! So lief das. Auch im Sacher, obwohl ich die Portiers selbst gar nicht kannte.

Apropos Hotel Sacher, in dem Charlie Sheen während seiner Zeit in Wien residierte. Ich war ja stets begeistert vom Sacher, von dieser großartigen Hotel-Institution und seiner noblen Atmosphäre. Vor allem die vorzügliche Küche hat es mir immer angetan. Man konnte dort hervorragend speisen, nur das Beste und das Feinste. Und das Service war einmalig. Außerdem bekam man im Sacher in den Achtziger- und Neunzigerjahren noch jede Menge Hollywoodstars zu Gesicht, in der Roten Bar, in der Blauen Bar und im Restaurant.

In meiner Bar zeigte sich Charlie Sheen im Laufe der Nacht als ausnehmend angenehmer Gast. Er bestellte mehrere Flaschen Champagner und wählte schließlich, sehr zur Enttäuschung Julias, Biancas und Emilijas, Manuela für ein intimes Tête-à-Tête.

Manuela, die Glückliche, war ein Mädchen aus Mistelbach, einer niederösterreichischen Kleinstadt nördlich von Wien. Wie Bianca war sie Studentin, hatte allerdings die Fächer Theaterwissenschaften und Publizistik gewählt. Ihr Elternhaus konnte man durchaus als gut bürgerlich bezeichnen, und eigentlich wäre sie sicher auch ohne ihre Arbeit in der Bar finanziell durchs Studium gekommen. Allerdings hatte Manuela einen recht großen Hang zu luxuriösen Dingen.

Diesem Faible konnte sie nachgeben, weil sie bei mir gut im Geschäft war. Die Herren mochten sie, ihre langen blonden Haare, ihre kurvige Sanduhr-Figur und ihre blauen Augen, die gleichzeitig Unschuld versprachen und Erfahrung ahnen ließen.

Charlie Sheen nahm sie mit ins Séparée »Schwalbennest«. Ein edel ausgestattetes Zimmer mit großen, beleuchteten Spiegeln, teilweise schwarzen Marmorwänden und mit einem Jacuzzi mit goldenen Wasserhähnen, der von Goldstatuen umrahmt war. Seinen klingenden Namen trug der Raum, seit ein Gast ein kleines künstliches Nest mit Vögelchen aus Plastik mitgebracht hatte, das wir im Kronleuchter des Séparées platziert hatten. »Das ist jetzt mein Schwalbennest«, hatte der Herr damals gemeint.

Jetzt zeigte Charlie Sheen eine Vorliebe für dieses Zimmer.

Manuela erlebte dort mit ihm offenbar ihre Nacht der Nächte. Denn nachdem Charlie Sheen die Bar verlassen hatte, setzte sie sich zu uns und schäumte über vor begeisterter Redseligkeit. Er sei so toll gewesen, schwärmte sie. So aufmerksam. So einfühlsam. Die anderen Mädchen hingen an ihren Lippen, fasziniert von ihren Erzählungen. Man merkte ihnen an, dass sich in die Bewunderung auch ein Körnchen Eifersucht mischte. Denn jedes von ihnen wäre Charlie gern ins Séparée gefolgt und würde jetzt gern vom Erlebten berichten.

Es schien fast so, als meinten sie, durch die körperliche Liebe mit einem Star könnte sich dessen Ruhm auf sie übertragen.

»Meinst du, er kommt wieder?«, fragte mich Manuela mit sehnsuchtsvollem Blick schließlich.

Jetzt war es Zeit, mein Mädchen mit sanftem Nachdruck an eine unserer Grundregeln zu erinnern. »Unsere Gäste sind keine Dates, sondern Kunden«, wies ich sie zurecht.

»Bitte denk gerade bei einem Herrn wie Charlie Sheen daran.«

»Schon klar«, antwortete sie, während sie sich gedankenverloren durch die blonden Haare strich und ihr verklärter Blick das Gegenteil sagte. »Aber meinst du, er kommt wieder? Meinst du, es hat ihm gefallen?«

Dass der Hollywoodstar durchaus zufrieden gewesen war, zeigte sich schon am nächsten Tag. Charlie Sheen besuchte uns abermals, diesmal hatte er einige Kollegen aus dem Film-Team dabei, die aber allesamt weniger bekannt waren als er. Er wurde während seines Wien-Aufenthaltes zum Stammgast der Bar. Kein Abend verstrich ohne seine Anwesenheit, ganze vier Wochen lang.

Damals ahnte wohl niemand, dass Charlie Sheens Leben in den folgenden Jahrzehnten eine veritable Achterbahnfahrt aufnehmen würde. Drogenmissbrauch und Totalabstürze katapultierten den Hollywoodstar weltweit in die Schlagzeilen, er bereicherte den amerikanischen Wortschatz gar um den Begriff »sheening«, der als Synonym für die Einnahme von Suchtpräparaten und den nachfolgenden Zusammenbruch steht. Für die Boulevardpresse war sein exzessives Leben ein stetig sprudelnder Quell von Sensationsstorys. Sie berichteten über ihn in Verbindung mit Callgirls und Escort-Agenturen sowie über seine Dreiecksbeziehung mit einer Pornodarstellerin und einem Model. Und er schadete mit seinen aggressiven Ausbrüchen in der Öffentlichkeit seiner Karriere. Im Jahr 2015 bekannte er schließlich über die Medien, dass er sich mit dem HIV-Virus infiziert hatte.

Mich machten die Negativ-Schlagzeilen über ihn stets ein bisschen traurig. Denn ich hatte ihn immer so vor Augen, wie ich ihn Anfang der goldenen Neunzigerjahre in der Bar erlebt hatte. Zwar war sein Ruf schon damals ein wenig ramponiert, aber für mich war er ein junger, netter Herr, lebensfroh, höflich und neugierig, für den das Leben nur das Beste bereitzuhalten schien.

Bescheidenheit zählte allerdings schon damals nicht zu seinen Tugenden. Dafür hatte ich aber Verständnis. Schon in jungen Jahren war er weltberühmt, und er war nicht der Erste, der eher schlecht als recht mit seinem rasanten Aufstieg, der damit einhergehenden Popularität und dem erlangten Reichtum umgehen konnte.

Bei jedem seiner Besuche in der Bar floss der Champagner in Strömen, er bestellte eine Flasche nach der anderen. Meist sieben oder acht an einem Abend, manchmal aber auch fünfzehn. Von sechstausendfünfhundert Schilling aufwärts war die Flasche zu haben, nach oben gab es eigentlich kein Limit. Und Charlie Sheen wählte nie den günstigsten Champagner. Er ließ sich seine Aufenthalte bei mir also einiges kosten. Die Rechnung bezahlte er immer mit Kreditkarte.

Wenn Charlie da war, saß er um die zwei Stunden mit den Mädchen zusammen, genoss die Gespräche und den Champagner, ehe er sich ins Séparée zurückzog.

»Ich liebe Frauen, weißt du«, verriet er mir. »Es geht mir nicht um ihre Haarfarbe oder um die Größe ihres Busens. Diese Dinge sind mir egal. Es geht mir immer nur um die Chemie, um dieses gewisse Etwas.«

Und offenbar hatte auch Charlie Sheen selbst dieses gewisse Etwas, dem sich die Mädchen nicht entziehen konnten. Schon ein paar Tage nach seinem ersten Besuch in der Bar entwickelte sich unter ihnen wieder ein richtiger Wettkampf um Charlies Gunst. Obwohl sie wussten, dass dieses Buhlen um seine Aufmerksamkeit ganz und gar unprofessionell war, schafften sie es nicht, angebrachte Distanz zu ihm zu halten. Er war wie ein Magnet. Und in gewisser Weise konnte ich ja auch nachvollziehen, was Charlie Sheen bei den Mädchen auslöste. Denn auch ich spürte die Faszination, die von diesem Herrn ausging.

Er sah nicht nur fantastisch aus, er war auch höflich, offen und umgänglich. Obwohl ein junger Amerikaner, benahm er sich wie ein Gentleman der alten Schule. Und er war unglaublich großzügig. Er lachte und scherzte viel, tanzte und sang mit uns. Er war ein Star, aber völlig allürenfrei. Welche Frau hätte sich dem Charme und Charisma eines solchen Mannes schon entziehen können?

Besonders freute ich mich, dass Charlie Sheen kein Geheimnis daraus machte, dass er regelmäßiger Gast in meiner Bar war. Während seiner Zeit in Wien sprach er sogar ganz offen in einem Interview über seine favorisierte abendliche Adresse: »In Wien kenne ich außer dem Würstelstand am Heumarkt und Madame Ninas Bar gar nichts.«

Das gefiel mir nicht nur wegen der Werbung, die er da für die Bar gemacht hatte. Nein, es war mir mindestens ebenso wichtig, dass Charlie Sheen damit zwischen den Zeilen wissen ließ, wie wohl er sich bei uns fühlte. Und das bestätigte mir, dass ich meine Arbeit gut und richtig machte. Ich war ja mit Leidenschaft eine Wiener Puffmutter, für die ihre Bar und das Umsorgen der Gäste den Mittelpunkt des Lebens darstellten.

Darin zeigt sich vielleicht auch, dass die Branche damals noch ganz anders tickte als heute. Jetzt geht es in erster Linie um schnellen Sex zu Dumpingpreisen. Jetzt zählen Extreme und Eskalation. Doch in den Neunzigerjahren ging es um Glanz, um Luxus, um Genuss, immer gepaart mit Menschlichkeit und Wärme. Diese ganz spezielle Mischung schuf im Nachtleben eine noble Stimmung, in der sich die Gäste kultivierter und disziplinierter als heute benahmen. Ach, was für eine schöne Zeit!

Die Mädchen waren jedenfalls ganz wild auf Charlie Sheen. Ihre Begeisterung flaute auch nicht ab, als er quasi schon Stammgast bei uns war. Immer wenn er zur Tür hereinkam, gab ihnen das einen richtigen Energieschub, da rauschte ein Cocktail aus Hormonen und Adrenalin durch ihre Adern, der sie zu aufgeregten Groupies machte, und der sie vor allem jede Regel der Professionalität vergessen ließ. »Ihr habt hier keine Rendezvous, die Männer zahlen für ihr Vergnügen«, ermahnte ich die Mädchen immer wieder. »Und das gilt auch für Charlie Sheen.«

Doch meine Predigt stieß auf taube Ohren. Mir war durchaus klar, was da ablief. Ich hätte jederzeit darauf gewettet, dass mindestens die Hälfte der Mädchen davon träumte, von Charlie Sheen als ständige Begleiterin auserkoren zu werden, die an seiner Seite ein herrliches Leben in Amerika führte.

Die Anbetung des prominenten Herrn trieb dann sogar sonderbare Blüten. Eines der Mädchen, eine rassige Italienerin mit einem Lockenkopf, überreichte ihm eines Abends einen hellblauen Plüsch-Elefanten.

Das Geschenk zeigte aber nicht die gewünschte Wirkung. Charlie zog sich nie mit ihr zurück. Wenn Manuela da war, fiel seine Wahl immer auf sie. Er schätzte es auch, wenn das »Schwalbennest« zur Verfügung stand. Denn auch darauf legte er Wert, nach Möglichkeit nicht nur dasselbe Mädchen, sondern auch dasselbe Zimmer. Ganz unflexibel war Charlie Sheen aber keineswegs. War das »Schwalbennest« besetzt, wich er in den »Roten Salon« aus, ein sehr großer, in Rot gehaltener Raum, unser VIP-Zimmer, ebenfalls mit Spiegeln, Marmor, Goldstatuen und einem Jacuzzi ausgestattet.

Charlie Sheen hatte auch kein Problem damit, ein anderes Mädchen zu wählen, wenn Manuela nicht in der Bar war. Dennoch brachte er selbst die erfahrene Manuela zum Träumen. Sie hing der Fantasie nach, Frau Sheen zu werden. Das klingt vermutlich äußerst naiv, allerdings hatte das Leben in der Bar gezeigt, dass sich Gäste immer wieder in ein Mädchen verliebten, und die Beziehung dann in einer Heirat mündete. Manche dieser Ehen gingen auch gut. Es waren ja, nicht zu vergessen, die Neunzigerjahre, und der Respekt zwischen Gästen und Mädchen war intakt, zumindest viel größer, als er heute zwischen den Damen des Gewerbes und ihren Kunden ist. Meine Mädchen waren keine Objekte, sie wurden von den Herren als Menschen mit all ihren Facetten wahrgenommen. Manchmal scherzte ich sogar, dass ich das Schild »Ninas Bar« eigentlich gegen eines mit der Aufschrift »Ninas Heiratsinstitut« austauschen sollte.

Aber Charlie Sheen würde für meine Mädchen unerreichbar bleiben, das wusste ich. Ich war ja immerhin fast fünfzig Jahre alt und alles andere als naiv. Ja, auch Manuela würde wohl nie Mrs. Sheen werden, auch wenn der junge Herr noch so nett war. Doch sie verfolgte mit ungebrochener Begeisterung alles, was in den Zeitungen über die Dreharbeiten zu lesen war und fragte ihn auch persönlich immer wieder nach allen Details. Als sich Charlies Wien-Aufenthalt schließlich dem Ende zuneigte, die Dreharbeiten vor dem Abschluss standen, war Manuela an fast jedem Abend in der Bar, sofern sie nicht gänzlich indisponiert war. Sie wollte die Hoffnung einfach nicht aufgeben.

Doch dann kam Charlie Sheen plötzlich nicht mehr. Eigentlich hatte er sich für einen letzten Abend angekündigt, doch an diesem erschien er nicht. So kam es, dass er sich nicht einmal verabschiedete. Er schickte auch keine Nachricht und keine Blumen, wie das manche Gäste taten. Er war einfach verschwunden.

Für die Mädchen war es ein schwerer Schlag, als wir aus den Medien erfuhren, dass der Film-Tross mit Charlie Sheen, Kiefer Sutherland, Chris O'Donnell und all den anderen netten Herren abgereist war. Vor allem Manuela traf diese Nachricht, geknickt saß sie an diesem Abend mit hängendem Kopf und traurigen Augen an der Theke.

Es war noch nicht spät, es war die ruhige Stunde, bevor die ersten Gäste eintrafen. Im Hintergrund lief leise Musik, wir ließen es immer langsam und entspannt angehen. Um diese Zeit kamen die Mädchen nach der Reihe in die Bar. Und es war immer eine große Freude, sie zu sehen. So schön hergerichtet, so gepflegt, so duftend, so gut geschminkt und die Frisur picobello. Alle trugen ihre Uniform. Einen engen schwarzen, transparenten Body, ein weißes Schürzchen, eine kleine weiße Schleife um den Hals und zierliche weiße Manschetten. Ein bisschen sahen sie aus wie Playboy-Bunnys, aber auch wie Kellnerinnen. Das passte, denn sie servierten ja auch die Drinks an die Tische und schenkten den Gästen hinter der Bar Champagner aus.

Auf der Uniform hatte ich aus gutem Grund bestanden. Oft waren es entzückende Mädchen, die da bei mir arbeiten wollten, aber nicht alle konnten sich schöne Kleider leisten. Deshalb schien mir die einheitliche Garderobe sinnvoll. Und die Idee bewährte sich, die Uniform machte die Mädchen gleich, egal aus welcher sozialen Schicht sie kamen.

In die heute gedrückte Atmosphäre der Bar sagte ich laut: »So geht das nicht. Hier herrscht eine Stimmung wie bei einer Beerdigung. Los, los!«

Manuela erwachte aus ihrer Starre, nahm ihre Handtasche und suchte darin etwas. Dann zog sie ein vorerst undefinierbares Stück Stoff heraus. Es war eine Herrenunterhose. Ein weißer Slip der Marke Calvin Klein. Mit belegter Stimme erzählte sie, dass Charlie Sheen ihn im Séparée vergessen hatte. Nun wollte sie seine Unterhose für alle Zeiten als Andenken aufbewahren. Sie hielt den Slip wie eine Fahne in die Luft. »Da steht Calvin Klein drauf«, rief sie. »Aber wenn Charlie ihn anhatte, war Calvin groß darin.«

Wir brachen in schallendes Gelächter aus. In unseren kollektiven Heiterkeitsausbruch hinein kam der erste Gast des Abends durch die Tür. Es war der Rechtsanwalt mit dem verschnupften Hund. Ob der guten Stimmung erfreut, stimmte er in unser Lachen mit ein, ohne den Grund unserer guten Laune zu kennen. Ich ging auf den Herrn zu und begrüßte ihn. »Wie geht es Pino?«, fragte ich ihn. »Ist er wieder gesund?« Er nickte erfreut. »Du hast dir sogar seinen Namen gemerkt«, sagte er.

Manuela, die Charlie Sheen so sehr ins Herz geschlossen hatte, schloss wenig später ihr Studium ab. Ich war dabei, als ihr das Diplom überreicht wurde. Ich freute mich und war ein bisschen stolz auf sie.

Nicht allen Mädchen, die bei mir arbeiteten, schafften danach den Sprung in ein glückliches Leben. Doch Manuela scheint das gelungen zu sein. Bei mir in der Bar verliebte sie sich in einen Bauunternehmer. Mittlerweile haben sie und der Herr zwei Kinder. Ob ihr Leben glücklich ist, kann nur sie selbst sagen. Aber ich glaube, dass sie es gut getroffen hat.

Wenn ich sie das nächste Mal sehe, werde ich sie aber auf alle Fälle fragen, was aus Charlie Sheens Calvin-Klein-Unterhose geworden ist.

Diskretion war für mich immer das oberste Gebot, sie stand stets an erster Stelle meines Ehrenkodex. Niemals, wirklich niemals, würde ich den Namen eines Herrn nennen, der Gast in meinem Etablissement war. Eine Ausnahme mache ich aber, wenn Gäste selbst ganz offen in den Medien über ihre Vorliebe für die Bar gesprochen und sich dazu bekannt haben, dass sie meinen Nachtclub gern besuchen. Was die Namen der übrigen Herren betrifft, sind meine Lippen für ewige Zeit versiegelt. Keiner meiner Gäste soll jemals wegen der angenehmen Stunden, die er in Ninas Bar genossen hat, Schwierigkeiten bekommen. Keiner soll sich für diese schöne Zeit rechtfertigen müssen.

Von Anfang an wollte ich mit meinem Nachtclub einen Mikrokosmos der Entspanntheit und Behaglichkeit schaffen, der nichts mit der Alltagswelt vor der Eingangstüre zu tun hat. Hier sollten die Gäste in ein Märchenland abtauchen und Abenteuer erleben können. Die Herren mussten aber sicher sein, dass sie diese aufregenden Episoden ihres Lebens, die Befriedigung ihrer innersten Sehnsüchte, im Kreis von zutiefst loyalen Freunden genießen konnten. Meine Mädchen und ich wurden diesem unausgesprochenen Wunsch nach absolutem Vertrauen von Anfang an gerecht. Die Herren wussten, dass nichts, was in der Bar geschah, nach außen drang.

Dass sich die Gäste unserer Verschwiegenheit gewiss waren, erwies sich als äußerst zuträglich fürs Geschäft. Denn die Gäste bedankten sich für unser Stillschweigen und die

Intimität, die sie in meiner Bar genossen, oft mit unglaublicher Großzügigkeit. Sie orderten den besten Champagner, ließen die edelsten Tropfen in Strömen fließen. Mancher Gast badete im wahrsten Sinne des Wortes darin. Ich erinnere mich an einen Herrn, der den Jacuzzi eines Séparées mit Champagner füllen ließ.

Charlie Sheen, über dessen Besuch in meiner Bar ich eingangs erzählt habe, fällt nicht unter meine selbst auferlegte Verschwiegenheitspflicht. Er hat mit Journalisten darüber gesprochen, wie gern und wie oft er bei mir Gast ist. Und das hat er nicht nur einmal getan. Deshalb habe ich mich entschlossen, diesem Buch meine Erinnerungen an ihn voranzustellen. Immerhin ist er ein Hollywoodschauspieler, ein internationaler Star, und es ist doch schön, wenn ein so prominenter Herr die Geschichte meines Lebens, meine Memoiren, eröffnet. Die Erlebnisse mit Charlie Sheen zeigen ja auch, wohin mich mein Schicksal geführt hat. Ich wurde Europas letzte echte Puffmutter, das war meine Bestimmung. Ich werde Sie auf eine Reise in die Vergangenheit mitnehmen, Ihnen erzählen, wie es dazu kam, und was ich alles in meiner Bar erlebt habe.

Die Episode mit Charlie Sheen habe ich Ihnen zum Aufwärmen serviert. Damit Sie wissen, woran Sie hier sind. Damit Sie eine Vorstellung haben, was Sie erwartet, wenn ich Sie aufs schlüpfrige Parkett des Wiener Nachtlebens der vergangenen dreißig Jahre bitte.

Halt. Schlüpfrig ist eigentlich nicht das richtige Wort, um mein Etablissement und meine Mädchen zu beschreiben. Sage ich schlüpfrig, schwingt etwas Anstößiges, Unanständiges, Ordinäres und Billiges mit. Und weder die Mädchen, die bei mir gearbeitet haben, noch das Ambiente meiner Bar wurde diesen Begriffen gerecht. Ja, die Mädchen boten auch Liebe an, aber eine Art der Liebe, die vermutlich ehrlicher war, als dies oftmals im Alltag der Fall ist.

Ich werde Ihnen wilde und groteske, abenteuerliche und lustige, tragische und weise Geschichten über einige der mehreren Hundert Mädchen erzählen, die in den vergangenen drei Jahrzehnten bei mir gutes Geld verdient haben. Dass es in meinem Etablissement nie schlüpfrig wurde, ist sicher auch meiner Auswahl dieser Damen zu verdanken.

Wenn sich ein Mädchen bei mir vorstellen kam, gab es ganz klar definierte Kriterien, die sie zu erfüllen hatte. Hübsch sollte sie sein und Ausstrahlung und Charisma haben. Fröhlichkeit musste sie mitbringen, ein positives Wesen. Und nach Möglichkeit sollte sie intelligent sein und mehrere Sprachen beherrschen. Völlig nebensächlich war dagegen ihre Herkunft; ob sie aus einer wohlsituierten Familie kam oder aus einer unteren sozialen Schicht, war mir egal. Eine untergeordnete Rolle spielte auch das Alter. Obwohl ich doch gern Anfängerinnen nahm, die noch nie in diesem Gewerbe gearbeitet hatten, denn sie ließen sich leichter nach meinen Wünschen und zu ihrem Vorteil formen.

Um herauszufinden, ob ein Mädchen meinen Vorgaben entsprach, vertiefte ich mich in ein Gespräch mit ihr, um es besser kennenzulernen. Ich erkannte rasch, ob eine Dame in meine Bar passte, denn ich betrachtete die Bewerberinnen aus meiner ganz eigenen Perspektive, ich nannte sie Stein-Perspektive. Diese Betrachtungsweise hatte drei Kategorien, in die ich die Mädchen, die sich vorstellten, einteilte. Es gab rohe Edelsteine, die sich in kurzer Zeit zu perfektem Glanz schleifen ließen. Es gab Halbedelsteine, die mit Geduld und Liebe ebenfalls zu recht ansehnlichen Schmucksteinen werden konnten. Es gab aber auch die Pflastersteine, bei denen jede Mühe vergeblich wäre, sie würden nie glänzen.

Zumeist entschied ich mich für Rohdiamanten, die noch geschliffen werden mussten. Im Formen dieser Mädchen habe ich mir in den Jahrzehnten, während ich die Bar betrieb, unendliche Geduld antrainiert. Ich nahm die jungen Damen also unter meine Fittiche und arbeitete mit ihnen zuerst an ihren Umgangsformen und an ihrem Aussehen.

Ich erklärte ihnen, wie sie sich den Gästen gegenüber zu benehmen hatten, dass ich von ihnen erwartete, dass sie höflich und freundlich sind und gut zuhören können müssen. Ich zeigte ihnen auch, wie man Champagner einschenkt und Drinks serviert.

Wichtig war natürlich ihre optische Erscheinung. Hatte ein Mädchen schlechte Zähne, schickte ich sie auf meine Kosten zum Zahnarzt. Die Arbeit in meiner Bar sollte ja nicht an ihrem Friedhof im Mund scheitern, wenn sonst alles passte. Für manche Mädchen vereinbarte ich einen Termin beim Friseur. Denn sie sahen zwar hübsch aus, aber erst eine neue Haarfarbe oder eine schicker Schnitt machten sie zum unverwechselbaren Typ. Außerdem erteilte ich den jungen Damen eine Lektion in Körperpflege. Sie mussten sich gründlich und regelmäßig baden, ihre Fingernägel und ihre Haare pflegen und frisch duften.

Wohlgerüche waren mir immer besonders wichtig. In meinem Etablissement legte ich nicht nur Wert auf absolute Sauberkeit, da durfte kein Staubkörnchen auf der Theke liegen, ich ließ sogar die Champagnerflaschen polieren, ehe sie gekühlt wurden, sondern es musste auch herrlich duften. Für das angenehme Aroma sorgten riesige Arrangements weißer Lilien, meine Lieblingsblumen, die ich regelmäßig liefern ließ, und der sinnliche Geruch der Duftkerzen, die jeden Abend entzündet wurden, bevor die ersten Gäste kamen. Natürlich erwartete ich auch von meinen Mädchen, dass sie ein exklusiver, frischer, sanft-blumiger Duft einhüllte. Bei den Parfums kam nur das Beste vom Besten in Frage. Ich ließ Flakons der großen Marken wie Hermès und Chanel bringen und die Mädchen konnten sich ihr Lieblingsparfum auswählen.

Düfte spielen für mich von frühester Kindheit an eine große Rolle. Ich erinnere mich noch immer an den frischen Geruch, der meine Mutter umgab. Als junges Mädchen las ich in einem Buch den Satz »Es hat nach billigem Parfum gerochen«. Ich sprach mit meinem Vater darüber und er erklärte mir den Unterschied zwischen minderwertigen und teuren Essenzen, aus denen Düfte hergestellt werden. »Wer sich kein edles Parfum leisten kann, sollte sich auf Wasser und Seife beschränken«, sagte er. »Wenn du einen Duft trägst, dann muss er fein und feminin sein.«

Mein persönliches Lieblingsparfum ist seit vier Jahrzehnten »Must de Cartier«, ein orientalischer, aber dennoch frischer Duft. Manchmal probiere ich etwas Neues aus, aber immer wieder komme ich auf »Must de Cartier« zurück, weil mich dieses Aroma begeistert. Dieser Duft, das bin einfach ich.

Eine Erklärung für meine Besessenheit von exklusiven Gerüchen liefert vielleicht die Astrologie. Ich bin ein doppelter Löwe, also im Sternzeichen Löwe geboren und auch mein Aszendent steht im Löwen. Und im Zeichen des Löwen Geborene lieben nicht nur alles Schöne und Teure, sondern auch exquisite Düfte. Ich bin tatsächlich wie eine große Katze. Ich schnuppere und rieche gern überall.

Den Wohlgeruch in meiner Bar perfektionierte ich im Lauf der Jahre so weit, dass dieses Bouquet aus weißen Lilien, Duftkerzen und den Parfums der Mädchen die Herren regelrecht anlockte. Wurde die Eingangstüre geöffnet, entfaltete sich der angenehme Geruch am ganzen Bauernmarkt. Manche Gäste erzählten mir, dass sie eigentlich nur vorbeigehen wollten, der typische Duft sie aber auf magische Weise in mein Etablissement gezogen habe. Ja, die Herren waren stets voll des Lobes über das Aroma, das sich in und vor der Bar entfaltete, obwohl es manchem vielleicht auch Probleme bereitet hat, wenn er nach einem Besuch bei mir eingehüllt in unseren Duft nach Hause kam.

Ich glaube, dass viele Frauen unterschätzen, wie sehr der Duft des Exquisiten die Männer anzieht, und wie sehr die Erinnerung an ein schönes Erlebnis mit einem bestimmten Geruch verknüpft ist. Ein Gast, ein Franzose, der damals ein hochrangiger Polizist in Paris war, sprach mich einmal darauf an. »Ich war schon oft in Wien und bin viel herumgekommen«, sagte er, »doch ich habe mich noch nie so wohlgefühlt wie in Ihrer Bar. Es riecht hier auch so gut. So eine Madame wie Sie könnte auch Paris gut gebrauchen.«

Ich verstand die Begeisterung des Franzosen gut. Meine Mädchen rochen so fein und in ihren Uniformen mit den durchsichtigen schwarzen Bodys und der schwarzen Unterwäsche sahen sie aus wie Püppchen. Die Herren konnten sie auspacken wie Pralinen.

Sagen Sie jetzt nichts über Gleichberechtigung und Emanzipation. Nachtleben ist Showbusiness, und die Herren mochten diese Show. Und die Mädchen verdienten bei mir recht gut. Sicher war ihre Arbeit nicht immer leicht, aber sie erhielten für jede Flasche Champagner, die ein Gast bestellte und die er mit derjenigen Dame genoss, zehn Prozent des Kaufpreises. Zusätzlich bekamen die Mädchen Trinkgeld, das ganz ordentlich ausfallen konnte. Besonders dann, wenn sie spezielle Wünsche der Herren erfüllten.

Das Honorar, das die Mädchen erhielten, wenn sie einen Gast in ein Séparée begleiteten, war allein ihre Sache. Das ging mich nichts an, da habe ich mich nicht eingemischt. Ich weiß, dass die Herren die jeweilige Dame für eine Stunde Vergnügen mit etwa hundertfünfzig bis zweihundert Euro entlohnten, es gab aber auch Gäste, denen das Amüsement fünftausend Euro wert war.

Ich bot den Mädchen ein sicheres, angenehmes Umfeld für ihre Arbeit, dafür erwartete ich von ihnen Disziplin und Professionalität. Dazu gehörten auch Pünktlichkeit und Zurückhaltung im Umgang mit den Gästen. Wenn ich etwa an der Theke saß und ein Gespräch verfolgte, in dem ein Mädchen einem Herrn von seinen privaten Problemen erzählte, schritt ich sofort ein. Meistens genügte ein Blick, um es auf seinen Fehler hinzuweisen. Die Damen sollten sich, wenn dies dem Gast ein Bedürfnis war, seine Sorgen anhören, aber nicht umgekehrt.

Ja, was schlüpfrig ist und was nicht, mag eine Frage der Perspektive sein. Meine Bar war es aber, so sehe ich das zumindest, nie. Sie war anders. Gestatten Sie mir einen Vergleich. Meine Bar war wie eine Pferdekutsche. Ich war der Kutscher, der die Zügel hielt. Meine Mädchen waren die Pferdchen und in der Kutsche saßen die Gäste. Die Pferde waren wild, leidenschaftlich und manchmal störrisch. Ich brauchte Strenge und Einfühlungsvermögen, um sie zu lenken, damit die Gäste die Kutschfahrt ihres Lebens genießen konnten. Das war »Ninas Bar«.

Manchmal waren nicht nur die Mädchen störrisch, sondern auch die Herren, die zu uns kamen. Ehe ich Ihnen über meinen Schicksalsweg erzähle, der mich von Kroatien über Amerika nach Wien führte, wo ich zur legendären Puffmutter wurde, möchte ich Ihnen eine Geschichte über einen ganz besonderen Gast anvertrauen, auf den dies zutrifft. Damit breche ich mein persönliches Schweigegelübde die Besucher meiner Bar betreffend nicht, denn der Herr, den ich auf ganz spezielle Art und Weise schätzte, ja, liebte, machte nie ein Geheimnis aus seinen Besuchen in meinem Etablissement.

Ich liebte alle Herren, die zu mir kamen. Allein schon deshalb, weil sie kamen. Meine Gäste genossen also einen großen Sympathievorschuss. Bei näherer Betrachtung gab es allerdings nicht mit allen sofort ein herzliches Verstehen, obwohl die Herren, mit denen ich gleich eine Verbundenheit fühlte, in der Überzahl waren. Bei den anderen dauerte es eine Weile, bis wir uns mochten.

In erster Linie denkt man, dass die Chemie zwischen zwei Menschen stimmen muss, damit sie gut miteinander auskommen. Das mag schon stimmen, aber ich habe in den vielen Jahren in meiner Bar erkannt, dass der Beruf eines Herrn eine große Rolle dabei spielte, ob ich mich gut mit ihm verstand. So gab es nie Sympathieprobleme mit Gästen, die eine Führungsposition innehatten, wie Unternehmer oder Manager. Mit ihnen vertrug ich mich immer auf Anhieb. Weit schwieriger war der Umgang mit Künstlern. Oft fragte ich mich, woran das lag. Vielleicht daran, dass Führungskräfte klar und strukturiert denken, sie planen genau und verfolgen konkrete Ziele. Und so agieren sie auch im Privatleben. Das macht sie leicht einschätzbar, man kann ihre Reaktionen vorhersehen.

Künstler dagegen sind immer ein bisschen chaotisch, auch im Denken. Sie folgen ihrer Intuition, sie sind emotioneller und sprunghafter. Das macht sie kompliziert. Falco war einer der kompliziertesten.

Eines Abends kam er in die Bar. Nein, er kam nicht, sondern er erschien. Mit einer ganzen Entourage im

Schlepptau. Mit hoch erhobenem Kopf, provokant- arrogantem Blick und kerzengeradem Rücken schob er sein Ego vor sich her. Er setzte sich hemmungslos in Szene, jede seiner übertriebenen Gesten schien zu rufen: »Schaut her, da bin ich! Der Größte! Der Beste!« Es war dieser inszenierte Auftritt, der ihn mir, wie soll ich sagen, ja, auf Anhieb unsympathisch machte.

Dabei hatte er natürlich guten Grund, stolz zu sein. Falco, der Wiener Popstar, der eigentlich Hans Hölzel hieß, hatte Hochsaison, er war am Zenit seines Erfolges. Es war noch nicht lange her, dass er es mit seinem Song »Rock Me Amadeus« als erster deutschsprachiger Musiker an die Spitze der amerikanischen und der englischen Charts geschafft hatte. Dieser Hit und andere seiner Lieder wie »Vienna Calling« liefen unentwegt im Radio, und meine Mädchen tanzten dazu, wenn einer der Songs bei mir in der Bar gespielt wurde.

Als nun Falco höchstpersönlich eines Nachts bei uns erschien, legten sie sich ordentlich ins Zeug, um ihm zu imponieren. Schnell wurde sein Hit »America« in die Musikanlage geschoben, und die Mädchen sangen aus Leibeskräften mit, um Falcos Aufmerksamkeit auf sich zu ziehen.

Das Typische an mir
I bin untypisch ganz und gar
Einmal hoch und einmal tief
Einmal gspritzt, dann wieder klar

Die Mädchen bemühten sich vergeblich. Falco würdigte sie keines Blickes.

Es war tief in der Nacht. Er wankte schon ein bisschen. Ob der genossene Alkohol oder etwas anderes der Grund dafür war, dass er nicht mehr ganz sicher auf den Beinen stand, weiß ich nicht. Sein Gleichgewichtssinn war jedenfalls nicht mehr der beste, doch von seiner arroganten Attitüde hatte er keinen Funken eingebüßt. Umgeben von seinem Gefolge lehnte Falco an der Theke und unterhielt sich mit nasaler Stimme mit seiner Entourage. Blasiert, hochnäsig, überheblich und selbstherrlich sind die Attribute, die mir heute einfallen, wenn ich an den Falco von damals zurückdenke.

Von meinen Mädchen, die sich immer wieder zu ihm drängten, nahm er keine Notiz. Erst Tanja schaffte es, mit Falco ins Gespräch zu kommen. Tanja war ein schlankes, blasses Mädchen. Sie sah so unschuldig aus, als hätte sie sich von der Betstunde kommend in die Bar verirrt. Doch das täuschte. Tanja war intelligent und schlagfertig. Manchmal übertrieb sie es auch und wurde richtig frech.

Es dauerte nicht lange, und sie setzte sich zu Falco an die Bar, begleitet von den neidvollen Blicken der anderen Mädchen. Ich kannte Tanja gut genug, um zu wissen, dass sie zu ihm passte. Denn auf seine herablassenden, snobistischen Sprüche würde sie mit stoischer Gelassenheit antworten.

Genau das tat sie auch. Sie hielt dagegen, aber nicht zu viel. Sie provozierte ihn, aber wohldosiert. Am Ende zogen sich die beiden in mein exklusivstes Séparée zurück, in den Roten Salon.

Falco kam immer öfter in die Bar. Ich hatte das intensive Gefühl, dass ihn mehr herzog, als die Lust aufs Nachtleben, auf schöne Mädchen und auf die Möglichkeit, sich hemmungslos zu inszenieren. Da war etwas, das über diese Dinge hinausging, etwas, das ihn an meiner Bar faszinierte. Doch was genau ihn hier so in den Bann zog, konnte ich nicht erklären.

Ich beobachtete ihn, wie ich alle Gäste beobachtete, um sicherstellen zu können, dass er sich wohlfühlte. Gleichzeitig hoffte ich, dadurch irgendeinen Anhaltspunkt zu bekommen, was ihn an meiner Bar so begeisterte.

Falco bestellte immer Jack-Daniel's-Whiskey für sich, und für die Mädchen Champagner. An seiner herablassenden Art änderte sich nichts. Einige Nächte widmete er sich demselben Mädchen, um es dann ganz plötzlich links liegen zu lassen und nicht mehr zu beachten und sich ausschließlich mit einem anderen zu beschäftigen. Doch selbst dieses unverschämte, flegelhafte Verhalten verhinderte nicht, dass ein Mädchen nach dem anderen sein Herz an ihn verlor.

Wie kann man sich nur in einen Mann mit solchen Manieren verlieben, dachte ich. Ich verstand das zwar nicht, aber ich akzeptierte es. Der Gast war zufrieden, und die Mädchen waren selber schuld, wenn sie nicht professionell die Grenze zogen. Trotzdem konnte ich mir eines Abends ein Kopfschütteln nicht verkneifen, als er sich den Mädchen gegenüber wieder besonders rüpelhaft benahm.

Falco bemerkte meinen Unwillen. Er bat mich zu seinem Tisch. Ich wusste, warum. Trotzdem gab ich die Unwissende.

Ich lächelte ihn an. »Was ist denn, Hans?«, fragte ich. »Ist bei dir alles in Ordnung?«

Er nahm einen kräftigen Schluck Jack Daniel's, direkt aus der Flasche. Es war, wie zumeist, bereits die zweite an diesem Abend.

»Warum schüttelst du den Kopf?«, fragte er. »Was mache ich falsch?«

»Du solltest die Mädchen nicht so von oben herab behandeln«, hielt ich ihm entgegen. »Du lebst doch auch in gewisser Weise von ihnen. Sie kaufen alle deine Platten.«

Er nahm noch einen Schluck Whiskey. Es schien, als würde er sich meine Worte zu Herzen nehmen. »Du hast recht«, sagte er dann auch. »Könntest du bitte die Musik etwas leiser machen? Ich möchte dazu etwas sagen.«

Obwohl es mir seltsam vorkam, dass sich Falco, der in meiner Bar sonst eher unter seinen Freunden blieb, an alle Gäste wenden wollte, erfüllte ich ihm seinen Wunsch und machte die Musik leiser. Die Bar war voll, jeder Tisch besetzt. Alle Augen richteten sich auf ihn, als er sich erhob. Er stellte die Whiskeyflasche ab und ging zu unserer kleinen Bühne.

Die Bühne in meiner Bar war ein kleines Podest in einer Nische. Dort wurde oft und gern getanzt. Die Mädchen drehten sich allein zur Musik oder sie tanzten mit den Herren. Besonders am Donnerstagabend, dem traditionellen »Herrenabend«, an dem immer Boogie-Musik auf dem Programm stand, wurde die Bühne stark frequentiert.

Eines Abends war auf der Bühne der Teufel los. Eines meiner Mädchen tanzte mit einem Gast zu den Liedern des Musicals »Das Phantom der Oper«. Die beiden machten das wirklich gut. An einem der Tische saß ein Herr allein bei einem Glas Champagner und beobachtete die Darbietung. Ich ging auf ihn zu. »Sie sitzen so allein hier, mein Herr«, sagte ich. »Darf ich Ihnen eine Dame schicken, die Ihnen Gesellschaft leistet?«

»Nein, danke«, antwortete der nette Gast. »Ich warte, bis das Programm zu Ende ist.«

Er dachte tatsächlich, dass wir hier in der Bar auf der Bühne eine professionelle Show bieten.

In meiner Bar ging es ja auch um Unterhaltung. Es war nicht so, dass die Gäste sofort mit einem Mädchen im Séparée verschwanden. Es gab Herren, die sich davor stundenlang in der Bar amüsierten, die tanzten und sangen. Manchmal dachte ich, dass diese Männer ein recht unglückliches Leben haben mussten, wenn sie nur hier bei mir richtig Spaß haben konnten.

Nun stellte sich Falco auf die Bühne und ich nahm an, dass er nach meinen mahnenden Worten etwas Verbindliches sagen würde, vielleicht etwas Selbstkritisches, etwas in der Art, dass es ihm hier gefiel, dass er allen dankbar für das gute Service und die freundliche Behandlung war, und dass er sich bessern wolle. Doch Falco war ein Mann der Überraschungen.

Da stand er nun, alle schauten zu ihm und jeder wartete auf seine Rede. Doch es kam anders. Langsam knöpfte Falco den Hosenschlitz seiner Jeans auf. Dann holte er sein bestes Stück hervor, das, wie mir die Mädchen schon berichtet hatten, von ansehnlicher Größe war. Ja, und dann pinkelte Falco auf die Bühne.

Alle waren fassungslos. Ich auch. Doch im Gegensatz zu den anderen musste ich etwas tun. Schließlich war ich die Chefin. »Hans«, sagte ich, während er noch pinkelte, »was machst du da?«

Er schnauzte mich an. »Halt den Mund«, rief er. »Du kannst dir deine Huren in den Arsch schieben. Ich brauche euch alle nicht.«

Das war zu viel. Ich erteilte ihm Lokalverbot, was auch sonst. Eine so strikte Maßnahme war ungewöhnlich, denn ich hatte ein großes Herz und sah über Verfehlungen der Gäste eher hinweg, zumal dann, wenn sich ein Herr entschuldigte. Falco dachte aber nicht daran, um Verzeihung zu bitten. Und so blieb ich hart, auch wenn es sich bei ihm um einen international erfolgreichen Popstar handelte.

Mir war schon damals klar, dass Falco große Probleme hatte. Ich bin empathisch, ich fühle mich leicht in Menschen ein, deshalb ahnte ich, dass sich hinter seiner arroganten Maske eine verletzte Seele verbarg. Heilung suchte er nicht im Hellen und Positiven, ihn zogen das Dunkle, die Abgründe und die Exzesse an. Dazu gehörte Alkohol, der seine Schwierigkeiten noch verstärkte.

Bereits zwei Nächte später konnte sich Falco nicht mehr an seinen skandalösen Auftritt und dessen Konsequenz erinnern. Er klopfte wieder am Portal meiner Bar. Die schwere Eingangstüre, außen in dunklem Schönbrunner-Grün lackiert und innen rot tapeziert, war stets verschlossen. Erst nach einem Blick durchs Guckloch entschieden die Mädchen oder ich, ob ein Herr eingelassen wurde. Als Falco draußen stand, schickte ich ihn weg. Er gebärdete sich wie ein abgewiesener Liebhaber, raunzte und bettelte, war beleidigt und verletzt. Das war Falco in einer völlig neuen Rolle. Und zum ersten Mal war er mir sympathisch. Ich fühlte mit ihm, und ich war sicher, dass ich mit meiner schon lange gehegten Vermutung recht hatte. Er war nicht wie die anderen Gäste, die in meine Bar kamen, um Spaß zu haben, sich wohlzufühlen und sich mit den Mädchen zu vergnügen. Falco zog noch etwas anderes hierher.

Aber ich konnte ihn nicht hereinlassen. Er hatte Lokalverbot. Aus gutem Grund, er hatte auf meine Bühne gepinkelt. Es musste Grenzen geben, vor allem im Nachtleben, und die Einhaltung dieser Grenzen musste kontrolliert werden. In meiner Bar sorgte ich dafür. Hätte ich Falco seine Entgleisung durchgehen lassen, wären vielleicht andere Gäste auf die Idee gekommen, sich auch so schlecht zu benehmen. Wer weiß, welche Gespenster ich da geweckt hätte.

Ein halbes Jahr später, als Falcos empörender Bühnenauftritt einigermaßen in Vergessenheit geraten war, stand er wieder in meinem Etablissement. Ein neues Mädchen, das nichts von dem Vorfall wusste, hatte ihn eingelassen. Er war also wieder da, und das war in Ordnung. Ich hob das Lokalverbot für ihn auf, und von nun an zeigte er bessere Manieren.

Zwar schien er auf den ersten Blick immer noch sehr arrogant, doch es schwang jetzt auch ein Hauch von Demut in seinem Verhalten mit, Dankbarkeit dafür, dass er hier sein konnte, dass wir ihn in unsere Show aufnahmen, dass wir ihn liebevoll umsorgten. Vielleicht spielte auch mit, dass Falco dabei war, sich in eines meiner Mädchen zu verlieben. Sie hieß Evelyn und hatte kurze, platinblonde Haare.

Evelyn hatte eine schwierige Kindheit und Jugend. Sie lebte mit ihrer Mutter eine Zeit lang im Ausland und hatte dort viel Leid erlebt, bittere Armut und Vernachlässigung. Daran war sie fast zerbrochen, sie hatte jeden Respekt vor sich selbst verloren. Als sich Evelyn bei mir bewarb, zeigte sie keine Spur von Selbstsicherheit. Ich hatte schon immer ein gutes Händchen für derart vom Leben gebeutelte Mädchen. Vielleicht liegt es daran, dass ich selbst keine Kinder habe, vielleicht konnte ich bei ihnen meine Muttergefühle ausleben. Auf jeden Fall bin ich stolz, dass ich es zumeist schaffte, diesen Mädchen zu helfen, ihren Selbstwert zu stärken, damit sie wieder zu sich selbst finden konnten. Bei Evelyn war das auch so.

Sie war einer von den rohen Edelsteinen, das war mir klar, als ich sie zum ersten Mal sah. Groß, schlank und sportlich, mit wunderschönen langen schwarzen Haaren. Perfekt, müsste man eigentlich denken. Aber es gab viele schöne Mädchen mit langen schwarzen Haaren. Ich musste Evelyn zu einem anderen Typ machen, dann wäre sie ein Brillant.

Damals war die Dänin Brigitte Nielsen mit ihrer platinblonden Kurzhaarfrisur der Traum vieler Männer. Nielsen, groß, durchtrainiert und immer ein wenig von der Aura der Unnahbarkeit umgeben, war Model für Giorgio Armani, Gianni Versace und Gianfranco Ferré, und der italienische Produzent Dino De Laurentis hatte sie für den

Film »Red Sonja« mit Arnold Schwarzenegger unter Vertrag genommen.

Frauen, die aussahen wie Brigitte Nielsen, waren damals im Nachtleben selten. Und ich dachte mir, dass Evelyn genau dieser Typ sein könnte, dass ihr die Frisur von Brigitte Nielsen stehen würde. »Du hast so ein hübsches Gesicht und so einen schönen Körper«, sagte ich zu ihr. »Ich habe eine Idee. Lass deine Haare schneiden und platinblond färben.«

Danach sah Evelyn fantastisch aus. Sie strahlte eine große Kühle aus, während ihre Augen von Toleranz, von Geduld, Verständnis und Nachsicht sprachen. Tugenden, die sie in den Jahren ihrer Kindheit und Jugend beim stetigen Blick in die Abgründe des Lebens erworben hatte. Evelyn umgab etwas Rätselhaftes, und die Männer liebten sie.

Sie war es auch, die mir erklärte, was Falco wirklich bei mir in der Bar suchte. Er wollte sich in der Fantasiewelt, die wir alle unter meiner Regie Nacht für Nacht schufen, nicht bloß bedienen, um sich zu belohnen und sich etwas zu gönnen, er wollte ein Bestandteil von ihr sein. Kein Außenstehender, nicht bloß ein Gast, sondern ein Mitglied der Familie, er wollte die Seiten wechseln. Falco suchte nach Geborgenheit und hielt dieses inszenierte Märchen des Barbetriebes für das reale Leben, er konnte offenbar nicht zwischen Illusion und Wirklichkeit unterscheiden.

Zuerst verlor Evelyn ihr Herz an ihn. Sie kokettierte mit ihm. Wenn ich die beiden zusammen sah, ahnte ich immer, dass Liebe zwischen diesen beiden nicht ausgeschlossen war. Denn in gewisser Weise konnten sie auf Augenhöhe miteinander umgehen. Im realen Leben trennten Falco und Evelyn zwar Lichtjahre, er war ein Weltstar, sie eine Prostituierte, aber im Inneren waren sie beide verletzte Kinder, sensibel genug, um ein Leben lang darunter zu leiden, und mutig genug, um ein Leben lang gegen ihren Schmerz zu kämpfen. Falcos Verwundung kam vielleicht daher, weil sein Vater die Familie verlassen hatte. Die Ursache von Evelyns Verletzung waren vermutlich die Erfahrungen, die sie in ihrer Kindheit und Jugend machte. Aber ich weiß es nicht, und es steht mir auch nicht zu, darüber Vermutungen anzustellen. Denn obwohl manche in mir eine Psychotherapeutin sahen, hatte ich gar keine diesbezüglichen Qualitäten. Ich war eher gut darin, zu zeigen, wie man trotz seelischer Verletzungen lebt und das möglichst gut.

Wie die anderen Mädchen auch servierte Evelyn die Getränke, schenkte Champagner aus und arbeitete ab und zu hinter der Theke. Das tat sie besonders gern, wenn Falco da war. Denn Barfrauen haben im Nachtleben den Status der Unberührbarkeit und sind deshalb für die Jäger unter den Herren, zu denen Falco gehörte, besonders interessant.

Der Popstar war zu dieser Zeit bereits auf gewisse Weise ein Teil von uns. Er war zwar noch immer ein Gast, der die Show, die wir inszenierten, konsumierte, aber als besonders geschätzter Besucher zählte er gleichsam zur Familie. Meinem Mann, der mir während der gesamten dreißig Jahre, in denen ich die Bar betrieb, sowie davor und danach immer zur Seite stand und steht, und der vom Hintergrund aus viele Dinge lenkte, vertraute Falco besonders. Falcos

Vater hatte, wie ich schon erwähnte, die Familie verlassen, als er noch ein Kind war, sodass er unter der Obhut seiner Mutter und seiner Tante aufwuchs. Offenbar hatte er das Weggehen des Vaters nie verwunden, dieser Verlust war vermutlich eine der Ursachen seines Schmerzes und seiner unstillbaren Sehnsüchte.

Ich glaube, er sah in meinem Mann so etwas wie einen Ersatzvater, und ich gönnte ihm das Gefühl dieser Vertrautheit und des Aufgehobenseins von Herzen. Denn abseits dessen schien Falco wenig zu haben, das seiner Seele gut tat. Er hatte zwar seinen großen Erfolg als Musiker, aber der machte ihn auch nicht glücklich, und er hatte den Alkohol.

Falco war ein Mann mit zwei Persönlichkeiten. Der private Hans war verletzlich und liebevoll, immer auf der Suche nach Zuneigung und stets von der Angst besessen, nicht gut genug zu sein. Die Kunstfigur Falco, die er kreiert hatte, war sein zweites Ich, unsympathisch, arrogant und immer danach strebend, zu provozieren. Dieser Kunstfigur erlaubte er es auch, den Schmerz, unter dem Hans litt, mit Exzessen aller Art zu betäuben.

Eines Abends erzählte mir ein Mädchen hinter vorgehaltener Hand, dass Falco von Evelyn regelmäßig Geld forderte, und dass sie es ihm auch gab. Das Mädchen, das mir diese Geschichte hinterbrachte, war eine Wienerin mit einem ziemlich losen Mundwerk und einer ausufernden Fantasie. Als sie in der Bar zu arbeiten begann, tischte sie mir am laufenden Band Unwahrheiten auf. Ihr Vater, sagte sie, lebe am Genfer See und sei mit Ölgeschäften reich geworden, ihre Mutter sei eine Schönheit, sie verbringe die Hälfte ihrer Zeit in Paris und sei dort die Muse junger Künstler. Tatsächlich hatte ihr Vater eine Trafik in einer Wiener U-Bahnstation und ihre Mutter, eine typische Wiener Matrone, arbeitete bei ihm. Deshalb nahm ich die Dinge, die mir Uschi erzählte, nicht unbedingt für bare Münze. »Wie meinst du das?«, fragte ich sie. »Falco bezahlt doch für Evelyn, und nicht umgekehrt.«

Uschi schüttelte den Kopf. »Ich war dabei, als er sie gefragt hat, wie viel sie verdient hat. Es war ihm zu wenig und er hat sie angeschrien, dass sie gefälligst ihren Hintern bewegen und mehr Geld heimbringen soll. Er hat ihr sogar zwei Ohrfeigen gegeben, eine links und eine rechts.«

»Hör mal, Uschi«, sagte ich, »was ist denn das wieder für eine Geschichte?«

Ich fragte sie vorsichtig, weil sie immer, wenn ich sie auf die Unwahrheiten, die sie verbreitete, ansprach, zu toben begann und wegrannte. Doch diesmal beharrte sie darauf. »Nein, es stimmt wirklich«, sagte sie. »Ich war dabei.«

Ich glaubte ihr trotzdem nicht. Aber ich war alarmiert und beobachtete Falco und Evelyn mit Argusaugen. Mir fiel auf, dass er jetzt jedes Mal anrief, bevor er die Bar besuchte, und immer fragte, ob Evelyn auch da sei.

»Was läuft da zwischen euch?«, fragte ich Evelyn.

»Ich weiß es nicht genau«, sagte sie.

»Nimmt er Geld von dir?«

»Das würde ich so nicht sagen.«

»Was heißt das?«

»Frag mich nicht. Das verstehst du nicht.«

»Ach Schätzchen«, sagte ich, »hast du eine Ahnung, was ich alles verstehe.«

Ich beließ es dabei. Aus meiner Sicht lief ja alles gut. Falco kam regelmäßig, er war ein guter Gast, der Geld ins Haus brachte und sich mittlerweile ordentlich benahm, und Evelyn sorgte dafür, dass er zufrieden war. Alles weitere ging mich ja eigentlich nichts an.

Das änderte sich eines Nachts, als mich ein Krachen und Klirren zusammenschrecken ließ. Ich ging gerade strahlend durch die Bar, eilte von einem Gast zum anderen, begrüßte einen Herrn, erkundigte mich beim nächsten, ob alles nach seinen Wünschen sei, und fragte einen weiteren nach seiner Familie, weil er mir bei seinem letzten Besuch von ihr erzählt hatte.

Das Krachen und Klirren kam von dem Tisch, an dem Falco im Kreis seiner Freunde mit Evelyn saß. Er hatte gerade mit der Faust so fest auf die Tischplatte gedroschen, dass die Gläser und die Aschenbecher aneinander geschlagen waren. Der Tumult ging weiter. Falco wedelte mit einem Geldschein und schrie Evelyn an: »Das soll alles sein? Dafür schicke ich dich anschaffen?«

Ich nahm Evelyn danach beiseite. »Meint er das ernst?«, fragte ich sie.

»Das weiß ich nicht«, sagte sie. »Ich glaube, er weiß es auch nicht.«

Ich sah zu Falco hinüber, der sich im Kreis seiner Entourage mit blasiertem Gesichtsausdruck, großspurigen Gesten und nasaler Stimme wieder einmal als arroganter Schnösel produzierte. »Da könntest du recht haben«, sagte ich.

Ich gab ihr ein kleines Bündel Geldscheine, alles in allem eine überschaubare Summe, damit sie etwas hatte, das sie ihm abliefern konnte. Bei den Umsätzen, die Falco brachte, war das allemal drin.

Ihn selbst wollte ich nicht darauf ansprechen. Als Puffmutter ging es mich nichts an, welche Spiele er mit meinen Mädchen spielte, solange die Mädchen das Spiel in Ordnung fanden. Doch eines Tages kam er selbst auf mich zu. »Als ich jung und arm war, wusste ich immer, dass ich eines Tages reich sein würde«, sagte er. »Ich wusste auch immer, wie mir das gelingen würde.« Er goss sich sein Glas halb mit Jack Daniel's voll. »Ich wollte Zuhälter werden.«

Falco lebte in meiner Bar also eine seltsame Fantasie aus, die Erfüllung eines verrückten Traumes. Es war ein Spiel, das ich auch von anderen Herren kannte. Ein nobler Gast, ein Bankdirektor, der stets die feinsten Anzüge trug, schlüpfte bei mir in die Rolle des Strizzis. Das ging so weit, dass er eines Abends in die Kassa griff und brüllte: »Jetzt ist Schluss! Ab heute kassiere ich.« In diesem Moment meinte er das vollkommen ernst, er identifizierte sich mit seiner Rolle. Ich stoppte ihn mit einer schallenden Ohrfeige, und er fand rasch wieder zurück in die Wirklichkeit. Bei Falco aber war ich mir nicht sicher, ob eine solche Maßnahme reichen würde, damit er Theater und Realität wieder auseinanderhalten konnte.

Für mich und für meinen Mann war immer klar, wo die Wirklichkeit endete und wo die Show begann. Ich arbeitete in der Bar, mein Mann half mit. Das war unser Geschäft, unser Privatleben hatte damit nichts zu tun. Wir waren nicht gefährdet, die Dinge zu verwechseln. Bei den Mädchen war das schon anders. Viele hatten Illusionen über die Gäste, sich selbst und das Leben insgesamt. Sie träumten davon, dass sich ein reicher Herr in sie verliebte und sie heiratete, oder davon, ein Star zu werden, in welcher Branche auch immer. Doch so lange ihre Fantastereien und Träume in einem einigermaßen professionellen Rahmen blieben, war das ihre Sache.

Die Gäste, die in mein Etablissement kamen, verließen absichtlich die Wirklichkeit, wenn sie die Schwelle zur Bar übertraten, und gaben sich für ein paar Stunden bewusst der Täuschung hin, die Welt sei heil, unterhaltsam, gemütlich und liebevoll. Das war es ja, was ich verkaufte. Brachte einer von ihnen die Dinge durcheinander, war mir das nicht recht, denn am Ende waren wir Geschäftspartner, und unter Geschäftspartnern sind klare Verhältnisse immer von Vorteil. Trotzdem griff ich nicht ein. Denn das Gleichgewicht aus Fantasie und Realität, mit dem viele Herren leben, ist sehr empfindlich und Schaden ist dort schnell angerichtet. Zumal, wenn es sich um eine komplizierte Persönlichkeit wie Falco handelte.

Das Alter mag seine Nachteile haben, aber es hat auch seine Vorteile. Zum Beispiel weiß ich jetzt als Frau von fast siebzig Jahren, wohin das Schicksal manche Menschen, die ich während der Zeit in meiner Bar kennengelernt habe, geführt hat. So kann ich Ihnen auch erzählen, wie die Geschichte mit Falco und Evelyn geendet hat.

Die beiden spielten das Zuhälterspiel noch eine Weile, dann hörte Evelyn auf, bei mir zu arbeiten. Falco hatte tatsächlich sein Herz an sie verloren. Sie wurde seine Freundin. Ich erfuhr aus den Zeitungen, dass er ihr den Song »Jeanny«, der wie ein Liebeslied klingt, aber von einem Mädchenmörder handelt, in einem Hotelzimmer dutzende Male vorsang, als er daran feilte.

Jeanny, quit livin' on dreams
Jeanny, life is not what it seems
Such a lonely little girl in a cold, cold world
There's someone who needs you

Knapp ein Jahr waren Falco und Evelyn ein Paar. Während dieser Zeit sprach er einmal in einem Interview darüber, dass er sie bei mir kennengelernt hatte, und dass diese Zeit die beste seines Lebens gewesen sei.

Für Evelyn ging die Sache gut aus. Nach der Beziehung mit Falco hatte sie offenbar genug von ihren wilden Zeiten als platinblonde Schönheit im Nachtgeschäft, dorthin wollte sie nicht zurück. Sie fasste in einem bürgerlichen Leben Fuß, heiratete und gründete mit ihrem Mann, einem Manager aus Salzburg, eine Familie. Jetzt erinnert, abgesehen davon, dass sie noch immer schön ist, nichts mehr an die Evelyn von damals. Ihre Haare sind zwar noch immer kurz, aber jetzt wieder dunkel, sie kleidet sich gut, aber unauffällig, und sie wirkt sehr natürlich.

Für Falco endete die Sache nicht so gut, wie jeder weiß. Als mein Mann und ich 1998 aus dem Fernsehen erfuhren, dass sein Geländewagen auf der Straße zwischen den Städten Villa Montellano und Puerto Plata in der Dominikanischen Republik von einem Bus gerammt worden war und Falco noch an der Unfallstelle starb, wussten wir, dass dieser Unfall kein schrecklicher Zufall war.

Ehe Falco zum letzten Mal in die Dominkanische Republik aufbrach, besuchte er mich in der Bar, um sich zu verabschieden. »Hast du einen Fotoapparat, Nina?«, wollte er wissen.

»Warum brauchst du einen, Hans?«, fragte ich ihn überrascht.

»Ich möchte, dass es ein Bild von uns beiden gibt, und ich will, dass du es in die Auslage stellst. Alle sollen sehen, dass ich gern bei dir bin.«

Ein Mädchen machte das Foto von uns beiden. Danach fragte er nach meinem Mann, der aber an diesem Tag nicht in die Bar kam. Das machte Falco unglücklich. »Nina« sagte er, »ich wollte mich aber auch von deinem lieben Mann verabschieden.«

»Du kommst ja wieder, Hans«, hielt ich ihm entgegen.

»Wer weiß, ob wir uns in diesem Leben noch einmal sehen werden«, sagte er mit einem Lächeln, während er mich umarmte. Mit diesem Lächeln im Gesicht verließ er meine Bar. Ich sah ihn nie wieder. Das Foto, das ihn mit mir zeigte, stellte ich nach seinen Wünschen in die Auslage.

Warum ich sicher bin, dass er seinem Leben selbst ein Ende gesetzt hat? In seiner Welt, in der sich Illusion und Realität vermischten, hatte Falco keine Chance gehabt, je zu gewinnen, je ein normales, zumindest einigermaßen zufriedenes Leben führen zu können. Als dann noch sein Ruhm als Musiker, der sein Ego gestützt hatte, zu zerbröckeln begann, war ihm nur noch der Alkohol geblieben.

Eine Frau steigt aus einem Auto

Gestatten Sie mir dieses Bild: Ich stelle mir vor, dass Sie hinter der Theke stehen. Natürlich ohne Ihnen nahetreten zu wollen. Denn ich bin sicher, dass Sie es für sich ausschließen, hinter der Theke einer Bar wie meiner zu arbeiten. Ich vermute, dass sie es am Ende dieses Buches ein bisschen weniger oder auch ein bisschen mehr ausschließen werden. Aber es muss ja nicht unbedingt die Theke eines Nachtlokals sein. Es kann jede Theke sein. Es geht mir nur darum, dass Sie auf der Seite stehen, auf der ich so oft gestanden bin. Ich sitze Ihnen gegenüber auf der anderen Seite und erzähle Ihnen meine Lebensgeschichte, zu der auch die Geschichte meiner Bar gehört, die ich vor wenigen Wochen zugesperrt habe. Nicht, dass Sie denken, ich hätte mein Etablissement freiwillig geschlossen, um mich in den Ruhestand zurückzuziehen. Nein, ich hätte noch so gern weitergemacht. Aber es gab schreckliche Querelen mit dem Hausbesitzer, die in einem Rechtsstreit mündeten, und letztendlich musste ich leider das Handtuch werfen und zusperren.

Ich selbst mag Geschichten. Ich habe schon immer gern zugehört. Ich verstand es stets als Vertrauensbeweis, wenn mir ein Herr Episoden aus seinem Leben anvertraute, oder wenn ein Mädchen das tat. Ich verstand den Herrn dann besser, wusste, was ihn bewegte, wie er reagierte, was er sich erhoffte. Das half mir dabei, ihm das zu bieten, was er erwartete. Auch die Geschichten der Mädchen waren mir dienlich, ich konnte etwa nachvollziehen, warum sie sich in gewissen Situationen auf ganz spezielle Weise verhielten. Es half mir auch bei meinen Versuchen, ihr Leben in eine vernünftige Bahn zu lenken, was mir zugegebenermaßen nicht immer gelang. Der Erfolg meiner Bar war also zu einem guten Teil auf den Geschichten der Menschen, die dort ein und aus gingen, begründet.

Mein Selbstbewusstsein schwankt wie bei wahrscheinlich jeder Frau. Manchmal fühle ich mich wie die Königin der Nacht, als die mich so viele Herren gefeiert haben, manchmal wie eine Frau, deren Wert davon abhängt, wie hart sie arbeitet, und manchmal fühle ich mich wie ein schüchternes kleines Mädchen. Vielleicht hat es damit zu tun, dass ich mich, seit ich über dieses Buch nachzudenken begonnen habe, frage: Würden Sie sich die Geschichte, die ich Ihnen auf meinem Barhocker sitzend und an Champagner nippend erzähle, während Sie hinter der Theke stehen, anhören wollen?

Ich denke schon, und es hätte vermutlich auch etwas mit meinem Aussehen zu tun. Würde ich zum ersten Mal Platz an der Theke nehmen, bliebe es nicht aus, dass Sie mich unauffällig von der Seite mustern, während Sie die anderen Gäste bedienen. Sie würden sich fragen: Wer ist diese Frau? Vielleicht würden Sie sich auch fragen: Wer um Gottes Willen ist denn diese Frau? Denn ich muss schon sagen, ich bin eine Erscheinung, die Ihnen ganz bestimmt auffiele. Machen Sie sich also bitte ein Bild von mir, ehe ich damit beginne, Ihnen meine Lebensgeschichte zu erzählen.

Stellen Sie sich vor, ich komme irgendwo an. Jetzt steige ich aus einer schwarzen Limousine. Meistens ist es ein schwerer Mercedes in einer etwas verlängerten Version, damit ich genug Platz für meine Beine habe. Sobald der Wagen hält, sehen Sie einen unauffälligen Herrn mit grauen Haaren aussteigen, er geht um den Wagen herum und öffnet die Tür, hinter der ich sitze.

Wenn Sie mich zum ersten Mal sehen, fällt Ihnen sicher sofort mein Strahlen auf, das ich wie teuren Schmuck im Gesicht trage. Ich strahle den Mann an, der mir die Tür öffnet. Dieses Strahlen habe ich mir bewahrt, auch über die Zeit meiner Bar hinaus. Es ist etwas Schönes. Es verändert die Menschen um mich. Es macht sie mir geneigt und großzügig. Es verändert auch mich. Wenn die Tage trüb sind, kann ich im Nu meine Stimmung verbessern, indem ich mein Strahlen aufsetze. Es hält mich glücklich. Es hält mich am Leben. Es stellt einen Wert für mich dar. Ich würde sagen, es ist so etwas wie mein Markenzeichen. Probieren Sie es einmal. Üben Sie, zu strahlen. Es ist gar nicht so schwer, und irgendwann haben nicht nur Sie dieses Strahlen, sondern es hat auch Sie. Es verändert Ihr Leben.

Wenn Sie mich beim Ankommen beobachten, werden Sie feststellen, dass ich eine Weile brauche, bis ich meine Füße auf die Straße gestellt habe. Betrachten Sie mich genauer, dann kennen Sie den Grund. Ich bin korpulent. Ich würde sogar sagen, ich bin ausgesprochen korpulent. Irgendwann einmal, so viel kann ich Ihnen schon jetzt verraten, war ich ein zierliches junges Ding. Als ich geheiratet habe, wog ich fünfzig Kilo. Jetzt mustere ich mich manchmal und frage mich, wohin dieses zierliche junge Ding verschwunden ist. Ich schaue meine Handgelenke an und denke, dass die

Knochen darin noch immer so leicht und zerbrechlich sein müssen, wie sie es damals waren. Doch jetzt sind sie in Armen verborgen, die, so empfinde ich es jedenfalls, so viel wiegen, wie früher das ganze zierliche junge Ding.

Wenn ich bei meinem Arzt bin, rügt er mich oft wegen meines Gewichtes. Er hat natürlich recht, ich sollte abnehmen. Ich gebe zu, dass in der schwarzen Limousine immer öfter eine Krankenschwester mitfährt, in Zivilkleidung natürlich, damit nicht so auffällt, dass ich Betreuung brauche. Sie hilft mir in den Rollstuhl, der zusammengeklappt im Kofferraum liegt. Nicht nur mein Übergewicht drückt auf die Gelenke, ich habe seit einer Knieverletzung Probleme beim Gehen.

Das Essen ist schuld an meiner Korpulenz, ich weiß es. Ich esse gern, und ich esse viel, zu viel. »Herr Doktor«, sage ich zu meinem Arzt, wenn er mir wegen meines Gewichtes wieder einmal die Leviten liest, »früher einmal musste ich um jeden Bissen kämpfen, da ging es ums Überleben. Das habe ich verinnerlicht. Ich bewundere Menschen, die sich beherrschen können, aber ich kann es nicht.«

»Madame Nina«, antwortet er dann, »vielleicht gab es Zeiten, in denen es ihren Tod bedeutet hätte, wenn sie nicht gegessen hätten. Doch jetzt bedeutet es ihren Tod, wenn sie essen.«

Was soll ich machen, ich esse aber so gerne. Dabei war ich als Kind, als sechs- oder siebenjähriges Mädchen unterernährt, spindeldürr, ein Skelett. Aus irgendeinem absonderlichen Grund wollte ich damals nicht essen, obwohl wir wirklich reichlich hatten. Meine Eltern machten sich große Sorgen um mich, weil ich so dünn war, sie schickten mich wiederholt zur Kur in die Berge und ans Meer, damit ich dort ein bisschen zunehme.

Zu Hause saß ich dann bei Tisch, kaute mit leerem Mund und fütterte heimlich den Hund mit meinem Essen. Irgendwann waren meine Eltern wieder dermaßen beunruhigt wegen meiner Klapprigkeit, dass sie mich zum Arzt brachten. »Nina«, sagte er zu mir, »wenn du nicht essen willst, wirst du sterben.« Dieser Satz war eine Initialzündung und er hat sich in meinem Kopf eingegraben. Ich habe damals zu essen begonnen und ich habe nie mehr aufgehört. Nach und nach kam ich auf den Geschmack, ich wurde zur Genießerin und entwickelte einen Hang zu gutem Essen, zum besten, zum feinsten.

In Wien ist es ja einfach, dieser Leidenschaft, gut zu essen, zu frönen. Mein Mann und ich waren und sind Stammgäste in den besten Restaurants der Stadt, bei den »Drei Husaren«, im »Sacher«, im »Schwarzen Kameel«, beim »Plachutta«. Den Verlockungen erstklassigen Essens kann ich einfach nicht widerstehen. Ich liebe delikat gewürzte Speisen, exquisit komponierte Zutaten. Ich liebe saftige Steaks, goldbraune Schnitzel, herrliche Jakobsmuscheln und köstliche Garnelen. Wie fein das ist, wie schmeckt mir das, ach, ich esse so gern. Am liebsten hätte ich immer von allem ein bisschen auf meinem Teller, was für eine Geschmacksexplosion.

Sie sehen, ich gerate ins Schwärmen, wenn es ums Essen geht. Diese Affinität zu deliziösen Speisen hat sich seit meiner Kindheit entwickelt. Denn der Satz des Arztes »Wenn du nicht isst, wirst du sterben« verfolgt mich bis heute. Ich muss essen. Wenn ich Hunger habe, schreie ich. Denn esse ich nicht, habe ich das Gefühl, zu sterben. Das ist ein psychischer Defekt.

Essen, gutes Essen, ist also ein wichtiger Teil meines Lebens, und wohl auch deshalb hatte ich lange Zeit direkt neben meiner Bar ein Restaurant, den »Rosa Elefant«. Das war ein hübscher kleiner Betrieb mit einem rund achtzig Quadratmeter großen Gastraum, in dem etwa fünfundsiebzig Besucher Platz hatten. Im Sommer kam noch ein riesiger Schanigarten dazu. Anfangs war das Restaurant täglich geöffnet, später sechs Tage in der Woche, außer Sonntag, von sechzehn Uhr bis zwei Uhr früh.

Im »Rosa Elefant« gab es eine Verbindungstür zu meiner Bar, die von den Herren gern benützt wurde. Denn so vermieden sie es, sich eventuellen neugierigen Blicken auszusetzen, wie das vielleicht der Fall war, wenn sie meinen Nachtclub direkt vom Bauernmarkt aus betraten. Schlüpften sie durch die Verbindungstür, setzten sie sich nicht dem Verdacht aus, etwas aus bürgerlicher Sicht Unanständiges im Sinn zu haben.

Das Restaurant lief vom ersten Tag an großartig. Die Gäste kamen in Scharen, nicht nur wegen der gemütlichen Atmosphäre, sondern vor allem auch wegen der herrlichen Speisen. Wir servierten klassische österreichische Hausmannskost, Pfannengerichte wie Eiernockerl und Schinkenfleckerl mit grünem Salat. Ach, wie herrlich das geschmeckt hat. Deftig, aber nicht zu fett und gut verträglich.

Die Spezialität im »Rosa Elefant« waren aber Spareribs, wir verkauften sie tonnenweise. Für diese Schweinerippchen, die in einer Mischung aus Öl, Honig, passierten Paradeisern, Tabasco und Bier mariniert und danach auf dem Holzkohlengrill gegart wurden, standen die Gäste Schlange. Dazu gab es alle erdenklichen Saucen, deren süß-scharfe Aromen perfekt mit dem Geschmack der Rippchen harmonierten und dem Gaumen schmeichelten. Unsere Spareribs waren so berühmt, dass sogar zwei amerikanische Piloten zu den Stammgästen des »Rosa Elefant« zählten. Immer, wenn die beiden in Wien waren, kamen sie ins Restaurant, um Spareribs zu essen, obwohl dieses Gericht eigentlich eine Spezialität der amerikanischen Küche ist und in ihrer Heimat am besten zubereitet wird.

Aber nicht, dass Sie jetzt denken, ich hätte vielleicht selbst im »Rosa Elefant« gekocht. Nein, nein, dafür reichten meine diesbezüglichen Künste bei Weitem nicht aus, beim Essen bin ich besser. Ich habe auch keine Tipps gegeben oder Rezepte geliefert. In der Küche des Restaurants regierte ein hervorragender Koch, ein Waldviertler, der dreiundzwanzig Jahre lang bei uns war. Er hat mit der Qualität der Speisen dafür gesorgt, dass der »Rosa Elefant« so stark frequentiert war, dass wir in diesem kleinen Restaurant fünf Kellner beschäftigten. Manchmal war der Andrang der Gäste enorm, sie mussten sich anstellen und warten, bis ein Tisch frei wird.

Auch die Besucher meiner Bar liebten das Essen des »Rosa Elefant«. Hatten die Herren Hunger, konnten sie dort bis Mitternacht bestellen, die Speisen wurden in mein

Etablissement gebracht. Zum Essen zogen sich die Gäste dann in einen kleinen Extraraum zurück, der mit einem Vorhang geschlossen wurde. Ich wollte verhindern, dass sich die Gerüche der Speisen ausbreiten, dass sie sich mit dem so schön komponierten Duftbouquet in der Bar mischten und die anderen Gäste störten.

Die Herren hatten aber nicht nur bis Mitternacht Appetit, sie verlangten oft bis in die frühen Morgenstunden nach einem Imbiss. Dann bereitete ich ihnen in der kleinen Küche meines Etablissements selbst eine Kleinigkeit zu. Die Gäste schätzten es, wenn Madame höchstpersönlich ihr Bedürfnis nach Essen befriedigte. Es ist ja tatsächlich so, dass Liebe durch den Magen geht.

Ich servierte den hungrigen Herren Schinkenbrote und Speckbrote, Schinken- und Käsetoast und Würstel, eine leichte Mahlzeit für zwischendurch eben.

Erst als es mein Restaurant, den »Rosa Elefant«, nicht mehr gab, brachte ich regelmäßig Selbstgekochtes mit in die Bar. Nichts Großartiges, vielleicht ein Kalbsgulasch, nicht zu scharf, fein und leicht gewürzt, dazu mit dem Löffel ausgestochene Nockerl. Manchmal waren es auch Krautrouladen. Den Gästen hat es stets geschmeckt.

Wurden in der Bar große Feste gefeiert, ließ ich die Speisen, wie Muscheln und Lobster, aus einem der ersten Restaurants der Stadt anliefern. Denn es war ja nicht so, dass ich ständig in der Küche stand. Ich war in meinem Etablissement die Gastgeberin und nicht die Köchin. Wenn's ums Kochen ging, hatte ich auch nie große Ambitionen. Als Kind sagte meine Mutter immer wieder zu mir: »Raus aus der Küche, Nina. Weg vom Kochlöffel.« Das habe ich mir zu Herzen genommen. Aber was ich koche, das kann ich Ihnen verraten, schmeckt herrlich.

Aber sie sind ja noch dabei, mich zu beobachten, wie ich aus der schwarzen Limousine steige. Sie sehen eine ausgesprochen korpulente Frau, der ein unauffälliger Herr mit grauen Haaren die Tür aufhält. Jetzt fällt Ihnen sicher der opulente Goldschmuck auf, den ich trage. An meinen Handgelenken, in denen sich noch immer diese zarten Knochen des jungen Dings, das ich einmal war, verbergen, hängen schwere goldene Armbänder, die klimpern, sobald ich mich bewege. Vielleicht trage ich gerade jenes mit den vielen alten goldenen Medaillons, die ich über die Jahre gesammelt habe, Andenken, die mir mein Mann auf Reisen geschenkt hat. Dazu eine prachtvolle breite Kette und wippende Ohrgehänge, natürlich ebenfalls aus massivem Gold und mit Edelsteinen besetzt. Schauen Sie auf meine Hände. Sehen Sie die kostbaren Ringe? Etwa diesen schweren Jugendstilring mit schwarzer Emaille, die von funkelnden Diamanten umgeben ist?

Jetzt denken Sie eventuell, dass ich aufgeputzt bin, aufgeputzt wie ein Christbaum, wie man im Wienerischen sagt. Sie meinen womöglich, dass ich es mit dem Schmuck übertreibe. Aber ich mag das. So bin ich, ich habe ein Faible für Schmuck. Ich glänze so gern. Schmuck verleiht mir etwas Prächtiges, etwas Königliches. Es kann nie genug Schmuck sein.

Diese Leidenschaft für Pretiosen reicht in meine Kindheit zurück. Meine Mutter trug gern Schmuck, ich erinnere mich vor allem an ihre wunderschönen Perlenketten. Denke ich an meinen Vater, fällt mir sofort sein auffälliger Siegelring ein, den er immer an der Hand hatte. Von ihm bekam ich auch mein erstes wertvolles Schmuckstück. Er überreichte mir zum achtzehnten Geburtstag einen Allianzring, einen massiven Goldring mit einem Rubin in der Mitte und zwei Brillanten.

Bis heute kaufe ich Schmuck nicht selbst, ich lasse mich verwöhnen und ihn mir schenken. Mein Mann hat mich, seit wir uns kennen, immer mit Gold und Edelsteinen überhäuft. Auch mein liebstes Schmuckstück bekam ich von ihm. Eine schwere goldene Halskette, mittellang, mit einem brillantbesetzten Elefanten als Anhänger. Das war ein besonderes Geschenk zu einem besonderen Anlass. Ich bekam die Kette zur Eröffnung unseres Restaurants »Rosa Elefant«. Das Besondere war, dass der Elefant einen aufgestellten Rüssel hatte, und das gilt als Glücksbringer. Lange Jahre brachte er mir tatsächlich Glück. Dann wurde er mir leider gestohlen.

Auch mein teuerstes Schmuckstück, ein kostbarer Jugendstilring meiner Mutter, gehört nicht mehr zu meiner Schmucksammlung. Er wurde mir auf einer Amerikareise zusammen mit einigen anderen Juwelen aus der Wohnung geraubt. Jetzt bin ich klüger, all mein Schmuck liegt hier in Wien sicher aufgehoben in einem Bankschließfach.

Aber Sie betrachten mich ja noch immer, während ich aus der schwarzen Limousine steige. Es ist kühl, trotzdem trage ich keinen Pelz. Nur ein kleines bisschen davon, mein schwarzer Umhang aus feinem Kaschmir ist schmal pelzverbrämt. Hätten Sie mich früher gesehen, wäre Ihnen sofort mein Pelzmantel aufgefallen. Aber all die schönen Stücke hängen schon jahrelang ungetragen und gut verwahrt bei meinem Kürschner. Viele, viele herrliche Pelze, Zobel und Nerze. Jeder Mantel ist für mich wie ein Juwel. Mein Mann schenkte sie mir immer zu Weihnachten, ich habe die Pelze über viele Jahre gesammelt. Jetzt ist schon lange kein neuer dazugekommen. Denn die Zeiten haben sich geändert. Pelz zu tragen, gehört sich jetzt nicht, und ich will niemanden provozieren, indem ich meine Pelzmäntel ausführe. Bin ich böse, weil ich meine Pelze so liebe? Verurteilen Sie mich bitte nicht.

Ich lege großen Wert auf meine Kleidung. Aber ich habe die Erfahrung gemacht, dass die Herren nicht so sehr darauf achten, was eine Frau trägt. Sie haben zwar ihre Vorlieben, aber selten kann ein Mann genau sagen, was eine Frau, die eben den Raum verlassen hat, anhatte. Doch wenn Sie eine Frau sind, werden Sie sich bei meinem Anblick wahrscheinlich auch über meine Kleidung Gedanken machen. Denn ich habe eine sehr expressive Art, mich anzuziehen, meine Garderobe ist ausdrucksstark, ich falle auf. Mein Erscheinungsbild ist aber nicht von lauten, schrillen Farben geprägt. Die setze ich nur bei meinen auffälligen Brillen ein, ich trage sie in allen Nuancen, von Beige über Blitzblau bis Rot. Bei der Garderobe erreiche ich diesen ausdrucksvollen Effekt, indem ich mich vorzugsweise in Schwarz und Weiß kleide, dazu trage ich blutroten Lippenstift. Das sieht immer sehr dramatisch aus. Ich habe ja einen Hang zur Theatralik.

Wenn Sie mich nach dem Namen meiner liebsten Designermarke fragen, rufe ich laut Chanel, Chanel, Chanel. Auch als ich noch dieses schlanke, junge Ding war, trug ich mit Vorliebe Chanel-Kostüme. Diese schlichten, fast biederen Kostüme verleihen jeder Frau eine subtile Sinnlichkeit, die sie erotischer macht als das größte Dekolleté. Ich liebe Chanel-Kostüme auch, weil sie zu jeder Gelegenheit passen, zu jeder Tageszeit, sie können beim Frühstück ebenso getragen werden wie abends beim Ausgehen. Ich liebe die Qualität der Stoffe und der Verarbeitung, die feinen Bleikettchen in den Jackensäumen, die für den guten Fall und den perfekten Sitz sorgen. Ich wollte schon immer gekleidet sein wie eine Prinzessin, wie eine stilsichere, moderne Prinzessin, wie Caroline von Monaco. Jetzt hängen meine vielen Chanel-Kostüme allerdings seit Jahren ungetragen in den Schränken. Um reinzupassen, müsste ich ja fünfzig Kilo abnehmen. Aber ich werde sie nie weggeben. Sie sind so schön, ich schaue sie immer wieder gern an.

Seit ich korpulent bin, näht eine Schneiderin meine Garderobe. Den schlichten, zeitlosen Schnitten und Schwarz und Weiß bin ich aber treu geblieben. So wie der Marke Chanel. Heute kaufe ich dort meine Taschen und Schuhe, Broschen und Tücher.

Sie sehen, ich mag Klassisches. Hin und wieder kommt ein Tupfen Leoprint dazu, vielleicht ein Schal oder ein Umhang mit diesem Muster. Ich bin ja eine Katze, eine korpulente Katze, ein Löwe.

Während der Zeit, in der ich meine Bar betrieb, trugen nicht nur die Mädchen eine Uniform, sondern auch ich hatte meine Dienstkleidung. Allerdings unterschied sich meine grundsätzlich von den transparenten Bodys der jungen Damen. Ich trug stets hochgeschlossene schwarze Kleider oder Jacken mit schneeweißem Kragen. Man hätte mich für eine Nonne oder für eine Lehrerin an einer Klosterschule halten können. Meine langen Haare hatte ich immer streng aus dem Gesicht zurückgekämmt, hoch am Kopf wurden sie mit einer Chanel-Spange oder -Schleife zusammengehalten, und der Pferdeschwanz war zu einem dicken Zopf geflochten. Ich sah also ganz anders aus als die Mädchen. Ich wollte seriös wirken und ihnen auch nie Konkurrenz machen. Sie lachen jetzt? Vergessen Sie nicht, dass ich jung war, Mitte dreißig, als ich mein Etablissement eröffnete.

Weil wir gerade bei meiner Frisur sind, wage ich die Frage. Fallen Ihnen meine Haare auf, wenn Sie mich beim Aussteigen aus dem Wagen beobachten? Sehen Sie, dass jede Strähne makellos sitzt? Ich bin so furchtbar penibel, auch bei der Frisur. Alles muss immer picobello sein, das ist mein Tick.

Jetzt trage ich lange Stirnfransen, immer zur Seite gelegt, die Spitzen ein bisschen nach außen wie zu einer kleinen Tolle geföhnt, und einen dicken Dutt auf dem Kopf. Im Lauf der Jahrzehnte habe ich meine Haarfarbe immer wieder geändert, auch auf Rot, dafür hatte mein Mann eine Vorliebe. Jetzt bin ich wieder blond, so wie ich es als Kind war.

Eine strahlende blonde Frau von fast siebzig Jahren, ausgesprochen korpulent, in klassischer schwarz-weißer

Garderobe, mit klimperndem Gold an Hals, Armen und Ohren, die in einer Limousine vorgefahren ist, sitzt jetzt also an der Theke, hinter der Sie stehen. Jemand hat Ihnen bereits zugeraunt, dass sie dreißig Jahre lang eine große Nummer im Wiener Nachtleben war. Nun fasst sie sich ein Herz und erzählt Ihnen ihre wahre Geschichte.

Präsidenten sind auch nur Menschen

Bitte glauben Sie nicht, dass ich mich ziere. Doch bevor ich mit meiner Lebensgeschichte beginne, gibt es da noch eine allerletzte Sache. Die Geschichte über Charlie Sheen und seine Calvin-Klein-Unterhose sollte Sie ja sozusagen aufwärmen und zum Weiterlesen verführen, und dann kam ich beim Erzählen auf meine Erlebnisse mit Falco. Aber diese Geschichte hatte ein so trauriges Ende. Ein trauriges Ende ist aber kein guter Anfang. Also beginne ich lieber noch einmal ganz von vorne mit einer neuen Geschichte zum Aufwärmen, mit einer Geschichte, die ein bisschen aufregend ist. Sie handelt von einem Bundespräsidenten. Ja genau, von einem Bundespräsidenten, der sich von meinen Mädchen verwöhnen ließ, und die Geschichte handelt auch von seinen speziellen Vorlieben.

Ich verrate Ihnen über diesen wundervollen Herrn nur, dass er Bundespräsident war. Ich verrate Ihnen aber natürlich nicht, wie er hieß und ich gebe Ihnen auch keine Hinweise darauf, wer er sein könnte. Wenn Sie meinen, in der Geschichte Tipps auf seine Identität zu erkennen, dann gehen Sie bitte davon aus, dass ich diese absichtlich gestreut habe, um Sie auf eine falsche Fährte zu locken. Ich verrate Ihnen natürlich auch nicht, wann dieser Herr Bundespräsident war, und nicht einmal, ob er dieses hohe Amt vor, während oder nach der Zeit bekleidete, als er sich mehrfach von meinen Mädchen verwöhnen ließ. Ich mache auch keine noch so geringe Andeutung, in welchem Land der Herr Bundespräsident war. Meine Verschwiegenheit geht so weit, dass ich auf alle Fälle mit Nein antworten würde, selbst falls Sie mir den richtigen Namen präsentierten. Nein, würde ich dann sagen, dieser Mann war es ganz bestimmt nicht. Den können Sie ausschließen.

Ich sage Ihnen auch nicht, wie alt er war, als ich mit ihm regelmäßig zu tun hatte, ob er fünfzig war oder achtzig. Ja genau, achtzig könnte er auch gewesen sein, denn auch mit achtzig steht den Herren der Sinn noch nach Liebe. Das glauben Sie nicht?

Eine Zeit lang hatten wir in der Bar einen Stammgast, der vierundachtzig Jahre alt war. Früher ein Dirigent, entwickelte er im Ruhestand ein Faible für Astrologie und wählte die Mädchen, die ihn ins Séparée begleiteten, zumindest spaßeshalber nach Sternbildern aus. »Heute steht mir der Sinn nach einer Löwin, Madame Nina«, sagte er etwa. »Haben Sie eine Empfehlung für mich?«

Zugegebenermaßen war ich meistens nicht ganz fair zu ihm. Ich nützte es aus, dass sein Erinnerungsvermögen schon etwas nachgelassen hatte und schickte ihm in so einem Fall immer das Mädchen, das gerade frei war. Egal, in welchem Sternzeichen die Dame geboren war, jetzt war sie eine Löwin. Ich bin sicher, dass es ihm nichts ausgemacht hätte, wäre er meiner kleinen Schwindelei auf die Schliche gekommen.

Unser Rekordhalter in Sachen Alter war ein Römer, der regelmäßig Wien besuchte, weil er hier Familie hatte. Er war bereits dreiundneunzig Jahre alt, und bei jedem seiner Besuche kündigte er an, noch am selben Tag zu sterben. »O, Cara Mia«, stöhnte er in meine Richtung, »heute wird es passieren, ich spüre es.«

»Dottore Gino, was meinst du?«, fragte ich ihn dann, obwohl ich natürlich wusste, worum es ihm ging.

»Heute werde ich sterben, Cara Mia«, antwortete er, »in den Armen deiner Mädchen.«

Er kokettierte nicht nur damit, es war tatsächlich sein größter Wunsch, auf diese Weise das Zeitliche zu segnen. »Ich bin ein potenter Mann«, sagte er, »ich will nicht in einem Spitalsbett sterben, sondern in einem glücklichen Moment, und wo könnte ich in meinem Alter glücklicher sein als hier?«

Er zog sich immer mit vier oder fünf Mädchen zurück, und ich hatte stets ein unbehagliches Gefühl dabei. Vor meinem geistigen Auge sah ich schon die Schlagzeile Italienischer Arzt in Wiener Nachtclub verstorben. Wo der freundliche Herr dann tatsächlich starb, weiß ich nicht. Auf jeden Fall nicht in meiner Bar.

Aber keine Sorge, die Geschichte, die ich Ihnen über den Bundespräsidenten erzähle, ist nicht makaber. Sie ist höchstens ein bisschen skurril. Stellen Sie sich vor, es geht dabei um Schamhaare.

Schamhaare haben in meiner Branche aus vermutlich gut nachvollziehbaren Gründen eine gewisse Bedeutung. Man glaubt ja gar nicht, wie wichtig Schamhaare sind, wie wichtig sie den Herren sind. Ob buschig oder glattrasiert, allein in den drei Jahrzehnten, in denen ich mein Etablissement betrieb, veränderten sich die Wünsche und Vorlieben erheblich.

Das ist auch kein Wunder, denn betrachtet man die Geschichte der Schamhaare im Lauf der Jahrhunderte, wechselte die Mode zwischen wild wuchernd und glatt immer wieder. In manchen Epochen war unkontrollierter Wuchs erwünscht, weil er als erotisch galt, in anderen wurde die unbehandelte Intimzone als abstoßend empfunden. Haarfreiheit unter dem Nabel ist also keine Erfindung des ausgehenden zwanzigsten und beginnenden einundzwanzigsten Jahrhunderts.

Auf antiken griechischen Vasen und auf altägyptischen Malereien sind etwa bereits Frauen mit unbehaarter Scham zu sehen. Damals wurden die Haare aus hygienischen Gründen entfernt. Auch in Mitteleuropa änderte sich die diesbezügliche Mode immer wieder. Im Mittelalter wurde aus religiösen Gründen eher auf Glattheit gesetzt, im siebzehnten und achtzehnten Jahrhundert dagegen, als Geschlechtskrankheiten grassierten und die Schambehaarung bei Infizierten entfernt wurde, war bei den Damen eine freisprießende Schambehaarung gefragt, weil dies auf deren Gesundheit schließen ließ. Danach gab es Epochen, in denen absolute Haarlosigkeit als Maß aller Dinge galt, Schamhaare wurden aus ästhetischen Gründen entfernt, weil Glattheit im Intimbereich Jungfräulichkeit signalisierte.

Sie sehen, ich kenne mich aus, ich weiß, dass der Wechsel von naturbelassener und unbehaarter Scham mit den jeweiligen gesellschaftlichen Zwängen in Verbindung steht. Ich weiß auch, dass zu Beginn des zwanzigsten Jahrhunderts ein gewisser Herr Gillette den Rasierer erfand, und die Damen damals wieder begannen, ihre Intimzone vom Wildwuchs zu befreien. Es galt als feminin, im Intimbereich haarlos zu sein, und mittels Rasierer war dies nun einfach zu erreichen.

Später, als das Modediktat wieder natürliche Schönheit verlangte, ließen die Damen ihre Körperbehaarung abermals unkontrolliert sprießen. Zwar feierte der Bikini in den Sechziger- und Siebzigerjahren seinen Triumphzug, und die sogenannte Bikinizone, der Bereich ums Bikinihöschen, geriet in den Fokus des Interesses. Dort dufte kein Härchen zu sehen sein. Aber können Sie sich vorstellen, dass das damalige Sexsymbol Brigitte Bardot im Schambereich völlig glatt war? Sicher nicht. Auch die Achselbehaarung war ja noch nicht verpönt, wie man in etlichen alten Hollywoodfilmen nachsehen kann.

Jetzt kommen wir zu der Zeit, als ich mein Etablissement eröffnete. Das war in den Siebzigerjahren, und damals hatten alle Mädchen Schamhaare, unter dem Nabel ließen es die Damen fast ungehemmt sprießen. Die Herren mochten das, sie wollten nur Mädchen mit reichlich Schambehaarung. Eine Dame mit glattem Venushügel hätte sicher sehr wenig Geld verdient.

Es war die Hippie-Ära, die Zeit der beginnenden Frauenrechtsbewegung. Nicht, dass dies in meiner Bar eine Rolle gespielt hätte, aber es war eben der Zeitgeist, dass Frauen als Protest ihre Körperbehaarung ungehemmt wachsen ließen, um damit auszudrücken, dass sie den Männern nicht länger als Objekte zur Verfügung standen, sondern ihre Sexualität selbst bestimmen konnten. Dieses Lebensgefühl mündete im Modediktat des behaarten Intimbereichs.

Schamhaare sprossen damals also reichlich. In meinem Etablissement gab es ein Mädchen, Lucija, eine hübsche Serbin, das immer wieder viel zu lange in der Garderobe blieb, in der sich die jungen Damen umzogen. »Was macht sie da nur?«, fragte ich die anderen Mädchen wiederholt. »Warum kommt sie nicht endlich?« Schließlich riss mir der Geduldsfaden. Sapperlot, dachte ich, jetzt gehe ich nachschauen. Ich öffnete die Garderobentüre im Untergeschoss, da stand Lucija, nackt wie Gott sie schuf, vor dem Spiegel. In einer Hand hielt sie den Föhn, in der anderen Hand eine Bürste. »Lucija, was soll das?«, rief ich.

»Ich föhne meine Muschihaare glatt«, sagte sie entgeistert. »Das mache ich immer.«

Das überraschte sogar mich, ich kannte kein anderes Mädchen, das seine Schamhaare in Form föhnte. Aber es gab junge Damen, die es färbten. Ein naturblondes Mädchen, Sonja, wollte für die Herren plötzlich zur schwarzen Madonna werden. Sie ließ sich ihr Kopfhaar dunkel kolorieren, ihr Schamhaar blieb aber blond. Das gab einen Aufschrei unter den Herren. »Was ist sie jetzt, eine Blondine oder eine Brünette?«, beschwerten sie sich bei mir. Sonja, die weiter gutes Geld verdienen wollte, reagierte sofort. Sie färbte sich ihr Schamhaar schwarz. Eine Prozedur, so erzählten mir die Mädchen, die nicht ohne Qualen abging. Die aggressive Haarfarbe schmerzte an dieser heiklen Stelle heftig.

Die Mode des naturbelassenen Venushügels wurde Ende der Siebzigerjahre, Anfang der Achtzigerjahre von einem neuen Trend abgelöst. Ein enthaarter Intimbereich vermittelte nun das Lebensgefühl der Selbstbestimmung. Diese Entwicklung machte auch vor meinen Mädchen nicht halt, sie begannen ihre Schambehaarung zu entfernen. Vorerst nur teilweise, aber als der vollkommen glatte Venushügel bei den Herren in den Achtziger- und Neunzigerjahren immer gefragter wurde, eliminierten die Mädchen schließlich jedes Härchen. Schon einige Zeit bevor ich meine Bar schloss, gab es nur mehr die Totalrasur. Das war ein richtiger Kult, der Intimbereich musste völlig glatt sein. Gott behüte, wenn die Mädchen nicht depiliert gewesen wären. Das hätte Ärger mit den Herren gegeben. Glatt, glatt, glatt, nur das wollten sie.

Jede Generation hat da eben ihre Vorlieben. Schauen Sie sich die Models in den Illustrierten an, sie sind so jung, so schön, so glatt, wie Schaufensterpuppen. Das ist das Ideal der heutigen Zeit. Und dazu gehört, dass die Damen glatt wie diese Schaufensterpuppen sein sollen. Haare sind seit geraumer Zeit nur am Kopf gefragt.

Aber der Geschmack manches Herrn hielt sich nicht an die jeweilige Schamhaarmode. Einige Gäste hatten ihre eigenen Vorstellungen und Vorlieben. Als Naturbelassenheit im Intimbereich modern war, wünschten sich einige eine depilierte Scham, und als der völlig haarfreie Venushügel im Trend lag, stand manchem Gast der Sinn nach Wildwuchs.

Nicht, dass Sie denken, ich hätte den Mädchen diesbezüglich Vorgaben gemacht. Nein, ich mischte mich da nicht ein, sie sollten in der Schamgegend aussehen, wie sie wollten, sie wussten ja selbst, was zu tun ist, damit sie Geld verdienten. Nur wenn ein Herr mir persönlich gegenüber seine speziellen Wünsche kundtat, sprach ich mit den Mädchen darüber.

In den Anfangszeiten, in denen ich meine Bar betrieb, gab es einen Gast, der weniger Schambehaarung bevorzugte. Ein kleiner feiner Herr war das, er rief mich an. »Madame, wenn ich Sie das nächste Mal besuche, wünsche ich ein Mädchen mit Irokesenschnitt«, sagte er. Ich war schockiert. Ich hatte keine Ahnung, wovon er sprach.

»Was will er nur?«, fragte ich die Mädchen. Sie waren vif, erkundigten sich und rasierten ihr Schamhaar, wie von dem Herrn gewünscht, zurecht. Der schmale vertikale Haarstreifen inmitten von perfekter Glätte zahlte sich für die jungen Damen aus, der noble Gast ließ sich ihre Flexibilität einiges kosten.

Später, als die Komplettrasur modern war, hatte ich einen Gast, der behaarte Mädchen vorzog. Ein sehr netter Herr aus Liechtenstein war das, bei jedem seiner Wien-Aufenthalte suchte er in meinem Etablissement Entspannung. Seine Besuche kündigte er stets telefonisch an. »Madame, ich bin in sechs Wochen wieder bei ihnen«, sagte er. »Darf ich darauf hoffen, dass es ein Mädchen mit Haaren gibt?« Die von ihm bevorzugte Dame ließ dann sofort ihre Schamhaare wachsen. Der freundliche Gast belohnte sie für dieses Entgegenkommen großzügig. Schließlich hatte sie ja auch eventuell einen Verdienstentgang, während sie ihr Schamhaar sprießen ließ. Denn die anderen Herren, die wollten es ja völlig glatt.

Der Präsident gehörte jedenfalls, wie ich vorhin schon angedeutet habe, zu den Herren, die behaarte Mädchen liebten.

Ich verrate Ihnen jetzt aber nicht, wann ich ihn kennenlernte. Ich sage Ihnen auch nicht, ob das vor dreißig Jahren war, also zu Zeiten von Falcos Hochblüte in den Achtzigerjahren, oder erst vor zwei Jahren, als meine Bar bereits eine fast schon anachronistische Insel inmitten von Laufhäusern und Saunaclubs war, in denen ausschließlich schneller und billiger Sex, Bedürfnisbefriedigung ohne jeden Funken menschliche Wärme angeboten wurde.

Wenn Sie der Geschichte über den Präsidenten jetzt gleich entnehmen werden, dass ich ihm immer Mädchen mit Schamhaaren anbieten konnte, dann schließen sie bitte daraus auch nicht, dass er zu einer Zeit kam, in der alle Mädchen Schamhaare trugen. Sie wissen ja bereits, dass meine Mädchen diesbezüglich flexibel waren.

Ein Präsident, egal ob er schon einer ist, einer war oder sich erst anschickt, einer zu werden, spaziert auch im besten Nachtclub nicht einfach zur Tür herein, bestellt Champagner, plaudert eine Weile, zieht sich mit einem oder mehreren Mädchen in ein Zimmer zurück, zahlt und geht.

Er könnte sich vielleicht auf die Diskretion des Etablissements verlassen, aber eine Geschichte, die so delikat ist, macht am Ende dann doch die Runde. Zuerst erzählen sich die anderen Barbesucher untereinander davon, dann gibt einer der Herren sie unter dem Vorwand, die erotische Anekdote von einem Besucher meines Etablissements gehört zu haben, im privaten Kreis zum Besten. »Ich habe gehört, dass der Präsident im Rotlichtmilieu verkehrt«, sagt er vielleicht. Schnell wird daraus ein Gerücht mit allen möglichen Facetten, das sich wie ein Lauffeuer verbreitet und den Ruf des betreffenden armen Herrn ruiniert.

Auch die Mädchen selbst hatten einen gewissen Hang dazu, über ihre Tête-à-Têtes mit prominenten Gästen zu reden. Ich hielt sie zwar stets zu absoluter Verschwiegenheit an, und sie verstanden auch, wie wichtig diese in ihrem Gewerbe war. Doch wenn eine Dame einen sehr bekannten Freier hatte, war sie stolz darauf. Sie fühlte sich dadurch auf gewisse Weise aufgewertet, und dann prahlte sie manchmal mit ihren Erlebnissen. Sie erzählte nicht nur mir sofort davon, sondern auch den anderen Mädchen.

Es gab eine heikle Geschichte, über die sich die Mädchen sehr amüsierten, immer wieder war sie Thema ihrer Tuscheleien. Auslöserin dieser Episode war Gabi, eine Österreicherin, sie hatte lange Zeit in Bonn gearbeitet, ehe sie zu mir kam. Damals war Bonn Deutschlands Hauptstadt, und Gabi zählte viele hochrangige Politiker zu ihren Kunden. Sie war noch nicht lange bei mir in der Bar, und ich kannte Gabi also noch nicht besonders gut, als uns eines Tages ein sehr bekannter Herr aus deutschen Regierungskreisen besuchte. Er war ein generöser Gast, der ein Mädchen, das ihm ins Séparée folgte, mit fünftausend Mark belohnte, damals eine riesige Summe. Gabi wollte er allerdings nicht. Ich fragte sie nach dem Grund. »Weil seine geheime Vorliebe Sadomaso-Sex ist, aber das weiß hier niemand«, erklärte sie mir. »Er will geschlagen werden.« Ich hatte keinen Grund, Gabi nicht zu glauben, und war dankbar für die Information.

Als der Herr wenig später in der Bar anrief und mich bat, ihm ein Mädchen in sein Hotel, eine Luxusbleibe an der Ringstraße, zu schicken, meldete sich Doris, die seine geheimen Wünsche, die mir Gabi offenbart hatte, erfüllen wollte. Unter ihrem Cape trug sie nur einen Latexanzug und sie hatte eine Peitsche bei sich. Der Herr öffnete die Tür seiner Suite, und Doris, patsch, patsch, schlug ihn. » Was machst du da?«, rief er entsetzt.

»Das ist es doch, was du willst«, sagte sie streng und schlug ihn nochmals mit der Peitsche.

»Hör auf! Hör auf!«, bat er.

»Knie dich nieder, jetzt wirst du bestraft«, hielt ihm Doris entgegen.

Erst mit Müh und Not konnte der arme Herr sie stoppen und aus der Hotelsuite drängen. Danach rief er mich sofort an. »Nina, bist du wahnsinnig geworden, warum schickst du mir eine Verrückte?«, wollte er wissen.

Gabi hatte mich angelogen, der bekannte deutsche Politiker hatte überhaupt keine Vorliebe für Sadomaso-Sex. Sie war nur neidisch, weil er sie nicht wollte, und die anderen Mädchen von ihm gut bezahlt wurden.

Meinen Mädchen bot diese Episode natürlich reichlich unterhaltsamen Gesprächsstoff. »Still, still, still«, sagte ich immer, wenn ich sie darüber tratschen hörte. Denn rasch konnte eine so brisante Geschichte ihre Kreise ziehen, auch außerhalb meines Etablissements.

Meine Geschäftsbeziehung mit dem Präsidenten, die, wie Sie gleich sehen werden, eigentlich nur eine indirekte war, lief deshalb über etwas kompliziertere Wege. Konkret lief sie über Artur, der zu den wenigen meiner Gäste zählte, denen ich erlaubte, Mädchen in seine Wohnung zu bestellen. Diesbezüglich war ich deshalb so streng, weil ich bei aller Menschlichkeit, die ich in meine Bar zu bringen versuchte, immer wusste, dass die Branche eine gefährliche war, und dass ich mir zwar mit der Zeit eine ganz gute Menschenkenntnis erworben hatte, in meiner Einschätzung eines Herrn aber nicht zwingend richtig lag.

Immer wenn ich meinte, bei der Beurteilung eines Gastes bereits unfehlbar zu sein, erinnerte ich mich an den Herrn im Hugo-Boss-Anzug, der eines Tages in meine Bar kam. Er war schlank, groß gewachsen und wirkte gepflegt. Es war eher überflüssig, dass er selbst auf die erlesene Marke seines Anzuges hinwies, doch ansonsten war an seinem Auftreten nichts auszusetzen und auch und seine Ausdrucksweise war gewählt.

Dieser Herr plauderte ein wenig mit mir und suchte sich dann Evi, eine dunkelhaarige Serbin, aus. Er lud sie ein, bestellte eine Flasche Champagner und schon bald darauf eine zweite. Im Gespräch erwähnte er, dass er Schriftsteller sei. Ich glaubte es ihm, so wie er sprach. Als sich die zweite

Flasche langsam leerte, wandte er sich an mich. »Ich würde Evi gerne mit nach Hause nehmen, Madame«, sagte er. »Habe ich Ihr Einverständnis?«

Ich zögerte. Ich war für die Sicherheit meiner Mädchen verantwortlich, und er besuchte uns zum ersten Mal. Ich wusste nichts über ihn. Andererseits wirkte er ausgesprochen seriös. Ich sah Evi an. Was sie wollte, war klar. Sie war ganz aufgeregt und das nicht nur wegen des bevorstehenden Geschäftes. Dieser Gast hatte das gewisse Etwas, das Frauen verrückt machte. Wenn ein Herr über diese ganz bestimmte Ausstrahlung und diesen gewissen Charme verfügt, muss er nicht einmal besonders gepflegt wirken oder gewählt sprechen, um einem Mädchen den Kopf zu verdrehen. »Nun ja«, sagte ich und überlegte.

In diesem Moment rief mich mein Mann zu sich. Irgendetwas sei mit dem Zapfhahn für das Bier nicht in Ordnung, sagte er. Mir war klar, dass das ein Vorwand war. »Entschuldigen Sie mich bitte einen Augenblick«, bat ich den Gast im Hugo-Boss-Anzug.

Mein Mann nahm mich beiseite. »Weißt du nicht, wer das ist?«, fragte er.

Unter der Theke schlug er eine Zeitung auf und wies auf ein Foto. Es zeigte den Herrn, weniger fein gekleidet zwar, aber eindeutig wiedererkennbar. Es stimmte, dass er Schriftsteller war. Er hieß Jack Unterweger und war an diesem Tag aus der Haft entlassen worden.

Ich betrieb meinen Nachtclub damals schon eine ganze Weile und blieb dementsprechend gelassen, was immer da auch kommen mochte. Aber nun wurde ich doch unruhig.

Der Mann, der in den Siebzigerjahren eine Prostituierte grausam ermordet hatte bei mir in der Bar?

Ein Gericht hatte ihn zu lebenslanger Haft verurteilt. Im Gefängnis begann er zu schreiben, Gedichte, autobiografische Romane, Gute-Nacht-Erzählungen für den österreichischen Rundfunk, und er gewann sogar einen Literaturpreis.

Während seines Gefängnisaufenthaltes engagierte sich die Kulturszene für ihn, darunter bekannte Künstler wie Milo Dor, Erich Fried, Barbara Frischmuth, Erika Pluhar, Elfriede Jelinek, die später den Nobelpreis bekam, und sogar Günter Grass und der Krimiautor und Sexualforscher Ernest Bornemann. Offenbar übte die Melange, die Unterwegers Persönlichkeit bot, eine besondere Faszination auf sie aus, denn Künstler, besonders Schriftsteller, fühlten sich schon immer magisch zur Subkultur des Rotlichtmilieus und zu Mördern hingezogen, und Unterweger war nun selbst Literat, gleichzeitig ein verurteilter Mörder mit intensivem Hang zu einer Umgebung, in der das Sexgewerbe blühte. Dank der Unterstützung der namhaften Persönlichkeiten kam er frei. Heute scheint das völlig unverständlich, aber im Wien der damaligen Zeit war es eben möglich.

Unterweger galt als resozialisiert, aber ich hatte diese Einschätzung betreffend große Vorbehalte. Er war ein Frauenmörder, ein innerer Trieb hatte ihn töten lassen, und ich konnte mir beim besten Willen nicht vorstellen, dass er von diesem Trieb befreit war, nur, weil er nun selbst Schriftsteller war und einige Künstler seine Werke exzellent fanden.

»Es geht leider nicht«, sagte ich deshalb zu ihm, als ich wieder an den Tisch zurückkam, und warf Evi einen strengen Blick zu, um ihren eventuellen Widerspruch im Keim zu ersticken.

Sechs Monate später begann eine Mordserie an Prostituierten, Unterweger wurde verdächtigt und floh über die Schweiz in die USA, wo ihn das FBI verhaftete. Er gestand keinen der Morde, dennoch wurde er abermals zu lebenslanger Haft verurteilt, er erhängte sich in seiner Zelle. Was aus Evi geworden wäre, wenn ich sie an jenem Tag mit ihm ziehen lassen hätte, kann niemand mit Bestimmtheit sagen, doch wahrscheinlich würde sie nicht mehr leben. Sie entsprach genau dem Typ Frau, den Unterweger bevorzugte.

Ich überlegte es mir deshalb sehr genau, welchem Herrn ich ein Mädchen schickte, und bei Artur war das gar kein Problem. Ich kannte ihn gut, denn er war der Sohn einer guten Bekannten und bewohnte ein Appartement unter dem Dach des Nebenhauses. Artur kam regelmäßig in den »Rosa Elefant«. Einmal pro Woche traf er sich mit seinen Freunden, dann spielten sie Karten, gingen ins Theater oder besuchten einen der Wiener Bälle. Was immer sie unternahmen, am Ende landeten sie meist noch in meinem Restaurant, aßen eine Kleinigkeit und gingen dann wieder hinauf in seine Wohnung, dann aber nicht mehr, um Karten zu spielen, sondern um sich mit einigen meiner Mädchen zu vergnügen.

Artur und seine Freunde waren vornehme Herren, alle ganz nach meinem Geschmack. Sie hatten Manieren, sie hatten Stil, und sie wussten, was sie vom Leben wollten, sowohl beruflich wie privat. Mit solchen Männern Geschäfte zu machen, war mir immer ein Vergnügen.

Artur scheute sich auch nicht, meine Bar zu besuchen. Dann unterhielten wir uns gern, und im Lauf der Zeit vertrauten wir einander immer mehr, wir wurden fast zu Freunden. Wenn Artur und seinen Bekannten der Sinn danach stand, sich in seinem Appartement mit meinen Mädchen zu amüsieren, kam er in die Bar, oder er rief mich an, um seine Wünsche zu äußern. Manchmal nannte er die Namen gewisser Damen, die er bereits kannte, manchmal orientierte er sich an optischen Merkmalen wie Haarfarbe, Größe oder Figur. »Einer meiner Freunde hätte gerne eine dunkle Schönheit, und zierlich soll sie sein«, sagte er dann etwa zu mir. Auch wenn einer der Herren einen bestimmten Service bevorzugte, informierte er mich, damit ich das richtige Mädchen auswählen konnte.

Waren die Damen in seiner Dachwohnung, orderte Artur per Telefon die Getränke. Champagner und Whiskey vor allem, von beidem feinere und teurere Marken.

Eines Abends, als Artur bereits die Getränke bestellt hatte, war in der Bar besonders viel los. Die Mädchen hatten alle Hände voll zu tun, sie servierten und unterhielten die Gäste. Deshalb brachte ich die Champagner- und Whiskeyflaschen selbst in Arturs Appartement. Ich kannte es schon. Die große Wohnung war recht luxuriös eingerichtet, mit einer geschmackvollen Mischung von teuren zeitgenössischen Möbeln und gediegenen Antiquitäten. Im weitläufigen Wohnzimmer gab es einen offenen Kamin und eine moderne Musikanlage. Das Appartement verfügte über mehrere Schlafzimmer und mehrere Bäder. Artur war ein Mann, der in jeder Hinsicht wusste, wie man gut lebt.

Ich klingelte. Die Tür öffnete sich. Doch es war nicht Artur, der da stand. Es war der Präsident. Er war offenbar in ausgelassener Stimmung. »Schönen guten Abend, Madame Nina«, sagte er vergnügt.

Ja, er kannte mich bereits. Er war vor seiner Zeit als Bundespräsident mehrmals Gast in meinem Restaurant »Rosa Elefant« gewesen, und wer mich einmal gesehen hatte, vergaß mich nie mehr, auch wenn er nicht über das beste Personengedächtnis verfügte. Bereits zu jener Zeit war ich ausgesprochen korpulent, nur viel beweglicher als heute, und ich zeigte damals schon meine Leidenschaft für dramatische Kleidung und für großen Schmuck. Heute kann man vielleicht sagen, dass mich auch mein Aussehen zu einer Marke gemacht hat.

Selbstverständlich erkannte auch ich den Präsidenten. Aber glauben Sie bitte nicht, dass sich auch nur der leiseste Schatten von Überraschung über mein Gesicht legte, als ich ihn da lächelnd in Arturs Wohnungstür stehen sah. Mir war an den Herren schon lange nichts fremd, keiner konnte mich mehr in Erstaunen versetzen oder gar verblüffen. Ich wusste ja längst, dass alle Männer zwei Seiten haben, eine, die sie zeigen, und eine, die sie zeigt. Ich hatte ein Leben lang mit der zweiten zu tun, mit jener Facette ihrer Persönlichkeit, die offenbart, wie sie wirklich sind. Deshalb konnte ich zwar immer bewundern, was ein Mann nach außen repräsentiert, ohne davon aber in geringster Weise beeindruckt zu sein.

»Guten Abend, Herr Präsident«, sagte ich daher gelassen, »ich bringe die gewünschten Getränke. Ich hoffe, dass alles nach Ihren Wünschen ist.«

Ich stellte Champagner- und Whiskeyflachen im Wohnzimmer ab und wollte wieder gehen. Artur eilte mir nach. »Die Mädchen kommen gleich«, sagte ich. »Entschuldige bitte, dass es heute so lange dauert. Es ist furchtbar viel los.«

»Das macht gar nichts«, antwortete Artur. »Du denkst aber an die Rothaarige? Du weißt schon ...« Er zeigte auf seinen Schritt. »Es muss eine echte Rothaarige sein.«

»Keine Sorge«, beruhigte ich ihn, »ich schicke dir die Richtige.«

Als Therese, die Rothaarige, wieder zurück in die Bar kam, sah ich sie aus den Augenwinkeln an der Theke stehen, sie schaute in meine Richtung. Ich wusste, dass sie nur darauf wartete, um sich zu mir zu setzen und mir detailreich von ihren Erlebnissen zu berichten. Das war immer eine Marotte der Mädchen. Ich war wie eine Mutter für sie, der sie alles anvertrauten, und kaum hatte eine das Séparée verlassen, stürzte es sich förmlich auf mich, um mir die mit dem Herrn verbrachte Zeit ausführlich und ohne Tabu zu schildern. Manchmal war selbst mir das zu viel. Was werde ich mir jetzt wieder anhören müssen, welche seltsame Geschichte wird sie mir erzählen, fragte ich mich oft. Manches wollte ich auch gar nicht wissen. Aber ich war nicht nur beim Reden gut, ich konnte auch blendend zuhören. Außerdem erhielt ich auf diese Weise Informationen über die Gäste, ob sie nun prominent waren oder nicht, die ich gut gebrauchen konnte. Die aufschlussreichen Berichte der Damen ermöglichten es mir, neuen Mädchen Hinweise auf die Vorlieben der Herren zu geben.

Als ich endlich Zeit für Therese hatte, platzte sie auch sofort mit ihren Erlebnissen heraus. »Heute wurde ich verewigt«, schmunzelte sie.

»Wie meinst du das?«, wollte ich wissen.

»Julia, Anna und Lara wurden auch schon verewigt«, sagte sie kryptisch. »Weißt du das gar nicht?«

Therese weihte mich in das Geheimnis ein. All die Mädchen mit starker Schambehaarung, die Artur im Lauf der Zeit in sein Appartement bestellt hatte, waren für den Präsidenten bestimmt gewesen. Dieses Faible des namhaften Gastes hatte sich zwar bei den Damen herumgesprochen, zu mir war aber sonderbarerweise weder vorgedrungen, dass sich bei Artur ein Präsident amüsierte, noch, dass dieser eine ganz spezielle Neigung hatte.

Die Vorliebe des hochrangigen Herrn trieb weitere Blüten, Therese verriet mir die pikanten Details. Der Präsident vergnügte sich nicht nur gern mit den stark behaarten Mädchen, er bewahrte auch eine Erinnerung an sie auf. »Er hat mir ein Schamhaar abgeschnitten«, erzählte Therese.

»Warum hat er dir ein Schamhaar abgeschnitten«, fragte ich verwundert.

»Er hat es in ein Album eingeklebt. Jetzt bin ich dort verewigt.«

Therese verriet mir, dass dieses Album bereits eine stattliche Sammlung von Schamhaaren umfasste, jedes Haar mit handschriftlichen Notizen des Präsidenten versehen.

Er notierte stets Name und Haarfarbe der Dame und den Tag, an dem er sich mit ihr amüsiert hatte.

Da der Präsident schon von Berufs wegen ein Mann von Welt war, nahm er das Haar nicht ohne Gegenleistung. Er belohnte jedes Mädchen für die Schamhaarspende mit einer kleinen zusätzlichen Geldsumme. Bei jeder Dame zeigte er sich mit einem Betrag in derselben Höhe erkenntlich, nur Therese, die Rothaarige, erhielt ihn in doppelter Höhe.

Dabei, so erzählte sie mir, hätte sie dem Präsidenten ihr Schamhaar auch gern ohne Gratishonorar überlassen. Offenbar gefiel ihr der Gedanke, zumindest eine kleine Rolle in den Aufzeichnungen eines Bundespräsidenten zu spielen.

Wie alles begann

Jetzt habe ich Sie mit den delikaten Episoden über meine Bar, die Mädchen und die Herren, die unsere Gäste waren, ein bisschen aufgewärmt. Nun kann ich beginnen, Ihnen meine ganz persönliche Geschichte zu erzählen, die Geschichte meines Lebens.

Ich wurde im Jahr 1948 in Kroatien geboren. Um Ihnen einen Einblick zu gebe, wie das Kroatien dieser Zeit war, warum Kriege und Aufstände diesen Fleck auf der Landkarte so schwer gezeichnet hatten und dort zur Stunde meiner Geburt bittere Armut und schreckliches Elend herrschten, erlauben Sie mir bitte eine kurzen historischen Exkurs. Ich muss dazu ein wenig ausholen und mit meinen Ausführungen einige Jahre, ehe ich zur Welt kam, beginnen.

Das Königreich Jugoslawien trat dem Dreimächtepakt des Deutschen Reiches mit Italien und Japan bei. Zu dieser Zeit putschten serbische Offiziere mit der Unterstützung Englands gegen den serbischen Prinzregenten. Obwohl die neue jugoslawische Regierung versuchte, sich mit Hitler zu arrangieren, überfiel er das Land im April 1941 und schlug die jugoslawische Armee vernichtend. Die jugoslawische Regierung kapitulierte und der damalige König floh ins Exil nach Großbritannien. In meiner Heimat übernahm die faschistische Ustascha-Bewegung unter der Führung des Politikers und Kriegsverbrechers Ante Pavelić die Macht und proklamierte am 10. April 1941 den »Unabhängigen Staat Kroatien«.

Dieses neue Kroatien kämpfte ab 1942 gegen die Partisanen, die von Josip Broz Tito angeführt wurden. Unterstützt wurde der Staat dabei von Hitler, der ihm anfangs auch im Kampf gegen die monarchistisch-jugoslawisch orientierten Tschetniks zur Seite stand.

In diesen Kriegswirren wechselten die Tschetnik-Verbände die Seite und kämpften schließlich für das Geld des kroatischen Staates an der Seite der Ustascha gegen den zweiten Feind, die kommunistischen Partisanen.

Der Staat ließ sowohl Serben wie auch andere Minderheiten brutal verfolgen, im berüchtigten Konzentrationslager Jasenovac sollten orthodoxe Christen ausgerottet werden.

Doch die Partisanen schafften es durch breite Unterstützung in der Bevölkerung, aber auch durch geschicktes

Taktieren mit den Alliierten, ihre Macht in weiten Teilen Kroatiens und Bosnien-Herzegowinas auszubauen und zu festigen. Im November 1943 wurde im bosnischen Jajce das Nationalkomitee des »Antifaschistischen Rates des Volksbefreiung Jugoslawiens« als provisorische Regierung eingesetzt. Wegen seiner Rolle bei der Befreiung Kroatiens vom Faschismus hatte es den Führungsanspruch erhoben.

Im Winter 1944 war das Land verwüstet. Die Menschen waren von den Kriegswirren erschöpft und fast überall herrschten Not und Hunger. An einem klirrend kalten Wintertag dieses Jahres ritt ein Soldat durch die Wälder bei den Plitvička-Seen, an seiner Seite lief ein Schäferhund. Die Bäume waren schwarz und das Land war weiß, als hätten Krieg und Kälte jede Farbe aus der Welt gesogen.

Auf einer Lichtung zügelte der Soldat sein Pferd. Bei einigen Sträuchern, die in Eis gehüllt waren und wie in Glas gegossen aussahen, lag etwas auf dem Boden. Der Soldat war an die fünfzig Jahre alt und sein Sehvermögen noch einigermaßen intakt, dennoch erkannte er nicht, was sich da in einigen Metern Entfernung auf der eisigen Erde befand.

Lumpen, dachte er, doch in dieser Zeit des größten Mangels wären nicht einmal Lumpen achtlos weggeworfen worden. Alles, was Wärmen und Schützen konnte, war wertvoll, und den Luxus, darauf zu achten, ob etwas passabel aussah oder nicht, leistete sich schon lange niemand mehr.

Weiße Wolken standen vor den Nüstern des Pferdes und es tänzelte, während der Soldat seinen Hund anwies, stehenzubleiben. Der Soldat beobachtete das dunkle Etwas. Bewegte es sich? Waren Tiere unter die Lumpen geschlüpft? Oder war die vermeintliche Regung nur eine optische Täuschung gewesen? Hervorgerufen durch seinen langen, einsamen Ritt durch die Wälder, bei dem er die Augen strapaziert hatte, weil sein Blick ständig angespannt auf der Suche nach Irritationen war, nach etwas Ungewöhnlichem. Er hatte gelernt, auf jede Kleinigkeit, die nicht ins Bild passte, zu achten, weil das sein Leben retten konnte.

Die Hände an den Zügeln vergewisserte sich der Soldat mit dem Ellbogen, dass die Waffe an seiner Hüfte saß, dann ritt er näher. Was er für Lumpen gehalten hatte, identifizierte er jetzt als eine Frau, die unter den scheinbar zu Glas erstarrten Sträuchern lag, als eine Frau, die zwei Kinder in den Armen hielt. Sie reagierte nicht auf das Hufgetrappel des Pferdes, auf dessen Schnauben und auf die Rufe des Soldaten. Genau wie die Sträucher machten sie und ihre Kinder den Eindruck, als würden sie nie wieder erwachen. Doch wie in den Sträuchern steckte auch tief in ihnen noch das Leben.

Der Soldat nahm die Frau, die am Ende ihrer Kräfte war, und die beiden Kinder mit in seine Dienstwohnung. Er heizte den Ofen an und gab ihnen zu essen. Die Frau erzählte ihm, dass sie bereits zwei Männer in den Kriegen verloren hatte und dass eines ihrer drei Kinder erfroren war. Auch der Soldat schilderte ihr aus seinem Leben, er hatte unter Tito mit den Partisanen gegen die Faschisten gekämpft und war jetzt Generalmajor der kroatischen Armee und Polizei. Nach und nach vertrauten sie einander ihre ganze Geschichte an, während die Frau und die Kinder langsam wieder zu Kräften kamen.

Der Soldat und die Frau verliebten sich ineinander. Drei Jahre nach Kriegsende, am 27. Juli des Jahres 1948, gebar die Frau dem Mann ein gemeinsames Kind, ein Mädchen. Die Frau war meine Mutter, der Soldat war mein Vater und das Kind war ich.

Die erste Zeit meiner frühen Kindheit verbrachte ich im kleinen Städtchen Slunj, doch schon bald übersiedelten wir in die größere Stadt Karlovac bei Zagreb. Dort lebte ich mit meiner Familie in einer märchenhaft schönen Jugendstil-Villa. Die jugoslawische Führung unter Tito hatte sie meinem Vater für seine Verdienste im Kampf gegen die Faschisten zugewiesen.

Die Villa lag an einem Fluss, der in einem der Plitvička-Seen entsprang. Unweit von ihr gab es einen kleinen Hafen, zu dem ich gerne ging, um den Booten beim Ab- und Anlegen zuzusehen. Immer an meiner Seite war unser pechschwarzer Schäferhund Ero, den ich über alles liebte. Mein Vater hatte ihn einst gerettet. Er fand ihn halb verhungert neben der Leiche seines Herrchens, eines Offiziers, und nahm ihn mit. Er päppelte ihn auf, und Ero wurde sein treuer Begleiter. Der Hund mit den bernsteinfarbenen Augen war auch an seiner Seite, als mein Vater meine Mutter und ihre beiden Kinder in der klirrenden Kälte fand.

Wenn ich durch die eleganten Räume der Villa spazierte, fühlte ich mich wie eine Prinzessin. Fein gearbeitetes Mobiliar, edles Porzellan, verziertes Silbergeschirr und feines Bettzeug hatten die Kriegswirren überstanden, ebenso wie die prunkvollen Lüster, die an den Abenden für goldenes Licht sorgten. Das Anwesen umhüllte mich wie eine Wolke aus Luxus, trug mich und nährte meine Träume darüber, was aus mir eines Tages werden würde. Ich wollte einmal eine Prinzessin sein und danach eine Königin.

Als ich ein bisschen älter wurde, verstand ich, dass das Haus ursprünglich einer jüdischen Familie gehört hatte. Sie war angeblich im Zweiten Weltkrieg während des Balkanfeldzuges geflohen, als die deutsche Wehrmacht im heutigen Kroatien einmarschierte. Ich dachte oft darüber nach, was mit dieser Familie passiert war. Unser Luxus schien mir geliehen zu sein, und ich rechnete damit, dass diese Familie wieder nach Hause zurückkommen würde.

Meine Eltern sprachen nie über dieses Thema. Ich betrachtete das als Gebot und stellte die drängenden Fragen nicht, die sich mir mit der Zeit stellten. Sie beschäftigten mich aber weiterhin sehr intensiv. Wenn so viele jüdische Verwandte meiner Mutter in Konzentrationslagern ermordet worden waren, warum sollte dann ausgerechnet diese jüdische Familie mit dem Leben davongekommen sein? Wenn die Familie aber noch lebte, warum kehrte sie jetzt, wo es wieder sicher für sie gewesen wäre, und wo sie ihr kleines Paradies wieder zurückhaben hätte können, nicht zurück? Es gab nur zwei Antworten darauf. Über die eine wollte ich nicht nachdenken, weil sie mir zu schrecklich erschien, um allein damit zurechtzukommen. Die andere Möglichkeit war, dass diese Familie irgendwo da draußen in der Welt einen noch viel schöneren Platz gefunden hatte, der ihr Heimweh vergessen machte. Für möglich hielt ich das allemal. Schließlich waren auch nicht alle unsere Verwandten, die nicht mehr um uns waren, im Krieg gefallen oder von den Faschisten ermordet worden. Meine Großmutter und mein Onkel väterlicherseits etwa waren nach Amerika ausgewandert, um sich dort abseits von Kriegswirren und Not ein besseres Leben aufzubauen. Sie gingen nach Pittsburgh, und so viel ich wusste, hatte keiner von den beiden je anklingen lassen, dass er gerne zurückkommen wollte. Pittsburgh, das könnte also ein noch größeres Paradies sein als die Heimat, dachte ich.

Mit dieser Vorstellung genoss ich trotz des Schattens, der sich manchmal über alles legte, den Luxus und den Komfort meiner Kindheit. Mir war bewusst, dass es mir im Vergleich zu den anderen Kindern sehr gut ging. Nicht nur, was den Wohlstand und die damit verbundenen Annehmlichkeiten betraf, sondern auch, weil ich keine Probleme in der Schule hatte. Kein einziges Fach bereitete mir Schwierigkeiten, alles fiel mir leicht, besonders das Rechnen. Die anderen Kinder steckten deshalb oft die Köpfe mit mir zusammen, um bei mir abzuschreiben. Dieser enge Kontakt hatte für mich unangenehme Folgen. Mehr als einmal übertrugen sie mir ihre Kopfläuse. Ich half meinen Mitschülern ja gern, aber ich weinte immer schrecklich, wenn mir meine Mutter meine schönen langen blonden, von den Läusen verseuchten Haare abschnitt.

Als mein Vater 1960 als Soldat in den Ruhestand trat, fehlte es uns auch weiterhin an nichts. Wir mussten zwar die Villa verlassen, doch er bekam vom Militär ein Grundstück, auf dem er ein hübsches Haus baute. Er legte auch nicht die Hände in den Schoß, sondern übernahm ein Gasthaus in der Gegend, bei dessen Betrieb er viel Geschick zeigte. Mein Vater hatte eine große Leidenschaft fürs Kochen. Er war dreiundzwanzig Jahre lang in der französischen Legion, und während dieser Zeit hatte er nicht nur vier Sprachen – Französisch, Arabisch, Deutsch und Italienisch –fließend gelernt, sondern sich auch erstklassige Kochkenntnisse angeeignet. Außerdem war mein Vater passionierter Jäger und Präsident einer Jagdgesellschaft, deshalb nannte er das Gasthaus dementsprechend »Zum Jäger«.

Ich war damals schon ein größeres Mädchen, ging ins Gymnasium und stand vor der Matura. Ich hatte also viel für die Schule zu tun, doch jede freie Minute verbrachte ich im Gasthaus meines Vaters. Dort ging ich allen zur Hand, half beim Servieren oder räumte die Tische ab.

Ach, und die herrlichen Speisen, die es im Gasthaus meines Vaters gab. Bekannt war sein Lokal vor allem für den Kuttelfleck, die Gäste kamen von weit und breit, um diese Spezialität zu genießen. Ich sah den Köchen und meinem Vater, der ja ein begeisterter Hobbykoch war, oft über die Schulter, wenn sie dieses Gericht, das wie eine Gulaschsuppe zubereitet wurde, kochten.

Zuerst wurden die Kutteln, der Kuhmagen, gründlich gewaschen und danach lange in Salzwasser gekocht. Dann kamen die Kutteln in einen Topf mit angedünsteten, kleingeschnittenen Zwiebeln. Gewürzt wurde unter anderem auch mit Lorbeerblättern. Eine gute Weile vor dem Ende der Garzeit kamen Erdäpfel dazu und das Gericht wurde mit einem guten Weißwein aufgegossen. Ach, das schmeckte so gut, einfach fantastisch! Noch heute bin ich süchtig danach. Wenn ich daran denke, rieche ich den herrlichen Duft, der damals durch das ganze Gasthaus zog.

Eigentlich war der Kuttelfleck nicht unbedingt ein kroatisches Nationalgericht. Er war bekannt, ja, aber mein Vater offerierte diese Speise in seinem Gasthaus vor allem, weil er es selbst liebte und weil viele italienische Gäste sein Lokal besuchten, die zur Jagd in Kroatien waren. Die Italiener, und auch die Franzosen, mochten Kutteln sehr. Noch heute wird dieses Gericht in Italien und Frankreich in den feinsten Restaurants serviert.

Die Kroaten schätzten vor allem das Spanferkel, das mein Vater anbot. Ich assistierte sogar manchmal beim Grillen. Außerdem gab es viele Wildgerichte, da mein Vater ja Jäger war. Rehgulasch stand deshalb oft auf der Speisekarte. Dafür wurde das Fleisch einige Tage lang in Rotwein, der mit Lorbeerblättern versetzt und fein gewürzt war, eingelegt. Es schmeckte himmlisch, so zart, so weich.

An die Zeit, die ich im Gasthaus meines Vaters verbrachte, erinnere ich mich sehr gern, sie war so friedvoll und so heil. Doch nach meinem Schulabschluss zog es mich weg aus unserer kleinen intakten Welt. Ich wollte einen Ort finden, an dem es noch schöner war. Einen, an dem ich eine echte Prinzessin sein und eine Königin werden konnte.

Zuerst ging ich nach Zagreb. Da mir die Schule so leicht fiel, wollte ich Volksschullehrerin werden. Kindern etwas beizubringen, das traute ich mir zu, doch um die Genehmigung dafür zu erlangen, musste ich zunächst ein vierjähriges Praktikum in einer Schule am Land absolvieren.

Ich war zwar selbst in ländlicher Umgebung aufgewachsen, rund fünfzig Kilometer von Zagreb entfernt, aber mit dem harten Leben der Menschen dort hatte ich kaum je etwas zu tun gehabt. Im Herzen war ich in unserer kleinen komfortablen Enklave zu einem Stadtmenschen herangewachsen, geprägt auch von den vielen Reisen mit meiner Familie an schöne Orte in Jugoslawien und in die umliegenden Länder wie Italien. Ich kannte die Pracht von Venedig, ich liebte das bunte, fröhliche Treiben in Triest mit seinen unzähligen Geschäften. Das Leben, das schwere, das entbehrungsreiche Leben, das die meisten Kroaten führten, das Leben in Armut und mit Kopfläusen war mir fremd. Ich fühlte mich schon damals in italienischen Boutiquen eher zu Hause als in ihrer Welt.

In diese harte Welt tauchte ich aber als neunzehnjähriges Mädchen ein. Ich lernte sie in einem winzigen Dorf am Rand eines Waldes, das für mich am Ende der Welt lag, obwohl es gar nicht so weit vom Heim meiner Familie entfernt war, kennen. Hier in diesem düsteren Nirgendwo, in dieser für mich fast bedrohlichen Umgebung aus Schmutz und Armut, in der die Menschen täglich Knochenarbeit ohne Hoffnung auf eine bessere Zukunft leisteten, sollte ich mein Lehrerpraktikum absolvieren. Hier wurde mir bewusst, dass Menschen in Maßschuhen auf dieser Welt eine Minderheit bildeten, der anzugehören keineswegs eine Selbstverständlichkeit, sondern ein großes Glück war.

Ich litt. In der Klasse, die ich während der nächsten vier Jahre unterrichten sollte, gab es keinen Strom. Vier Jahrgänge von Schülern teilten sich einen einzigen Raum. Die Kinder waren einfach gekleidet und schmutzig oder zumindest nicht tadellos sauber, so wie ich es immer gewesen war. Ich musste mich anpassen, was mir als schicke schlanke, blonde Stadtfrau nicht leicht fiel. Ich musste meine hohen Absätze gegen Gummistiefel tauschen und meine Haare unter einem Tuch vor dem allgegenwärtigen Schmutz verstecken.

Ein junger Mann machte mir die Zeit erträglicher. Er hieß Branko und studierte Technik, er lebte im Dorf bei seinen Eltern und pendelte an die Universität nach Zagreb. Branko war nicht wie die anderen jungen Männer hier, die sich mir auf grobe und gierige Art zu nähern versuchten. Er brachte mir Blumen und benahm sich charmant, so charmant, wie ein Junge aus diesem Dorf es nur sein konnte.

Ich hatte Schmetterlinge im Bauch. Hormone und Adrenalin kochten über, wie das bei jungen Menschen der Fall ist, wenn sie auf die erste große Liebe treffen. Die Frage, wohin denn diese Verbindung führen sollte, stellte sich mir nicht. Ich schwärmte für ihn, und als wir uns zum ersten Mal küssten, verliebte ich mich in ihn. Auf einmal gab es keine großen Pläne mehr für mich. Ich war schon Prinzessin und Königin zugleich, denn ich hatte Branko in meinem jungen, großen Herzen.

In der Kindheit umfing mich die Wolke des Luxus, nun hüllte mich die Wolke der Liebe ein. Ich wollte meiner

Freundin Vesna von meinem Glück erzählen. Vesna war eine Schulkollegin, die ich, wie alles andere auch, wegen Branko ein wenig aus den Augen verloren hatte. Früher verbrachten wir oft auch den Nachmittag gemeinsam, wir gingen spazieren oder Eis essen, oft kam Vesna auch nur zu mir nach Hause und wir unterhielten uns und hörten Musik. Ich mochte sie, spürte aber schon damals, während der Schulzeit, dass sie mich ein wenig beneidete. Ihre Familie lebte in weit bescheideneren Verhältnissen als meine, ihre Eltern konnten sie nicht so verwöhnen, wie das meiner Mutter und meinem Vater bei mir möglich war.

Ich traf mich mit Vesna, schilderte ihr meine Liebe zu Branko in den glühendsten Farben, ich schwärmte ihr von meinem vollkommenen Glück vor, und Vesna schien sich für mich zu freuen. Der Kontakt zu ihr wurde wieder intensiver, auch wenn Branko und ich ausgingen, war sie dabei. So lernte sie Brankos Cousin Gordan kennen, und die beiden wurden ein Paar. Ach, wie herrlich, dachte ich. Jetzt ist auch Vesna glücklich.

Immer öfter nahm Vesna ihre Freundin Ana mit, wenn wir uns mit unseren Freunden trafen, ein hübsches Mädchen mit halblangen dunklen Haaren und sehr weiblicher Figur. Ich mochte auch sie. Ich hegte keinerlei Verdacht, wenn Vesna meinem Liebsten Branko die Vorzüge von Ana anpries, wie klug sie sei und wie schön, und wie gut sie kochen könne.

Seltsam kam mir nur vor, dass Branko nun manchmal keine Zeit hatte, wenn ich mich mit ihm treffen wollte, hin und wieder sagte er sogar ein vereinbartes Rendezvous ab.

Es traf mich wie ein Blitz aus heiterem Himmel, als ich erfuhr, dass Ana ein Kind erwartete. Der Vater war Branko. Vesna hatte meinem Freund, meiner erste großen Liebe, Ana ganz bewusst vorgestellt. Ihr Neid auf mich, den ich immer gespürt hatte, hatte sie angetrieben, mein Glück zu zerstören. Mithilfe von Vesna spannte mir Ana den netten Studenten aus, den ich so sehr liebte.

Ich landete hart auf dem Boden der Wirklichkeit. Der Schmutz und die Armut, das alles war endgültig unerträglich für mich. Ich wollte nur weg von diesem grauenhaften Ort. Ich wollte das Lehrerpraktikum nicht weiter durchziehen, nicht hier und auch in keinem anderen winzigen, tristen Dorf auf dem Land.

Ich schrieb meinem Vater einen langen Brief. Ich schrieb ihm, dass ich mir das Leben als Lehrerin anders vorgestellt hatte, und dass ich zu dem Schluss gekommen sei, dass ich mein Glück in einem anderen Beruf suchen musste. Ich bat ihn, meine Großmutter und meinen Onkel in den USA zu kontaktieren und eine Einladung nach Amerika für mich zu erwirken. Denn mich hüllte eine neue Wolke ein, sie bestand aus meiner Vorstellung, in den USA ein Star zu werden. Ich bin doch ein hübsches junges Ding, dachte ich, und Amerika ist ein noch größeres Paradies als jenes, in dem ich aufgewachsen bin. Was sollte also meinem Traum im Weg stehen, wenn ich erst einmal dort war?

Mein Vater antwortete mir rasch. Ich war sein jüngstes Kind, zur Welt gekommen, als andere Männer seines Alters eher Großväter als Väter wurden. Er hatte mich schon immer verwöhnt und er konnte mich nicht unglücklich sehen. »Wenn du das wirklich willst, werde ich mich um ein Ticket und um ein Visum für dich bemühen«, schrieb er mir. So kam es, dass ich in Zagreb alleine in ein Flugzeug stieg und über Frankfurt, London und New York nach Pittsburgh flog.

Ich habe im Laufe meines Lebens, besonders in den dreißig Jahren in meiner Bar, gelernt, mit beiden Beinen auf dem Boden zu stehen. Deshalb erscheint es mir heute rätselhaft, dass ich meine Reise nach Amerika mit derartigen Flausen im Kopf antrat.

Wenn ich darüber nachdenke, wird mir klar, dass sich zu dieser Zeit auch bei mir Realität und Fantasie vermischten. Die Grenzen gingen fließend ineinander über, sie waren im doppelten Sinn des Wortes ein wenig verrückt. Denn ich dachte tatsächlich, dass ich im Land der unbegrenzten Möglichkeiten nur die Gangway hinunterzuschreiten brauchte, und schon würde mich Amerika als seinen neuen Star entdecken und feiern.

Vielleicht war auch mein gebrochenes Herz daran schuld, dass ich nun die Liebe und die Bewunderung der ganzen Welt, zumindest aber von ganz Amerika, haben wollte. Ich rechnete auf jeden Fall fest damit, dass mich schon am New Yorker Flughafen ein Tross von Journalisten und Kameraleuten empfangen würde. Warum das so sein sollte, wie diese Journalisten und Kameraleute auf mich aufmerksam geworden waren, diese Frage erlaubte ich mir nicht. Ich träumte einfach, dass sie mich jubelnd empfangen würden. Und wie sehr ich damit gerechnet hatte, merkte ich, als sie nicht da waren.

Ich schritt in einem schwarzen Etuikleid und einem etwas zu schweren Pelzmantel, der meine Püppchenhaftigkeit unterstreichen sollte, die Gangway hinab, ein wenig zerzaust vom Wind, der über den Flughafen wehte. Niemand wartete auf mich. Weit und breit keine Spur von einem roten Teppich, von Blitzlichtgewitter, von Mikrofonen. Die Realität hatte mich wieder, ich war hart gelandet, aber ich war auch ein Stehaufmännchen. So leicht ließ ich mich nicht unterkriegen.

Als ich in Pittsburgh ankam, war die Enttäuschung bereits einigermaßen vergessen. Es wird hier in Amerika noch reichlich andere Abenteuer geben, dachte ich. Der Empfang, den mir die Familie meines Onkels am Flughafen von Pittsburgh bereitete, war überaus herzlich, er trug dazu bei, dass ich mir meine Zukunft in Amerika wieder rosig ausmalte. Alle brachten Blumen und Geschenkpäckchen. Mein Onkel und meine Tante freuten sich sehr über meinen Besuch. Sie hatten einen Sohn, wollten aber immer auch eine Tochter, nun nahmen sie mich wie eine solche auf. Sie lebten an der Peripherie der Industriestadt Pittsburgh in einem schmucken kleinen Haus. Die Familie war nicht reich, aber doch wohlhabend. Mein Onkel verdiente als Maschinenbauingenieur in einem großen Konzern recht gut.

Mein Onkel und meine Tante hatten viel klarere Vorstellungen als ich davon, wie meine Traumkarriere in den USA verlaufen sollte. Sie sahen diese in der Heirat mit einem vermögenden Mann, womöglich sollte er Millionär sein. Reichtum war den Amerikanern damals besonders wichtig, meine Tante und mein Onkel hatten sich auch diesbezüglich gut angepasst und wollten nur das Beste für mich.

Einen entsprechenden potenziellen Partner konnte man am ehesten in der Kirche kennenlernen, die auch ein gesellschaftlicher Treffpunkt war.

Aber zuerst musste ich ausstaffiert werden. Meine Tante ging mit mir einkaufen. Wir erstanden ein babyblaues Cape sowie dazu passende Handschuhe. Ich sah entzückend aus, wie eine Prinzessin. Gleich am ersten Sonntag nahmen mich mein Onkel und meine Tante derart gekleidet mit in die orthodoxe Kirche ihrer Gemeinde. Und tatsächlich drehten sich alle Köpfe nach mir um. Erst später erfuhr ich, dass der Grund des großen Interesses an mir vor allem daran lag, dass ich aus Europa kam. Die Amerikaner hatten sich ein unscheinbares, ärmlich gekleidetes Mädchen erwartet und nicht eine hübsche junge Dame im babyblauen Cape.

Nach dem Gottesdienst folgte ich meinem Onkel und meiner Tante in einen der Räume der großen Kirche. Es war Tradition, dort gemeinsam mit den anderen Kirchgehern zu essen und sich zu unterhalten. Diese Treffen fungierten auch als Heiratsbörse, hier trafen einander junge Menschen, die derselbe soziale Hintergrund und dieselbe Religion verbanden.

Das verstand ich erst, als ich einigen jungen Herrn vorgestellt wurde. Es handelte sich also um eine Brautschau, und das fand ich aufregend. Ich war neugierig, welche erfolgreichen amerikanischen Gentlemen ich kennenlernen würde. Dabei kam ich nicht auf die Idee, dass Hochzeit und

Familienglück, die dem amerikanischen Verständnis nach das Synonym für Hausfrauendasein und Kindererziehung waren, überhaupt nichts mit meinem Traum von Ruhm und Geld zu tun hatten. Wohl vor allem deshalb, weil mich die Vorstellung von einer rauschenden, glänzende Hochzeit völlig gefangen nahm, bei der ich in einem wunderschönen weißen Kleid im Mittelpunkt stehen würde, beneidet wegen meines königlichen Aussehens und wegen meines wundervollen Ehemannes.

Ach, wie naiv ich war.

Der erste Kandidat stellte sich rasch ein. Er war Arzt und Geschäftsmann. Womit er neben seiner Tätigkeit als Mediziner sein Geld verdiente, verstand ich nicht gleich, meine Familie gab mir diesbezüglich auch nur ausweichende Antworten. Da ich mich angesichts der Bemühungen meines Onkels nicht allzu wählerisch zeigen wollte, hielt ich mich mit Fragen zurück. Der Arzt war nicht mehr der Jüngste, aber das störte mich nicht, er sah einigermaßen gut aus und er war wohlsituiert. Als ich ihn während unseres ersten Treffens auf seine beruflichen Tätigkeiten ansprach, gab er mir gerne Auskunft. Eine Auskunft, die mich einigermaßen irritierte. Seinen Unterhalt verdiente er nicht nur als Pathologe, sondern auch, indem er Tote für ihre letzte Ruhe präparierte. Ich mochte den Gedanken nicht, dass er mich vielleicht mit seinen Händen berührte, mit denen er den ganzen Tag an Leichen gearbeitet hatte. Er konnte nichts dafür, aber dieser Gedanke machte ihn mir ein bisschen unsympathisch. »Ich weiß nicht, Onkel«, sagte ich. »Er ist nett …«

Mein Onkel schmunzelte. »Schon in Ordnung«, sagte er. »Es ist ein Vorrecht der Schönheit, wählerisch zu sein.«

Meine Tante gab mir Anweisungen, wie ich mich bei unseren künftigen Kirchgängen und bei anderen gesellschaftlichen Anlässen, zu denen sie und mein Onkel mich mitnahmen, verhalten sollte. »Sieh immer nett aus und lache viel«, sagte sie. »Wenn du strahlst, gehört dir die Welt und du kannst haben was du willst.«

Also lächelte und lachte ich viel. Bald folgte ich der Einladung eines vermögenden Geschäftsmannes mit kroatischen Wurzeln, die mein Onkel vereinbart hatte. Ich kannte diesen Mann noch nicht, hörte aber in den Tagen vor dem gemeinsamen Essen von meinem Onkel und meiner Tante viel über ihn. Schon seine Vorfahren waren in die USA gekommen, hatten fleißig gearbeitet, einen Dollar auf den anderen gelegt und ein Grundstück erworben. Darauf stand nun sein Haus.

So elegant und behaglich wie es war, erinnerte es mich an die Villa, in der ich mit meiner Familie früher gelebt hatte. Große Fenster, eine ausladende Veranda, ein kunstvoll gestalteter Garten. Und es war sogar noch besser. Über diesem Haus lagen keine dunklen Schatten in Form der Erinnerung an eine jüdische Familie, die früher hier gelebt hatte, und der ständigen Frage, was aus ihr geworden war. Dieser Mann hatte den Bau seiner Villa aus eigenen Mitteln finanziert, er besaß sie dank seiner eigenen Leistung. Ein Leben an der Seite eines solchen Mannes kam mir schon eher wie das bessere Paradies vor. Und vor allem wäre es sicher angenehmer als ein Dasein als sitzengelassene Volksschullehrerin in einem armseligen Dorf. Ein solches Leben war auch bei weitem jenem an der Seite eines Mannes vorzuziehen, der Leichen für ihren letzten Weg zurechtmachte. Was konnte an dem Mann, der Joe hieß, noch falsch sein?

Mein Onkel brachte mich zur Haustür und stellte uns einander vor. Ich fragte mich, ob er verrückt geworden war. Der Eigentümer dieses wunderbaren Hauses wog gut und gerne zweihundert Kilo. Das war aber nur der erste Schock. Während unseres Dinners zeigte er ein grauenhaftes Benehmen. Joe verschlang gierig ein riesiges Steak, rülpste hinterher, und er legte tatsächlich beim Plaudern nach dem Essen die Füße auf den Tisch. Mit einer gönnerhaften Geste bot er mir schließlich weißen Staub an. Ich lehnte stirnrunzelnd ab, er zog sich das Pulver dennoch lautstark in die Nase.

Mir war das alles zu viel, und ich bat ihn, telefonieren zu dürfen. »Komm mich so schnell wie möglich abholen«, flehte ich meinen Onkel an.

Mein Onkel und meine Tante bedauerten das missglückte Treffen, sie hatten Joe nur als soliden Geschäftsmann gekannt.

Ihre Suche nach einem geeigneten Ehemann für mich gaben sie trotzdem nicht auf. Ehrgeizig fahndeten sie im vertrauten Kreis der Zuwanderer aus Jugoslawien weiter nach einem perfekten Partner für mich. So traf ich Brian. Er war Amerikaner, aber nicht nur ich, sondern auch mein Onkel und meine Tante mochten ihn auf Anhieb. Brian hatte in Illinois Wirtschaftswissenschaften studiert und arbeitete nun in Chicago an der Börse. Er war eine ungewöhnliche, schillernde Persönlichkeit. Er sah sehr gut aus, war groß und blond und bestens gekleidet. Es umgab ihn der Hauch des Geheimnisvollen. Vielleicht empfand ich das so, weil er Amerikaner war, weil er in diesem Land der unbegrenzten Möglichkeiten, dem Sehnsuchtsziel so vieler Auswanderer, aufgewachsen war.

Brians Auftreten war erstklassig, er war ausnehmend höflich, und sein sprühender Charme und seine galante Art bezauberten alle. Er hatte einfach Klasse. Obwohl er nur sechs Jahre älter war als ich, hatte er die Ausstrahlung eines Mannes in den besten Jahren.

Ich lernte ihn bei einem Treffen der Kirchengemeinde in Pittsburgh kennen. Es war nicht ungewöhnlich, dass zu solchen Gelegenheiten auch Freunde und Bekannte von Familien aus anderen Städten anreisten. Brian kam aus dem rund siebzig Kilometer entfernten Chicago, er war ein Freund des Sohnes einer aus Kroatien eingewanderten Familie. Aufgewachsen war er im Mittelwesten, in einer Kleinstadt nahe Cleveland.

Brian gefiel mir, ja, er zog mich fast magisch an. Schon bald lud er mich zu gemeinsamen Ausflügen ein, am Wochenende kam er in seinem schicken Buick zu mir nach Pittsburgh und wir erkundeten die Umgebung. Manchmal holte er mich auch ab, um mir Chicago zeigen. Dort waren wir oft am Michigansee unterwegs, an dem die Großstadt Chicago ja liegt. Später zeigte mir Brian viele weiter entfernte Orte, wir flogen etwa nach New York, nach Miami und auf die Bahamas.

Von Anfang an war Brian überaus generös. Wenn er mich ausführte, war nichts zu gut oder zu teuer. Wir speisten in den besten Restaurants und nahmen Drinks in den schicksten Bars.

Ich war verblüfft, natürlich hatte ich mir gedacht, dass er an der Börse gut verdiente, aber er musste ein wirklich hohes Einkommen haben, wenn er sich dieses Leben, zu dem auch der sportliche Buick gehörte, leisten konnte.

Bereits nach wenigen Tagen stellte mich Brian seinen Freunden als seine künftige Ehefrau vor. Ich fühlte mich dadurch nicht etwa überrollt. Ich war vielmehr geschmeichelt und genoss die Aufmerksamkeit seiner Kreise, die mir dadurch zuteilwurde. Es fühlte sich an, als würden aus einem Füllhorn ein bisschen Ruhm und Glanz über mich ausgegossen.

Es schien mir, als könnten die Anerkennung und das Interesse seines Freundeskreises die Schwärme von Journalisten und Fotografen, von denen ich noch vor Kurzem geträumt hatte, ersetzen.

Brian hatte leider auch eine andere Seite. Sein größter Fehler war seine aufbrausende Art. Mit dieser wurde ich zum ersten Mal konfrontiert, als ich eines Tages vergessen hatte, zwei seiner Anzüge in die Reinigung zu bringen.

Er packte mich an den Haaren, stieß mich gegen den Tisch und brüllte mich an: »Warum machst du nicht, was ich dir sage? Du hast zu tun, was ich will.«

Ich war entsetzt. Wir kannten uns zu diesem Zeitpunkt bereits einige Wochen und ich wartete eigentlich darauf, dass er mir einen Heiratsantrag machen würde.

Wir waren in seiner Wohnung, die im angesagtesten Viertel von Chicago lag, direkt am Michigansee. Der Blick aus seinem Domizil im 39. Stockwerk eines Wolkenkratzers war atemberaubend, er offenbarte eine unendliche Weite. Der riesige See, der eine Küstenlinie von rund zweitausendsechshundert Kilometern hat und sich über eine Fläche von fast sechzigtausend Quadratkilometern erstreckt, breitete sich vor den Fensterfronten aus und vermittelte den Eindruck, am Meer zu sein. Da kreuzten Yachten auf dem blauen Wasser, unzählige Möwen kreisten darüber. Es war eine Traumkulisse, die sich mir bot.

Doch der wütende Mann passte nicht in dieses Bild. Er schien aus einer anderen Welt zu kommen, einer Welt, die auch nichts mit jener gemeinsam hatte, in der ich daheim an den Plitvička-Seen aufgewachsen war. Doch ganz so heil war diese Welt eigentlich auch nicht, auch dort traf ich als Kind einmal auf einen gefährlichen Mann, als ich ohne meine Geschwister unterwegs war. Dabei lernte ich eine Lektion. Ich erkannte, dass ich kämpfen konnte. Der gefährliche Mann hatte sie mir erteilt.

Sein Name war Pinco. Er sammelte den ganzen Tag Feuerholz oder saß am Marktplatz herum. Als er mich so alleine sah, bedeutete er mir, ihm zu folgen. Ich weiß nicht warum, aber ich ging tatsächlich mit ihm. Vielleicht, weil es üblich war, den Anweisungen Erwachsener zu folgen.

Er führte mich zu einem Haus, das ich nur vom Vorbeigehen kannte. Dort lockte er mich in den zweiten Stock hinauf. Vor einer Wohnungstür blieb er stehen. »Hier musst du anläuten«, sagte er.

Ich versuchte es, aber ich war zu klein, um die Glocke zu erreichen. In diesem Moment fiel er über mich her, zerriss mein Kleid und zerrte mein Höschen herunter. Ich war ganz starr. Was wollte dieser schreckliche Mann von mir? Er war böse, so viel stand fest, aber wie sollte ich mir helfen?

»Wenn du schreist, bringe ich dich um«, flüsterte Pinco. »Du darfst nicht schreien.«

Ich darf nicht schreien, dachte ich. Im gleichen Moment schrie ich los, so laut ich konnte. Meine Stimme überschlug sich. Im Stiegenhaus gingen Türen auf. Pinco machte sich eilig aus dem Staub. »Ich kenne dich«, rief er mir noch zu. »Wenn du meinen Namen nennst, bringe ich deinen Vater, deine Mutter und deine Geschwister um.«

Ich lief nach Hause, so schnell ich konnte. Mein Vater brachte mich zum Arzt und verständigte die Polizei. »Wer hat dir das angetan?«, fragte er mich.

Ich verriet meinen Eltern bis zu ihrem Tod nicht, dass es Pinco war. Doch wenn er mir im Dorf begegnete, blickte ich ihm immer direkt in die Augen. Ich habe keine Angst vor dir, dachte ich dabei. Ich habe dich in die Flucht geschlagen, als kleines, hilfloses Mädchen.

Ich hatte auch keine Angst vor Brian. Ich fühlte, dass er der Schwache war und ich die Starke, und ich wusste auch, wie ich ihm das zeigen konnte. »Entschuldige bitte«, sagte ich höflich, als hätte er mich ebenso höflich angesprochen. »Wenn dir deine Anzüge so wichtig sind, weiß ich jetzt, was ich zu tun habe. Es wird nicht mehr vorkommen, dass ich vergesse, sie in die Reinigung zu geben.«

Brians Wut verflog. Er wurde jetzt mürrisch. »Ich will auch nicht, dass du in meiner Gegenwart Kroatisch sprichst«, sagte er. »Ich will alles verstehen, was du sagst, ich will nur mehr Englisch von dir hören.«

Das war kein Problem für mich. Mein Englisch war damals schon einwandfrei, und wenn ich mit kroatischen Freunden telefonierte, würde ich dies in Zukunft eben auch in Brians Sprache tun, denn all meine Freunde beherrschten Englisch ohnehin perfekt.

Das Leben mit Brian gefiel mir zunächst trotz seiner gelegentlichen Wutanfälle gut. Ich hatte in seiner weitläufigen Wohnung mein eigenes großes Zimmer. Er schenkte mir Kleider von Dior, die er aus Paris kommen ließ, luxuriösen Schmuck und elegante Schuhe.

Welcher Mann ist schon ohne Fehler, dachte ich, und mit ihm würde ich mich auf Dauer sicher gut vertragen. Schließlich machte mir Brian den von mir ersehnten Heiratsantrag. Wir aßen gerade in einem hervorragenden Restaurant in Chicago zu Abend. Das »Italian Village« war bekannt für seine exquisite italienische Küche. Ich liebte diesen Gastronomietempel, in dem abends getanzt wurde, aber auch wegen seines erlesenen Publikums. Für mich gab es immer viel zu sehen, am liebsten beobachtete ich die mondänen Damen. Es waren die ausgehenden Sechzigerjahre, und die schicken Amerikanerinnen trugen knapp knielange enge Kleider in allen erdenklichen Farben, darüber oft Mäntel mit üppigen Pelzkrägen und große Hüte. Auch Damen in eleganten Hosenanzügen, damals eine modische Novität, speisten hier mit ihren Begleitern. Sie alle waren so perfekt, so fein zurechtgemacht, sie legten so viel Wert auf ihr Aussehen.

Ich bewunderte nicht nur die modischen Amerikanerinnen, ich liebte alles an den USA. Hier umfing mich ein ganz spezielles Lebensgefühl, ein Hauch von absoluter Freiheit. Alles war bunt und lebendig, modern und dynamisch. Für mich duftete Amerika auch anders als Europa, viel frischer und jünger. Die USA waren ein Wunderland, und ich war ein Teil davon.

Als Brian mich um meine Hand bat, überreichte er mir einen wunderschönen Verlobungsring, ein prachtvolles Schmuckstück mit einundzwanzig Brillanten, einer für jedes meiner Lebensjahre. Ich sagte Ja zu ihm.

Eigentlich hätte ich überglücklich sein müssen, doch eine Sache ließ mir keine Ruhe. Ich konnte mir nicht erklären, warum Brian so wohlhabend war. Fragte ich ihn nach seinem genauen Aufgabenbereich an der Börse, gab er mir nur ausweichende Antworten.

Die meisten seiner Freunde pflegten zwar auch einen gehobenen Lebensstil, doch so viel Geld wie Brian gaben sie bei weitem nicht aus. Zwei seiner Bekannten arbeiteten ebenfalls an der Börse, aber sie verfügten nur über einen Teil der finanziellen Mittel, die Brian offenbar zur Disposition standen. Er ist jung, dachte ich, er ist noch nicht allzu lange in diesem Job, er hat noch wenig Erfahrung. Warum verdient er so viel?

Es war das Jahr 1969, das Jahr der ersten bemannten Mondlandung, in den USA wurde Richard Nixon als Präsident vereidigt. Es war die Zeit des Vietnamkrieges, aber auch des Wirtschaftswunders, die Menschen träumten vom Aufstieg, aber ein Leben wie Brian konnten sich nur die Wenigsten leisten. Das Haushaltseinkommen einer durchschnittlichen Familie war vermutlich niedriger als die Summe, die er monatlich für Geschenke an mich ausgab, und ich hatte inzwischen eine realistische Einschätzung davon, wie viel ein junger Mann mit einem abgeschlossenen Wirtschaftsstudium in diesem Land verdiente: weit weniger als Brian.

Zu wenig für den Lebensstil, den wir pflegten, zu wenig für die Geschenke, die er mir von seinen Europareisen mitbrachte und zu wenig für die Europareisen selbst, für die er nie klare Gründe nannte. Er sagte bloß, dass er Kunden besuchen müsse. Ehe er auf Reisen ging, übergab er mir als Trostpflaster für seine Abwesenheit stets eine American-Express-Kreditkarte, mit der ich ohne Limit kaufen konnte, was ich wollte. Ich genoss dies zwar, ich gebe es zu, aber dennoch wurde ich das Gefühl nicht los, dass etwas nicht stimmte.

Mein Misstrauen wurde von der Tatsache untermauert, dass es in Brians rund zweihundert Quadratmeter großer Wohnung ein Zimmer gab, das immer versperrt war. Er empfing dort hin und wieder Besucher, die jedenfalls nicht aus privaten Gründen kamen. Brian hielt sich auch nicht damit auf, sie mir vorzustellen. Er führte sie sofort in diesen Raum, und wenn ich sie überhaupt sah, dann beim eiligen Verlassen der Wohnung.

Ich musste mit jemandem über diese seltsamen Vorkommnisse sprechen, ich wandte mich an meine Freundin

Katarina und bat sie um ein Treffen in der Stadt. Katarina hatte ich bei einer Party bei gemeinsamen Freunden kennengelernt und gleich Vertrauen zu ihr gefasst. Sie kam aus Zagreb und arbeitete in Chicago als Dentistin. Bei Kaffee und Kuchen erzählte ich ihr, was mich an Brian beunruhigte. Zuerst konnte sie meinen Argwohn nicht nachvollziehen, doch schließlich drängte sie mich, sein geheimnisvollem Zimmer genauer unter die Lupe zu nehmen. »Wenn du ihn heiratest, solltest du schon wissen, worauf du dich einlässt«, sagte sie. »Du hast einen Arzt abgelehnt, weil er einen seltsamen Nebenjob hatte, und wer weiß, was Brian so treibt.«

Ich nahm mir ein Herz, ich wollte Katarinas Rat befolgen. Doch ich hatte keinen Schlüssel zu Brians mysteriösem Zimmer. Schließlich bot sich doch eine Gelegenheit. Brian war in Eile, er musste zum Flughafen und suchte hektisch etwas in diesem geheimen Raum. Als das Telefon klingelte, stürmte er ins Wohnzimmer und hob ab. Es war der Concierge, der ihm mitteilte, dass das Taxi bereits auf ihn wartete. Brian schnappte nur schnell seinen Mantel und seinen kleinen Koffer und verschwand durch die Wohnungstür.

Jetzt tat sich für mich die Möglichkeit auf, das Zimmer zu durchsuchen, Brian hatte bei seinem überstürzten Abgang vergessen, abzuschließen. Ich wartete einige Stunden, ich musste sicher sein, dass er nicht zurückkam, dass er über den Wolken in einem Flugzeug saß.

Es war schon dunkel, als ich mit weichen Knien den Raum betrat. Minutenlang wagte ich es nicht, das Licht anzumachen. Schließlich fasste ich mir ein Herz und drückte den Schalter.

Der Raum war unscheinbar eingerichtet, in der Mitte stand ein Konferenztisch mit sechs Stühlen. An der Seite gab es einen Schreibtisch und mehrere kleine Schränke. Das war alles. Ich hatte ein schrecklich schlechtes Gewissen. Da schenkte mir mein zukünftiger Ehemann fast alles, was sich eine junge Frau vom Leben erwarten konnte, und ich respektierte nicht einmal seinen Wunsch, diesem Zimmer fernzubleiben.

Ich war schon wieder auf dem Weg nach draußen, als mein Blick noch einmal auf den Schreibtisch fiel, die mittlere Lade war ein wenig herausgezogen, offenbar hatte Brian darin etwas gesucht und sie in der Eile nicht mehr geschlossen. Ich lauschte in die Wohnung. Es konnte sein, dass er den Flug doch verpasst hatte und wieder heimkam. Seine Wut bei meinem Anblick in seinem Zimmer wollte ich nicht erleben.

Mit einer Mischung aus schlechtem Gewissen und schierer Angst, die meine Finger zittern ließ, öffnete ich die oberste Schublade ganz. Sie war voll mit Dokumenten. Ich nahm die Papiere heraus und setzte mich damit auf den Boden. War das alles? Ich sah die Schriftstücke durch.

Namen standen da, manche von großen, bekannten Firmen, und hohe, sehr hohe Geldbeträge. Ich konnte keine Schlüsse daraus ziehen. War es so ungewöhnlich, dass ein Mann, der an der Börse arbeitete, derartige Papiere in seinem Schreibtisch liegen hatte? Wohl kaum. War mein Misstrauen also völlig unbegründet?

Als ich die Dokumente in den Schreibtisch zurücklegen wollte, wusste ich nicht mehr, wie ich sie darin vorgefunden hatte. Ich erinnerte mich zwar noch, welches Schriftstück zuoberst gelegen hatte, aber dann? Ich legte den Papierstoß einfach nach Gutdünken zurück, schloss die Lade, drehte das Licht ab und ging mit noch immer weichen Knien hinaus.

Ich versuchte, mein Eindringen in Brians Privatsphäre zu vergessen. Ich hoffte so sehr, dass mein Verdacht, er sei in unsaubere Finanzgeschäfte verwickelt, völlig unbegründet war.

Brian war noch immer auf seiner Dienstreise, als ich gerade im Badezimmer stand und mein Haar zurechtmachte. Ich wollte zum Einkaufen in die Stadt. Da läutete es an der Tür. Das war ungewöhnlich, denn normalerweise rief der Concierge an, ehe er einem Besucher gestattete, den Lift in den 39. Stock zu unserem Appartement zu nehmen.

Rasch zog ich einen Bademantel über und öffnete. Zwei Herren in grauen Anzügen standen vor mir. Sie wiesen sich als Beamte der Finanzbehörde aus, sie wollten Brian sprechen. Mir stockte der Atem. Ich zitterte. Ich schaffte es gerade, die beiden ins Vorzimmer zu lassen. Brian sei auf Dienstreise, sagte ich ihnen. Sie ließen es dabei bewenden und verabschiedeten sich.

Ich sank auf das Sofa im Wohnzimmer. Ich war verzweifelt. Es schien mir, als hätte meine Neugier, die Durchsuchung von Brians Zimmer, etwas ins Rollen gebracht. Was sollte ich nun tun? Mit Katarina konnte ich mich nicht treffen, sie besuchte ihre Cousine in New York. Ich musste abwarten.

Wenige Tage später kam Brian heim. Ich überfiel ihn mit der Nachricht, dass zwei Beamte der Finanzbehörde hier gewesen waren und nach ihm gefragt hatten. Er bagatellisierte die Sache. »Warum regst du dich so auf«, sagte er, »das ist nicht unüblich, wenn man an der Börse arbeitet.« Unüblich war aber auf jeden Fall, dass er, der sonst so leicht in Rage geriet, völlig ruhig blieb.

Unüblich war auch, dass er die Wohnung in den nächsten Tagen zweimal mit einer prall gefüllten Aktentasche verließ. In mir tobten Angst, Argwohn und Ausweglosigkeit. Schaffte er Papiere außer Haus? Wo war ich da hineingeraten?

Ich hatte viel Zeit zum Grübeln, denn Brian war schon wieder unterwegs, diesmal an der Westküste der USA, in San Francisco. Ob er davor mit der Finanzbehörde gesprochen hatte, wusste ich nicht.

Kurze Zeit später, Brian war noch auf Reisen, bestätigte sich der Verdacht, den ich gegen ihn hegte, auf schreckliche Weise. Es war früh am Morgen, und ich war gerade aufgestanden, als es an der Tür läutete. Ich öffnete, und herein stürmten drei Männer in Anzügen und vier Polizisten in Uniform. Ich stand unter Schock. Durch den Schleier der Fassungslosigkeit vernahm ich laut und polternd gesprochene Worte wie »Hausdurchsuchung« und »gerichtlicher Beschluss«.

Die Beamten drängten mich in die Küche, während sie die Wohnung durchsuchten. Nach Brian fragten sie nicht einmal, offenbar wussten sie, wo er war. Aus seinem Zimmer nahmen sie in Kartons alle Schriftstücke mit, die sie fanden. Von mir wollten die Beamten nur wissen, ob wir eine zweite Wohnung oder ein Ferienhaus besaßen.

Ich war ein Häufchen Elend, als die Männer die Wohnung verließen. Ich hatte also mit meiner Ahnung recht gehabt, Brian war offenbar in dubiose, ja kriminelle Finanzgeschäfte verwickelt.

Völlig aufgelöst rief ich Katarina an, die wieder in Chicago war. Ihre Stimme klang besorgt, als ich mit meinem Bericht fertig war. »Hör mir jetzt bitte gut zu, Nina«, sagte sie. »So, wie das klingt, geht es hier um ziemliche ernste Dinge.«

»Aber was soll ich tun? Der Polizei sagen, dass ich seltsame Unterlagen in seinem Schreibtisch gefunden habe? Dass er offenbar Papiere aus der Wohnung gebracht hat? Der Mann, der mir einen Heiratsantrag gemacht hat?«

»Geh zur jugoslawischen Botschaft und frag dort um Rat«, empfahl mir Katarina.

Ich nahm mir ein Taxi und fuhr in die Innenstadt. Die jugoslawische Botschaft war damals in einem schmalen, alten Haus untergebracht.

Ich zögerte, ehe ich das Gebäude betrat. Was, wenn mich die Mitarbeiter der Botschaft nicht ernstnahmen, und Brian, auf welchen Wegen auch immer, von meinem Besuch hier erfuhr? Seiner Reiseplanung gemäß würde er in drei Tagen heimkehren. Erst jetzt wurde mir der Ernst der Situation bewusst. Wie immer das hier ausgeht, dachte ich, in drei Tagen muss ich verschwunden sein. Ich wollte nicht in seine dunklen Geschäfte verwickelt werden, ich konnte doch keinen Betrüger heiraten, einen Mann, der sein Vermögen auf unehrliche Weise verdient hatte und offenbar schon mit einem Fuß im Gefängnis stand.

In der Botschaft saß ich einem Mann im Wollsakko und mit Wollkrawatte gegenüber. Er war noch relativ jung und lächelte unentwegt, doch seine Stimme wurde während meines Berichtes immer ernster. »Ich werde die Informationen, die Sie mir gegeben haben, weiterleiten«, sagte er. »Ich habe keinen Einfluss darauf, was damit geschieht. Ich informiere Sie, wenn ich weiß, ob Sie ausreisen dürfen.«

Noch am selben Tag erhielt ich den Anruf: »Es liegt nichts gegen Sie vor, Sie können das Land verlassen.«

Ich wollte meinen Onkel und meine Tante nicht involvieren, ich wollte sie nicht beunruhigen. Ich informierte sie nicht über meine Abreise. Brian schrieb ich einen kurzen Abschiedsbrief. Ich schrieb über Heimweh, das ich in Wirklichkeit nicht hatte. Als ich meinen Schmuck, die teuren Kleider und meine Kreditkarte auf das Bett legte, um alles zurückzulassen, bedauerte ich das nicht. Leid tat es mir nur um den Traum eines Lebens in Amerika, den ich aufgeben musste.

In London zerstreute ein Beamter meine letzten Zweifel darüber, ob meine Entscheidung richtig war. Er hielt mich an und führte mich in ein kleines Zimmer, dort durchsuchten zwei weibliche Beamte mein Gepäck und auch jede Tasche meiner Kleidung. Brian hatte Diebstahlsanzeige gegen mich erstattet. Er behauptete, ich hätte unter anderem einen Ring mit einundzwanzig Brillanten gestohlen.

Ich wusste, von welchem Ring die Rede war. Es war mein prachtvoller Verlobungsring. Zum Glück hatte ich ihn mit all den anderen Dingen zurückgelassen, einerseits, weil ich nichts haben wollte, das mich an Brian erinnerte, andererseits weil ich Angst vor ihm hatte und seine Wut auf diese Weise besänftigen wollte.

Als mich die Beamtinnen unbehelligt ziehen ließen, hätte ich froh sein müssen. Doch wirklich glücklich war ich nicht, denn jetzt wurde mir bewusst, dass mein Traum von Amerika nach nur einem Jahr endgültig geplatzt war. Ich hatte keinen Plan, wie es weitergehen sollte. Ich wollte einfach nur nach Hause.

Wegen heftigen Schneefalles musste die Maschine, die mich von London nach Zagreb bringen sollte, in Wien zwischenlanden. Als der Pilot »Vienna« sagte, wusste ich zuerst nicht, wovon er sprach, denn ich kannte die Stadt nur unter ihrem kroatischen Namen Beč.

Die Fluglinie quartierte die in Wien gestrandeten Passagiere nobel im Hotel Intercontinental am Rand der Innenstadt ein. Ich genoss die Atmosphäre dort, saß in der Bar und lauschte dem Pianisten, und ich machte Spaziergänge durch das winterliche Wien. Die Stadt hat einen ganz eigenen Charme, wenn es schneit. Die Kronen der Linden, Platanen und Ahorne entlang der Ringstraße waren weiß, und unter ihnen reflektierte der nasse Asphalt das Licht der Laternen und der Autoscheinwerfer. Ich spazierte durch den gleich gegenüber dem Hotel liegenden Stadtpark mit der vergoldeten Statue von Johann Strauß und bestaunte den prächtigen Kursalon. Beim Flanieren über die Kärntner Straße, den Graben und den Kohlmarkt schaute ich in die Auslagen der exquisiten Geschäfte.

Die Atmosphäre von Wien war schon damals international, es war hier aber bei weitem nicht so hektisch wie in Chicago. Ich fühlte mich in Sicherheit, weil ich zurück in Europa war und sogar ein bisschen zuhause. Ich mochte diese Stadt, die ein Berührungspunkt zwischen dem Osten und dem Westen zu sein schien. Wien strahlte Eleganz aus und gleichzeitig Gemütlichkeit, ohne dabei aber verschlafen zu wirken. Hier könnte ich leben und sterben, dachte ich, obwohl ich nur auf meinen Weiterflug nach Zagreb wartete.

Daheim bei den Plitvička-Seen empfingen mich meine Eltern mit Freude, aber auch mit Sorge, weil ich bereits den zweiten Start in ein eigenes Leben abgebrochen hatte. Ich fühlte mich zwar noch jung genug, um wieder daheim zu sein im gemütlichen Haus meiner Eltern, und ich freute mich darauf, im Gasthaus meines Vaters auszuhelfen, dennoch nagte an mir ein wenig die Angst vor der Zukunft. Was sollte aus mir werden?

Ich schüttete meiner Freundin Angela mein Herz aus. Wir kannten uns sehr gut, wir waren mehrere Jahre gemeinsam zur Schule gegangen. Angela war ehrlich, klug und lustig, ein richtiger Kumpel. Auch als sie an der Modeschule in Zagreb studierte, riss der Kontakt nicht ab. Noch heute sind wir eng befreundet.

Damals war Angela ein hübsches junges Mädchen, groß und schlank, mit langen dunklen Haaren. Wie ich, träumte sie von einer aufregenden Zukunft in einem anderen Land. Ich erzählte ihr meine Erlebnisse in den USA, und sie hörte mir staunend zu. »Lass uns miteinander weggehen von hier«, sagte sie, als wir an einem noch recht kühlen Frühlingstage eng aneinandergedrängt vor dem Heim meiner Eltern saßen und an die Hausmauer gelehnt die ersten Sonnenstrahlen genossen.

Ich sah sie an. Einfach aufzubrechen, das war tatsächlich auch die beste Option für mich. Das Glück schien wieder zum Greifen nah. Nicht nur Angela und ich schienen so zu empfinden. Wenn ich jetzt an diese Zeit zurückdenke, kommt es mir vor, als wäre damals die ganze Welt in Aufbruchsstimmung gewesen.

Angela und ich waren so aufgeregt, so neugierig und so planlos. Wir konnten uns die halbe Welt als Ziel vorstellen. Aber vor allem Amerika, das Traumland aller Emigranten, rückte im Lauf unserer Diskussionen immer wieder in den Mittelpunkt. Schnell kamen wir dann stets überein, dass wir die USA wegen meiner dortigen Erlebnisse leider ausschließen mussten. »Kanada«, sagte Angela schließlich. »Wir gehen nach Kanada.«

Ich erinnerte mich an einen jungen Mann, den ich bei einem Abendessen, das mein Onkel und meine Tante in Pittsburgh gaben, kennengelernt hatte. Er stammte aus Ottawa, der Hauptstadt, und gehörte dort offenbar der besseren Gesellschaft an. Ihn kann ich bestimmt kontaktieren, dachte ich, bestimmt wird er uns in seine Kreise einführen. »Lass uns nach Wien fliegen und uns dort um ein Visum für Kanada ansuchen«, sagte ich.

»Kennst du jemanden in Kanada?«, wollte Angela wissen.

»Vielleicht«, sagte ich.

»Und in Wien?«

Sie hatte recht. Wir brauchten auch eine Unterkunft in Wien. Schließlich konnten wir uns einen Aufenthalt im Hotel Intercontinental nicht leisten. Ich dachte nach. »Mein Vater hat viele Bekannte«, sagte ich.

Mit einem kleinen blauen Koffer, dreitausendfünfhundert Dollar in bar und Angela an meiner Seite kam ich in Wien bei jener Adresse an, die mein Vater mir aufgeschrieben hatte. Es war die Adresse einer Familie, die Freunde von ihm kannten, und die sich nach einem kurzen Briefwechsel mit ihm anbot, uns für ein paar Tage aufzunehmen.

Da stand ich nun mit Angela vor einem schönen alten Haus im dritten Bezirk in der Marokkanergasse. Zögernd traten wir durch ein Tor mit Verzierungen aus schwerem Schmiedeeisen, die mit Glas hinterlegt waren. Dahinter erwartete uns ein mit rotem Teppich ausgelegtes Foyer. Neben dem Eingang saß ein Portier in seiner Loge. Ich nannte ihm den Namen der Familie, mit der mein Vater korrespondiert hatte. Der Portier nickte und griff zum Telefon. Angela und ich warteten darauf, dass jemand die geschwungene Treppe herabkommen und uns empfangen würde.

Dort erschien allerdings niemand. Stattdessen ging eine kleine Seitentür neben der Portiersloge auf, eine ältere Frau kam heraus, die Hausmeisterin. Sie war unsere Herbergsgeberin. Ihr Anblick entsetzte mich, ich fühlte mich in das ländliche Kroatien versetzt, in ein kleines Dorf, in dem Schmutz und Not herrschten. Dorthin hätte die Dame gepasst. Gegen die Kälte hatte sie ein altes, fleckig-graues Wolltuch um ihr Haar gewickelt, ihr Gesicht war faltig und zerknittert. Aber nicht nur ihr Aussehen erschreckte mich, sondern auch die fehlende Herzlichkeit. Sie begrüßte uns nicht, nachdem Angela und ich uns vorgestellt hatten. »Znam, znam«, sagte sie nur. »Ich weiß, ich weiß.«

Statt uns die Treppen hinaufzuführen, führte sie uns die Stiegen hinunter in den Keller des Hauses. Unsere Unterkunft dort war winzig und schauerlich. Eng aneinander geschoben standen vier Betten in dem Raum. In den Ecken lag Rattenkot. Ich warf Angela einen Blick zu. Sie schien das alles nicht so schlimm zu finden. Sie hatte auch noch nie ein Luxus-Appartement in Chicago mit Blick auf den Michigansee bewohnt und war noch nie in einem noblen Hotel abgestiegen.

»Vielen Dank, dass wir hier wohnen dürfen«, sagte ich höflich zu der Frau.

»Ja, das ist sehr freundlich von ihnen«, sagte Angela.

Wir lächelten. Sie ließ uns wortlos allein.

»Wir bleiben ja nicht lange«, murmelte ich, weniger in Angelas Richtung, sondern eher zu mir selbst, um mir Mut zu machen. »Ein paar Tage, dann sind wir weg.«

Als wir am nächsten Tag nach einem kurzen Erkundungsspaziergang in unsere karge Bleibe zurückkehrten, fehlten unser gesamtes Bargeld und einige unserer Wertsachen. Stumm zeigte Angela hinauf zur Decke, über der wir die Wohnung des Hausmeisterehepaares vermuteten. »Glaubst du …?«, fragte sie.

»Natürlich«, sagte ich. »Wer sonst?«

Wir wussten zwar mit ziemlicher Sicherheit, wer uns beraubt hatte, aber unsere Chancen, Geld und Wertsachen wiederzubekommen, standen äußerst schlecht. Wir konnten das Hausmeister-Ehepaar ansprechen, des Diebstahls bezichtigen und Geld und Wertsachen zurückverlangen. Doch die beiden würden vermutlich alles leugnen und uns hinauswerfen. Wir konnten auch keine Hilfe holen. Wir kannten niemanden und wir sprachen kein Wort Deutsch. Auch wenn wir der Sprache mächtig gewesen wären, was hätte es genützt, zur Polizei zu gehen? Wir hatten nichts gegen das Ehepaar, das nicht davor zurückgeschreckt war, zwei junge Frauen aus der eigenen Heimat zu bestehlen, in der Hand.

Kanada war auf einmal sehr weit weg. Zurück nach Hause wollten wir aber nicht, vor allem ich nicht. Es wäre mein dritter gescheiterter Aufbruch in die weite Welt gewesen. Ich hatte das Gefühl, dass ich mein Gesicht verlieren würde, und, wenn ich wieder in Kroatien ankäme, womöglich auch meine Zuversicht. Ich konnte also nicht zulassen, dass mein Kartenhaus zusammenfiel, ich würde meine Träume nicht begraben. Ich musste mich durchbeißen.

Die diebische Hausmeisterin verschaffte uns Arbeit als Putzfrauen. Sie tat dies nicht, weil sie uns helfen wollte, sondern weil sie und ihr Mann von uns Miete für die düstere Absteige verlangen konnten, wenn wir Geld verdienten.

Angela und ich gingen in den umliegenden Häusern putzen. Von dem wenigen Geld, das wir dafür bekamen, blieb uns nach Abzug der Miete kaum etwas. Es war demütigend, wir fühlten uns wie Sklaven, wir schufteten bei Tag und schliefen in der Nacht in einem kalten Keller auf feuchten Matratzen. Doch ich war gewillt, zu kämpfen. Ich war sicher, dass sich eine neue Chance auftun würde, und dass ich nur danach Ausschau halten musste. Wenn ich das Glück im Moment nicht in Kanada finden kann, dann eben hier in Wien, dachte ich.

Die Chance kam, als ich eines Tages vor einem Hauseingang den Gehsteig kehrte. Ein älterer Herr schlenderte die Straße auf der gegenüberliegenden Seite entlang. Als er mich bemerkte, blieb er stehen und schaute mir einige Minuten lang bei der Arbeit zu.

Ich fragte mich, was er sah. In gewisser Weise war ich sicher ein ungewöhnlicher Anblick. Wie eine typische Putzfrau schaute ich bestimmt nicht aus. Ich hatte mich wie immer hübsch zurechtgemacht. Mein Kleid war adrett, meine Frisur saß perfekt und ich trug den wenigen Schmuck, den ich noch besaß.

Nachdem er mich eine Weile beobachtet hatte, überquerte der ältere Herr die Straße. Er sagte etwas auf Deutsch zu mir. Ich hielt inne und schüttelte den Kopf, ich hatte kein Wort verstanden. »Where do you come from?«, fragte er nun.

»Croatia«, sagte ich. »I am from Croatia.«

Er lachte.

»Meine Frau und ich leben schon seit dreißig Jahren hier«, sagte er auf Kroatisch. »Wir sind aus Rijeka.« Er zeigte auf meinen Besen. »Hast du keinen besseren Job gefunden? Der hier passt nicht zu dir.«

Ich erzählte ihm, warum Angela und ich nach Wien gekommen waren, und ich schilderte ihm unsere unerfreulichen Erlebnisse. Meine Redseligkeit überraschte mich selbst. Offenbar vertraute ich dem Herrn vom ersten Augenblick an, weil er sofort seine Frau erwähnt hatte. »Wir können nicht heizen und wir haben kein warmes Wasser«, berichtete ich ihm über unsere Misere.

Das schien ihn zu beeindrucken. Kein Wunder, denn es war zwar erst Ende Oktober, aber es war bitterkalt in Wien. »Ich glaube, ich habe eine Idee«, sagte er.

Der Mann hieß Tomislav Nasić, war Architekt und brachte uns in einer vorübergehend leerstehenden Wohnung im zwanzigsten Bezirk, in einer kleinen Seitengasse der Wallensteinstraße, unter. Die Umgebung strahlte keinen Glamour aus, im Gegenteil, sie hatte etwas Ärmliches. Kleine Geschäfte und Handwerksbetriebe waren hier angesiedelt, an manchen Häusern war die blasse Fassadenfarbe in großen Stücken abgeblättert. Angela und mich störte das nicht, wir waren überglücklich. Die Wohnung war beheizt und hatte ein Bad, wir konnten endlich duschen und mussten nicht mehr frieren.

Mit dem Auszug bei dem Hausmeisterehepaar verloren wir aber unsere Jobs als Putzfrauen. Dennoch waren Angela und ich uns sicher, dass wir die richtige Entscheidung getroffen hatten. Bloß hatten wir nun kein Geld mehr. Nasić auch noch darum zu bitten, kam uns aber nicht in den Sinn.

Zu essen hatten wir zumindest, denn in der Küche unserer neuen Bleibe fanden wir eine erstaunlich große Menge Konservendosen. Wegen unserer fehlenden Deutschkenntnisse verstanden wir zwar nicht, was auf den Etiketten zu lesen war. Doch auch ohne zu wissen, was wir da genau aßen, es waren ausschließlich Fleischspeisen, ließen wir es uns gut schmecken. Die kargen vergangenen Wochen hatten unsere Ansprüche weit nach unten geschraubt, und wählerisch zu sein war ein Luxus, den wir uns jetzt nicht leisten konnten. Auch wenn das Essen aus den Konservendosen nicht so mundete, als wäre es von einem Haubenkoch zubereitet worden, machte es uns doch satt. Was blieb, war die Frage, wie wir Geld verdienen sollten.

Als uns Nasić besuchte, sah er zwei der Konservendosen leer im Mülleimer liegen. Er warf uns einen verwunderten Blick zu. »Habt ihr einen Hund?«, fragte er.

Der Vormieter besaß zwei Dalmatiner, und wir hatten deren zurückgelassenes Futter verspeist. Nasić fand das im Gegensatz zu uns sehr witzig. Er entschuldigte sich aber umgehend für seinen Heiterkeitsausbruch, indem er uns zum Abendessen einlud.

Zu unserer Überraschung war aber nicht etwa seine Frau, die ich mittlerweile kennengelernt hatte, dabei, als wir uns zum Essen trafen, sondern eine weitere junge Kroatin, die allein nach Wien gekommen war und derer er sich auch angenommen hatte. Dieser Abend war ganz nach meinem Geschmack, nicht nur, was die hervorragenden Speisen betraf. Das Restaurant »Abbazia«, in dem kroatische Spezialitäten und vor allem Fischgerichte serviert wurden, war äußerst schick, es lag im Herzen der Wiener Innenstadt, in der Schönlaterngasse. Wer etwas auf sich hielt, dinierte damals hier oder in einem der Restaurants in der nahen Umgebung. In diesem gediegenen Ambiente umgeben von gepflegten Gästen fühlte ich mich wohl.

Unsere Gespräche rankten sich um unsere Heimat Kroatien und darum, was wir Mädchen in Zukunft machen wollten. »Ein Bekannter von mir betreibt ein Nachtlokal, könntet ihr euch vorstellen dort als Tänzerinnen zu arbeiten?«, fragte Nasić. »Wenn ihr wollt, empfehle ich euch.«

Wir waren skeptisch. »Angela und ich machen so etwas nicht«, sagte ich.

Er schüttelte den Kopf. »Es ist nicht, was ihr denkt«, sagte er. »Schaut euch das Lokal einfach an, und wenn ihr es nicht mögt, dann geht ihr einfach wieder.«

Angela und ich tauschten einen Blick aus. Nasić hatte recht. Wir sollten uns die Bar zumindest ansehen. Gleichzeitig keimte in mir der Verdacht, dass wir die hübsche Wohnung wohl würden räumen müssen, sollten wir sein Angebot nicht annehmen. Unsere Lage war verzwickt. Wir wären froh über eine Alternative gewesen, über ein anderes Joboffert, aber das gab es leider nicht. Das Schicksal hatte uns zumindest eine Chance zugespielt, und die wollten wir nicht ungeprüft vorüberziehen lassen.

Das Nachtlokal hieß »Femina«, die Lage in der Wiener Innenstadt zwischen Stephansplatz und Rotenturmstraße war exzellent. Es war ein Lokal wie das Moulin Rouge in Paris, eine Band spielte live und jeden Abend wurde ein anderes Programm geboten. Ich arbeitete als Kellnerin und Angela tanzte. Zu unseren Aufgaben gehörte es auch, für gute Stimmung zu sorgen, mit den Gästen zu plaudern. Das war zumindest anfangs ein mehr als schwieriges, ein sehr holpriges Unterfangen, denn noch immer sprachen wir nur bruchstückhaft Deutsch. Doch unsere Arbeit im »Femina«

spornte uns an. Bereits nach zwei Monaten unterhielten wir die Gäste fließend in dieser für uns neuen Sprache.

Es war das Wien des Jahres 1971. Die SPÖ war in der Politik federführend. Bruno Kreiskys Partei errang bei den Nationalratswahlen abermals die absolute Mehrheit, Franz Jonas trat seine zweite Amtszeit als Bundespräsident an, und in Wien war Felix Slavik Bürgermeister.

Ich erinnere mich noch, dass er bei den Feierlichkeiten anlässlich der Fertigstellung des ersten U-Bahn-Tunnels, ein Teilstück der U-Bahnlinie, die 1976 eröffnet wurde, dabei war, und er empfing in diesem Jahr die Eiskunstläuferin Trixi Schuba, die sowohl bei den Weltmeisterschaften wie auch bei den Europameisterschaften Goldmedaillen für Österreich geholt hatte, im Rathaus.

Zuversicht prägte damals das Lebensgefühl, obwohl der Kalte Krieg, der Konflikt zwischen Westmächten und Ostblock, noch immer ein großes Thema war. Denn mehrere Krisen zwischen NATO und Warschauer Pakt hatten die Welt in den vergangenen Jahren an den Rand des Abgrunds gebracht. Die Angst vor einem alles vernichtenden Atomkrieg war bis Ende der Sechzigerjahre allgegenwärtig.

Auch Österreich, und damit Wien, war von der Rivalität zwischen den Supermächten USA und Sowjetunion betroffen. Noch drei Jahre davor, 1968, nach der Besetzung der Tschechoslowakei durch Truppen des Warschauer Paktes, standen an Österreichs Nord- und Ostgrenze sowjetische Panzer. Die Lage war hochbrisant, bei einem Krieg gegen das Westbündnis NATO hätte das neutrale Österreich den Osttruppen als Auf- und Durchmarschgebiet gedient.

Doch jetzt schien die Gefahr gebannt. Es war die Zeit der Entspannungspolitik, zwischen Ost und West gab es Bemühungen, neue Wege der Zusammenarbeit zu finden. Vor allem die seit zwei Jahren laufenden Verhandlungen der Großmächte über die Reglementierung der Anzahl der Waffen und Abwehrsysteme, die ein Jahr später, 1972, im SALT-I-Vertrag mündete, ließen die Welt aufatmen und Hoffnung schöpfen.

In Wien manifestierte sich das Lebensgefühl des Optimismus in einer heiteren Grundstimmung, die Menschen lebten gern und sie lebten gern gut, sie zeigten gern, was sie hatten.

Bei einem Besuch der Innenstadt war erlesenes Aussehen Pflicht. Undenkbar, dass eine Dame nur wahllos einen Mantel übergeworfen hätte, nein, sie zog ihr schickstes Kleid an, ihren schönsten Pelz, und sie schminkte sich perfekt. Denn Kärntner Straße, Stephansplatz und Graben waren, obwohl dort noch reger Autoverkehr herrschte, Flaniermeilen. Sehen und gesehen werden, war das Motto. Regelmäßig spazierte hier auch die Prominenz; wer ein bisschen Glück hatte, traf Curd Jürgens, Herbert von Karajan, Peter Alexander oder Vivi Bach und Dietmar Schönherr, die damals die aufsehenerregende Fernsehshow »Wünsch Dir was« moderierten.

Berühmtheiten der Zeit gaben sich auch gern in der Konditorei »Demel« am Kohlmarkt ein Stelldichein. Dort erholten sie sich bei Kaffee und süßen Köstlichkeiten, ehe sie ihren Einkaufsbummel etwa im traditionsreichen Nobelkaufhaus »Braun & Co« am Graben fortsetzten.

Der herrschende Zeitgeist des Optimismus offenbarte sich auch in der Musik und in der Mode. Aus dem Radio klangen Lieder wie »A Song of Joy«, »Butterfly« und »My Sweet Lord«. Alles Nummer-eins-Hits des Jahres, die Frieden, Fröhlichkeit und Spiritualität ausdrückten, die Intentionen der Blumenkinder, der Hippies, die passiv gegen Krieg und einengende, überholte gesellschaftliche Normen rebellierten. Flower-Power war die Devise.

Die Mode der Hippies hatte den Massengeschmack erreicht. Bunt war die neue Trendfarbe. Nicht nur die ganz jungen Damen trugen Häkellook-Kleider in einer Mischung aus Orange, Braun und Gelb und Patchwork-Taschen. Knappe Miniröcke aus weichem Wildleder mit Druckknöpfen an der Vorderseite waren ebenso en vogue wie bodenlange Mäntel aus Samt. Ja, und in diesem Jahr erregten die Hotpants die Gemüter.

Damen, die im Wien dieser Zeit auf gediegenes Design setzten, pilgerten in die Ateliers von Fred Adlmüller in der Kärntner Straße. Ach, wie schick war es, ein Kleid von ihm zu haben.

Der gebürtige Deutsche entwarf für seine gut betuchten Kundinnen Garderobe für jeden Anlass, für den Stadtbummel ebenso wie für den Opernball.

Auch mich umfing hier in Wien jetzt endlich das Gefühl der Zuversicht. Ich hatte eine Arbeitsbewilligung und ein Einkommen, ich spürte, dass es bergauf ging. Ich mochte meinen Job als Serviererin, auch wenn ich immer viel zu tun hatte. Aber vor Arbeit hatte ich mich noch nie gefürchtet oder gedrückt.

Erhard, der Besitzer des Nachtlokals »Femina«, war ein sehr netter, älterer Herr, ein Österreicher. Er fasste mich mit Glacéhandschuhen an, er war wie ein Vater zu mir. Er schätzte mich, weil ich fleißig war, und auch weil ich fließend Englisch sprach. Das war nicht unwichtig, denn viele unserer Gäste waren Amerikaner.

Erhard führte das »Femina« sehr professionell, aber die Innenausstattung war weniger nach meinem Geschmack. Er hatte ein Faible für roten Samt. Für sehr viel roten Samt. Auf mich wirkten der übermäßige Einsatz von Farbe und Material damals nicht unbedingt billig, aber doch ein bisschen frivol.

Ich servierte im »Femina« hauptsächlich Getränke, vor allem viel Champagner. Es gab zwar eine kleine Küche und eine Köchin, aber hier konnte nicht groß gespeist werden. Es gab Häppchen wie Sandwiches und Toast und vielleicht noch ein kleines Gulasch.

Nicht nur mit Erhard verstand ich mich gut, sondern nach wie vor auch mit Nasić, obwohl er eindeutig zu den Männern gehörte, vor denen mich meine Eltern gewarnt hätten. Auf gewisse Weise musste Nasić, der sein Architekturbüro im dritten Bezirk betrieb, finanziell an Nachtlokalen wie dem »Femina« und anderen Bars beteiligt sein, da war ich sicher. Die genauen Verflechtungen kannte ich nicht, ich wollte auch gar nichts darüber wissen. Ich erlaubte mir auch nicht, gründlich über eine Vermutung nachzudenken, die mich seit einiger Zeit beunruhigte. Servierten und tanzten all die jungen Mädchen, die Nasić in seinen Nachtlokalen und Bars unterbrachte, nur? Oder konnten sie auch noch ganz andere Dinge machen, wenn sie das wollten? Blitzte ein solcher Gedanke auf, schob ich ihn sofort beiseite. Ich schaffte es nicht, mich damit auseinandersetzen, und niemals hätte ich Fragen gestellt. Vermutlich, weil ich spürte, dass das Ergebnis ausgiebiger Grübelei oder konkrete Antworten eine viel zu große Belastung für mich gewesen wären. Es hätte vermutlich ein Bild von Nasić gezeigt, das mir nicht gefallen hätte. Ich blieb lieber unwissend und klammerte mich daran, dass sich Nasić mir und Angela gegenüber anständig verhielt. Er war sogar auf eine ehrliche Weise fürsorglich, er predigte Angela und mir etwa immer wieder eindringlich, nicht mit den falschen Menschen zu verkehren, er warnte uns vor einem Abrutschen in ein zwielichtiges Milieu. »Hier wird euch nichts geschehen, aber hütet euch vor der Unterwelt«, sagte er. »Dort gibt es üble Gestalten.«

Nasić erzählte uns von einem italienischen Mafiosi, der junge naive und vertrauensselige Mädchen, die wie wir auf der Suche nach dem Glück waren, außer Landes brachte, und von denen nie mehr wieder jemand etwas hörte. Ich lauschte seinen Worten mit einem gewissen Gruseln. Doch gleichzeitig dachte ich, dass er mich unterschätzte. Ich war gar nicht mehr so arglos. Mein in der kroatischen Provinz gebrochenes Herz und mein Abenteuer in Amerika hatten mich verändert. Ich war auf dem Weg, erwachsen zu werden.

Jetzt trauerte ich auch dem eleganten Appartement in Chicago mit dem grandiosen Blick über den Michigansee nicht mehr nach. Ich hatte, zumindest fürs Erste, einen Job, und dafür war ich Nasić dankbar. Jetzt verdiente ich mein eigenes Geld, und das fühlte sich gut an, denn ich war Herrin über mein Leben. Das Schicksal hatte mich für die Aufregungen und den Kummer während des Endes meines Amerika-Aufenthaltes entschädigt.

Außerdem hatte ich meine Freundin Angela und das »Femina«, in dem ich mich geborgen fühlte wie in einer Familie. Die Herzlichkeit des Teams gefiel mir ebenso wie die Shows, die dort allabendlich geboten wurden.

Es gab noch einen weiteren guten Grund, keine wehmütigen Gedanken an meine Zeit in Amerika zu verschwenden. Von meinem Onkel und meiner Tante in Pittsburgh hatte ich erfahren, dass Brian im Gefängnis saß. Er war wegen krimineller Finanzgeschäfte zu zwei Jahren Haft verurteilt worden. Ich aber verdiente hier in Wien mein Geld auf ehrliche Weise, und ich konnte noch immer von einer herrlichen Zukunft träumen.

Eines Tages kam ein blonder Mann mit blauen Augen und mit Schnurrbart ins »Femina«. Er war gut angezogen, er sah sehr kultiviert aus. Ich merkte rasch, dass er die Augen nicht von mir lassen konnte. »Ich heiße Baldur«, sagte er eines Abends höflich, als ich ihm eine Flasche Champagner servierte. Wir kamen ins Gespräch und ich fragte ihn auch nach seinem Beruf.

»Ich bin Kaufmann«, antwortete er.

»Und was machst du genau?«

Baldur betrieb mit Freunden eine Vermögensverwaltung, eine Immobilienfirma und eine Pfandleihe.

Immer häufiger besuchte er fortan das »Femina«. Ich wartete schon darauf, dass er endlich wieder zur Tür hereinkam. Es dauerte nicht lange, bis Baldur sein Interesse an mir ganz offen bekundete. »Wann hast du deinen nächsten freien Tag?«, fragte er mich. »Ich würde dich gern ausführen.«

Unser erstes Rendezvous hatten wir an einem kalten Novembertag. Baldur lud mich ins »Café de l'Europe« am Graben ein. Dieses Kaffeehaus mit langer Tradition und mit Restaurant im ersten Stock gibt es noch heute. Damals empfingen uns sanfte Rauchschwaden, als wir am Nachmittag die Treppe hinaufstiegen. Die Gäste, elegante Damen und Herren, genossen Zigaretten und Zigarren. Auch ich hatte mein schönstes Kleid angezogen, figurbetont und schwarz.

Baldur und ich unterhielten uns prächtig während unseres kleinen Essens. Ich fragte ihn über alle Details seines Lebens aus. Ich wollte alles über ihn wissen, ich bin ja so neugierig. Baldur, zehn Jahre älter als ich, gefiel das. Auch ich erzählte diesem höflichen Mann meine Geschichte und sparte dabei die unangenehmen Einzelheiten nicht aus.

Beim Gehen half er mir in den Mantel. »Brauchst du etwas?«, fragte er mich, als er mir in den dünnen Stoffmantel half. Ich hatte keine Ahnung, was er meinte.

»Ich sehe doch, dass du frierst«, erklärte er. »Brauchst du einen wärmeren Mantel?«

Ich verneinte nicht und Baldur, mein großzügiger Baldur, lud mich zu einer unvergesslichen Einkaufstour ein. Er schenkte mir einen Rotfuchsmantel, der damals hochmodern war, eine Tasche aus Straußenleder, die ich noch heute aus sentimentalen Gründen besitze, Stiefel, ein Kleid und einen Brillantring. Mein Gott, dachte ich mir, ich habe schon wieder so großes Glück.

Aber es war bei weitem nicht nur Baldurs unglaubliche Großzügigkeit, die mir so gefiel. Ich mochte vor allem auch seine sanfte Art, er war aufmerksam und liebevoll, jede Geste zeigte, wie sehr er mich mochte. Er war galant, half mir in den Mantel, hielt mir die Tür auf und bot mir seinen Arm. Er tat dies stets auf völlig unaufgeregte, selbstverständliche Weise. Baldur schien perfekt, und wir waren ineinander verliebt. Dennoch kamen mir immer wieder Zweifel. Soll ich mich wirklich fest an ihn binden?, fragte ich mich. Vielleicht würde er erst später sein wahres Gesicht zeigen, vielleicht hat er dunkle Seiten, die er noch gut vor mir verbarg. Es war die Beziehung mit Brian, die mich argwöhnisch gemacht hatte, sie hatte mich geprägt und Narben hinterlassen.

Baldur entging meine Unsicherheit nicht, doch er blieb hartnäckig und erkannte rasch meine Schwächen. Er überhäufte mich mit Schmuck und Pelzen, mit mondänen Kleidern und teuren Taschen und Schuhen. Als er mir eines Tages einen Verlobungsring überreichte, rannte mir ein Schauer über den Rücken. Nicht nur vor Glück, sondern auch, weil die Gedanken, die mir bei meinem ersten kurzen Wien-Aufenthalt durch den Kopf gegangen waren, die Realität erschaffen hatten. Ja, ich würde in Wien leben und sterben.

Manchmal frage ich mich, was ich damals als schlankes junges Ding gedacht hätte, wäre es mir möglich gewesen, einen Blick in die Zukunft zu werfen. Was hätte ich beim

Anblick dieser fast siebzigjährigen korpulenten Frau empfunden, die in ihrem schönen Kleid und mit üppigem Gold geschmückt langsam aus der Limousine steigt, während ihr Baldur, zu diesem Zeitpunkt ein unauffälliger Herr mit grauen Haaren, die Wagentür aufhält?

Ich denke, dieses Bild hätte mir gefallen. Vor allem wegen Baldur, weil er noch immer an meiner Seite ist. Denn wenn es etwas gibt, das mich in meinem Leben mindestens ebenso dankbar gemacht hat wie später meine Bar und meine Arbeit, dann ist er es. Der Mann, mit dem ich seit mehr als vierzig Jahren verheiratet bin. Er ist ein Sir, ein Kavalier, ein Gentleman. Sie werden in diesem Buch nicht allzu viel über ihn lesen, weil er für sich die Rolle des Mannes im Hintergrund gewählt hat. Aber Sie werden genug über ihn lesen, um zu verstehen, warum er der Einzige und Beste für mich ist.

Baldur steckte mir den Verlobungsring an. Ich war angekommen. Mit Wien als neuer Heimat brauchte ich mich, wie Sie vielleicht schon vermutet haben, nicht erst zu arrangieren. Im Grunde war ich mir schon die ganze Zeit sicher gewesen, dass ich auf dieser Welt vielleicht eine größere Stadt für mich finden könnte, aber sicher keine schönere.

Für mich war Wien immer eine Märchenstadt, und sie macht mich noch heute atemlos, obwohl ich schon seit fast fünfzig Jahren hier lebe. Vor allem der Innenstadt, dem ersten Bezirk, gehört meine große Liebe. Die Biedermeierbauten, die Jugendstilhäuser, jedes Mal breche ich erneut in Begeisterungsrufe ob der grandiosen Architektur aus.

Ich betrachte jede Einzelheit, ich kann mich nicht sattsehen an diesem Detailreichtum der Fassaden.

Dass ich mich in Wien ab dem ersten Moment zuhause fühlte, liegt in erster Linie daran, dass mich die Stadt, die Architektur im ersten Bezirk, an Zagreb erinnerte. Die Wiener Oper etwa kam mir vor wie das Kroatische Nationaltheater, das von Wiener Architekten entworfen wurde. Aber hier in Wien war alles viel größer, viel schöner, viel bombastischer, viel beeindruckender.

Manchmal spazierte ich stundenlang ganz allein durch die Innenstadt und nahm jedes Haus genau unter die Lupe. Ich genoss das Bummeln durch die kleinen romantischen Gässchen rund um Graben, Kärntner Straße und Kohlmarkt. Das war jedes Mal ein Abenteuer, denn ich atmete die Geschichte der Stadt ein, ich spürte, wie das Leben hier früher war. Ich stellte mir die Menschen vergangener Jahrhunderte vor, wie sie hier geliebt und gelitten hatten. Ich sah die Pferdekutschen vor mir, die eleganten Damen in ihren langen Kleidern, ich sah aber auch das Elend und die Not dieser längst vergangenen Tage.

Ich war auch vom Stadtpark und vom Prater begeistert, ich liebte vor allem den Duft, wenn im Frühling alles blühte. Mir gefielen auch die äußeren Bezirke wie Hietzing und Döbling mit ihren prachtvollen Villen. Aber solche Nobelenklaven kannte ich auch aus meiner Heimat, die Wiener Innenstadt dagegen war für mich etwas Neues und ganz Besonderes.

Noch heute schlägt mein Herz für den ersten Bezirk. Lange Zeit wohnte ich mit Baldur in der Rotenturmstraße, direkt im Herzen der Stadt. Ihm zuliebe übersiedelte ich schließlich in ein Haus an der Peripherie. Wir haben jetzt einen herrlichen Garten und wir haben ein großes Schwimmbecken. Aber was soll ich sagen? Ich betrete den Garten nicht und ich schwimme nicht im Pool. Ich schaue aus dem Fenster, mir gefallen die Blumen, die Sträucher und Bäume und der gepflegte Rasen, den ich da sehe, doch mein Herz gehört noch immer der Innenstadt.

Baldur und ich heirateten im September des Jahres 1974. Damals war es schick, sich nicht in Wien das Ja-Wort zu geben, sondern in einer anderen schönen Stadt. Den Ort unserer Hochzeit fanden wir, indem wir ein Los zogen. Es gab drei Städte, die wir beide gern mochten, Krems an der Donau, Salzburg und Eisenstadt. Da wir uns nicht entscheiden konnten, wo die Trauung stattfinden sollte, schrieben wir die drei Städtenamen auf kleine Papierstücke, warfen sie in einen Hut und zogen eines heraus.

Am Standesamt von Krems an der Donau schlossen wir im Kreis von Familie und Freunden den Bund der Ehe. Ich trug ein Ensemble in Winterweiß, ein sehr gut geschnittenes Kostüm, ein Nerzjäckchen und einen Hut. Nach der Trauung gab es kein großes Fest, sondern ein schönes Essen mit unseren rund dreißig Gästen in einem Restaurant in Krems. Denke ich heute an diesen Tag, erinnere ich mich an ihn als intim und gediegen.

Nach der Hochzeit verabschiedete ich mich vom »Femina«, Baldur hielt es nicht für notwendig, dass ich weiter arbeite. Mir gefiel das, und er hatte recht. Er spielte sich schon damals als Geschäftsmann nie in den Vordergrund, aber er war geschickt und verdiente gutes Geld, das allemal für uns beide reichte. Bloß wurde mir langweilig daheim, zumal weil es mit Kindern nicht klappte. Deshalb schaute ich mich nach einer neuen Beschäftigung um. Die Gastronomie gefiel mir, aber diesmal wollte ich nicht als Angestellte arbeiten, ich wollte Herrin des Geschäftes sein.

Mir gefiel die Idee, ein Lokal wie das »Femina« zu betreiben, mit einer allabendlichen Show, aber mit einer, die mir besser zusagte. Außerdem mit ein bisschen weniger Samt, ein bisschen weiter weg von der Unterwelt und noch etwas näher an den Gästen.

Dazu kam es aber nicht. Denn Baldur und ich einigten uns, dass ich ein Lokal fürs Tagespublikum eröffnen sollte. Am besten in der Nähe eines stark frequentierten Marktes, dessen Besucher zu uns zum Essen kamen. Ein geeignetes Geschäftslokal fanden wir im zweiten Bezirk in der Leopoldsgasse.

Ich nannte die Tagesbar »Mini«. Im Grunde bereute ich vom ersten Tag an, dass ich dieses Lokal eröffnet hatte. Ich fühlte mich wie in einem Gefängnis, aus dem ich womöglich jahrelang nicht mehr herauskommen würde.

Im »Mini« war ich Mädchen für alles, ich war die Chefin, ich servierte, stand hinter der Schank und half in der Küche, wusch Geschirr und putzte. Die anstrengende Arbeit machte mir nichts aus, das Problem war die Lage des Lokals. Einen Markt, den Karmelitermarkt, gab es zwar gleich daneben, aber im zweiten Bezirk regierten damals trotz des großen Polizeikommissariats direkt in der Leopoldsgasse Strizzis, Ganoven und Zuhälter. Nicht einmal Baldur, mein

Mann, ein gebürtiger Wiener, hatte gewusst, dass dieses Viertel berühmt-berüchtigt für dieses Milieu war.

Hier war ich der Unterwelt weit näher als im »Femina«. Nun hatte ich direkten Kontakt zu Verbrechern, diese Art von Gästen kannte ich bisher nicht. Viele hatten jahrelangen Haftstrafen hinter sich, oft standen sie bereits wieder mit einem Bein im Gefängnis. Stets hatten sie einen herausfordernden Spruch auf den Lippen, immer ein Glas Wein oder ein Glas Bier in der Hand, meist waren sie unberechenbar. Hier lernte ich Wien von seiner wildesten und brutalsten Seite kennen.

Anfangs kamen auch viele seriöse Gäste, egal ob Angestellte der Straßenreinigung, die sich im Winter mit einem heißen Kaffee aufwärmen wollten oder Herren aus den umliegenden Geschäften und Büros und oft auch Gäste des nahe gelegenen feinen Restaurants »Vincent«, in dem Baldur und ich gerne speisten.

Doch das hörte auf, als die Polizei immer öfter Razzien im »Mini« durchführte. So viele Springmesser und Pistolen, wie dabei jedes Mal meinen Gästen abgenommen wurden, hatte ich davor nie gesehen. So muss es in den Slums von Chicago sein, dachte ich damals. Es gab nicht nur einmal eine Messerstecherei in der Bar, und die Situation eskalierte dermaßen, dass ich in den letzten Monaten, während derer ich das Lokal betrieb, einen Leibwächter hatte.

Ich erinnere mich an einen Gast, einen seriösen Versicherungsangestellten, der vor dem »Mini« von einer mehrfach vorbestraften Frau, über die ich Lokalverbot verhängt hatte, niedergestochen und schwer verletzt wurde. Jahre später kam er in mein Etablissement »Ninas Bar«. »Wissen Sie noch, wer ich bin?«, fragte er mich.

»Ja«, antwortete ich, »Sie sind der Herr von der Versicherung, der vor meiner Bar einen Herzstich erlitten hat.«

»Richtig«, lachte er, »aber ich arbeite nicht mehr bei der Versicherung, ich bin jetzt Vertreter für Herzschrittmacher.«

Er meinte das ernst, und er hatte Humor.

Nach zweieinhalb Jahren, in denen ich mehrmals Blut und regelmäßig eingeschlagene Zähne gesehen, aber auch einige grundlegende Dinge über den Umgang mit Gästen, Personal und Behörden in der Gastronomie gelernt hatte, verkaufte ich das »Mini« an ein Ehepaar, das damit seinen Unterhalt bestreiten wollte, einen Kredit aufnahm und sich gute Umsätze erhoffte. »Viel Glück«, sagte ich zu den beiden.

Als ich zum letzten Mal durch die Tür des »Mini« hinaus ins Freie trat, fiel eine große Beklemmung von mir ab. Jetzt mache ich etwas richtig Schönes, dachte ich.

Ich absolvierte einen Kurs für Kosmetik und Nageldesign an der Berufsschule in Mödling bei Wien. Die Ausbildung dauerte ein halbes Jahr, ich schloss sie mit einem Diplom ab und eröffnete wenig später einen Kosmetiksalon im dritten Bezirk, im feinen Sünnhof, ein Häuserkomplex aus der Biedermeierzeit mit einem langgestreckten Innenhof und einem Durchgang von der Landstraße Hauptstraße zur Ungargasse.

Die Lage war hervorragend. Hier wohnten das gehobene Bürgertum und sehr wohlhabende Familien in großen Altbauwohnungen. Bei »Ninas Kosmetik« standen die Damen der Gesellschaft aus ganz Wien Schlange, Ministergattinnen ebenso wie die Frauen von sehr bekannten Unternehmern. Natürlich gab es auch Ärztinnen, Rechtsanwältinnen oder Damen, die bei einer Bank arbeiteten, die sich bei mir verschönern ließen, aber damals war noch eher die althergebrachte Rollenaufteilung üblich. Der Mann verdiente das Geld, die Frauen gaben es aus und kümmerten sich dafür um Haushalt und Familie.

Schon bald hatte ich drei angestellte Kosmetikerinnen, gemeinsam mit ihnen verwöhnten wir die Kundinnen mit Gesichtsbehandlungen und Massagen, Maniküre, Pediküre, Cellulite-Behandlungen, wir schminkten sie, und vor allem ich war bekannt für meine Nageldesignkenntnisse. Das war damals, in den späten Siebzigerjahren, etwas ganz Neues. Ich war eine der ersten in Wien, die künstliche Verlängerungen anbot, die nicht von echten Nägeln zu unterscheiden waren. Dabei war ich wirklich perfekt, ich feilte, ich trug die gelartige Flüssigkeit auf, ich lackierte. Sogar aus Deutschland kamen Damen, um mir ihre Hände anzuvertrauen.

Ich mochte diese Arbeit, das Ambiente meines Salons und die noblen Kundinnen. Das war etwas ganz anderes als Gastronomie, aber es funktionierte. Nicht nur, weil meine Kundinnen erstklassig bedient wurden, sondern auch, weil ich eine gute Zuhörerin war. Da saßen die Damen in ihren schicken Kostümen, in ihren Samthosen und Seidenblusen mit großen Schleifen am Hals, die damals Modetrend waren, und erzählten mir all ihre Probleme und Geheimnisse. Ich war ihre Seelentrösterin und Ratgeberin.

Die Themen der Geschichten, die mir die Kundinnen anvertrauten, waren vermutlich dieselben, die immer und überall auf dieser Welt erzählt wurden und erzählt werden. Die Damen vertrauten mir den neuesten Klatsch über andere Frauen an, diskutierten mit mir Gerüchte, die gerade die Runde machten, schilderten mir die Probleme, die sie mit ihren Kindern oder im Beruf hatten. Aber vor allem ging es um Männer, um ihre Macken, um Liebeskummer, um Seitensprünge, um komplizierte Scheidungen. Ich lauschte aufmerksam, stellte zum richtigen Zeitpunkt interessiert die richtigen Fragen, und die Damen kamen immer wieder. Nebenbei kauften sie die teuren Produkte, die ich anbot, die exquisitesten Cremes von Dior, Chanel und Barbor.

Ich höre gerne zu. Ich bin geduldig, und die Geschichten aus dem Leben der Menschen interessieren mich auch. Ich höre sie mir an und merke sie mir. Das war immer mein Kapital.

Auch die Kundinnen meines Kosmetiksalons wussten das zu schätzen. Spätestens ab ihrem dritten Besuch sahen sie in mir eine Freundin und Therapeutin.

Mit der Zeit wurde das ein wenig anstrengend. Waltraud Lehner, eine sehr wohlhabende Stammkundin, erzählte mir etwa bei jedem Besuch von ihrem viel jüngeren Liebhaber. »Nina, was soll ich mit dem Burschen nur machen?«, klagte sie seufzend, während ich ihre Nägel bearbeitete. »Er hat eine junge Freundin, aber er liebt mich, da bin ich mir sicher. Er wünscht sich sehnlichst einen Porsche. Soll ich ihm einen kaufen? Oder wäre das ein Fehler?«

Frau Lehner war siebzig, ihr Liebhaber um die dreißig. Was sollte ich ihr sagen? Dass sie die Sache klar sehen sollte? Dass er sie vielleicht mochte, aber eigentlich ihr Geld liebte? Dass sie sich bewusst sein musste, dass ein junger Liebhaber etwas kostet? Das hätte ihr sicher nicht gefallen und vermutlich wäre sie zu dem Schluss gekommen, dass sie meine Maniküre nicht mehr braucht.

Frau Lehner, das war mir klar, wollte, dass ich sie in allem, was sie tat, bestätigte. Sie nährte ihre Illusionen, und ich sollte ihr dabei helfen. »Was meinen Sie denn, Frau Lehner?«, fragte ich. »Wäre es richtig, ihm einen Porsche zu schenken? Vielleicht freut er sich ja auch über kleinere Präsente«, sagte ich.

»Die kriegt er sowieso.«

»Schenkt er Ihnen auch etwas?«

»Das muss er nicht. Mir sind Geschenke nicht so wichtig. Aber ich würde gerne einmal mit ihm ausgehen.«

»Das will er nicht?«

»Er will dann so tun, als wäre er mein Sohn.«

»Glauben Sie, das würde durch einen Porsche anders?«

So ging das dahin.

Die Witwe in fortgeschrittenen Jahren beschäftigte mich manchmal bis zwei Uhr morgens mit ihren Fragen, Zweifeln und Hoffnungen.

Ich war erschöpft, wenn ich danach im Taxi saß und heim in die Rotenturmstraße fuhr. Oft holte mich auch Baldur ab und chauffierte mich nach Hause, ich habe ja bis heute keinen Führerschein, es gab nie einen Grund, ihn zu machen.

Im Auto dachte ich zu später Stunde dann darüber nach, was ich, Nina Janousek, zu einer schöneren Welt beitragen konnte. Ich hatte offenbar ein Talent zum Zuhören, mich interessierten Menschen, und es fiel mir leicht, für gute Stimmung zu sorgen. Ich mochte die angenehmen Dinge des Lebens, gutes Essen, erlesenen Wein, noble Kleider, exklusiven Schmuck und gediegenes Interieur. Eigentlich bin ich in der Gastronomie schon richtig gewesen, dachte ich. Bloß hatte ich mit dem »Mini« das falsche Lokal. Jetzt zog es mich magnetisch zurück in diese Branche, ich fühlte mich in jeder Wirtsstube eher daheim, als in einem Kosmetikstudio. Vermutlich, weil ich schon als Kind so viele Stunden im Gasthaus »Zum Jäger« meines Vaters verbracht hatte.

Zudem fehlte mir in meinem Kosmetiksalon der Kontakt mit Männern, auf den ich aber nicht ganz verzichten wollte. Meine Kindheit und Jugend hatte mich geprägt. Die Beziehung zu meinem Vater war stets viel enger als die zu meiner Mutter, ich war eher ein sogenanntes Vater-Kind als ein Mutter-Kind, und mein ganzes Leben lang fiel mir der Umgang mit Männern leichter als der mit Frauen.

Wenn ich schon weiß, was ich eigentlich will, warum zögere ich dann, fragte ich mich. Das Leben ist doch nicht unendlich lang. »Baldur«, sagte ich deshalb, »ich verkaufe das Kosmetikstudio und mache ein Gasthaus auf, aber diesmal ein richtig schönes.«

Mein lieber Baldur bestätigte mich in meinem Vorhaben. »Ich weiß, die Gastronomie liegt dir«, sagte er. »Das wird dir bestimmt Spaß machen.«

Wir saßen damals bei seiner Mutter, meiner Schwiegermutter, als wir meine Pläne besprachen. Sie nickte zustimmend. Ich freute mich, und ich hatte auch nichts anderes erwartet, denn sie liebte mich wie eine Tochter. Vom ersten Tag an waren wir ein Herz und eine Seele. Sie nannte mich Ninalein, ich sagte Mama zu ihr. Ich bin sicher, dass es auf dieser Welt ganz selten eine solche herzliche, liebevolle Beziehung zwischen Schwiegertochter und Schwiegermutter gibt, wie ich sie mit ihr gepflegt habe.

Es stand also fest, ich würde wieder in die Gastronomie einsteigen. Diesmal musste es ein Lokal in bester Lage sein, in der Innenstadt. Ein befreundeter Architekt half Baldur und mir bei der Suche nach einer Immobilie, wir fanden sie am Bauernmarkt, an der Ecke zum Fleischmarkt.

Der erste Eindruck davon war katastrophal. In den fünfhundert Quadratmeter großen Räumlichkeiten, die Erdgeschoss, Keller und ersten Stock umfassten, war früher eine Kleiderfabrik untergebracht gewesen, und seit Jahrzehnten war hier nicht renoviert worden. Mir bot sich ein schauriges Bild, alles war kaputt, desolat, eine Bruchbude. Ich würde eine riesige Summe für die Instandsetzung und den Umbau investieren müssen.

Außerdem war die Immobilie eigentlich viel zu groß für mein geplantes Restaurant, doch die Räume wurden nur komplett vermietet. Die Lage ist ideal, dachte ich, und da die Besitzerin des Hauses, Gräfin Arco, mit meinen Restaurant-Plänen einverstanden war, unterschrieb ich den Mietvertrag. »Wie wird das Gasthaus denn heißen?«, fragte sie.

»Das weiß ich noch nicht«, antwortete ich. »Aber ich finde bestimmt den passenden Namen.«

Mit Hilfe eines tüchtigen Innenarchitekten begann die Arbeit am Restaurant, für das ich ja nur einen Teil der großen Fläche, die ich gemietet hatte, benötigte. Für die Nutzung der restlichen Räumlichkeiten fällt mir sicher rasch etwas ein, überlegte ich. Jetzt war erst einmal der Ausbau des Restaurants wichtig.

Gemütlich und gediegen sollte es werden, ein nobles Gasthaus für sehr gutes Publikum mit hervorragendem Essen und bestem Service.

Ich entschied mich für den Einsatz von viel dunklem Holz, um Heimeligkeit zu vermitteln. Der Plafond wurde aus alten Balken gezimmert, die zum Lagerbestand der früher in den Räumen untergebrachten Fabrik gehörten. Für kleine Mauerdekors wurden ebenfalls aus dem Fundus der Fabrik historische Ziegel der Manufaktur von Baron Drasche verwendet, die Baldur vor dem Einbau mit einer Drahtbürste säuberte. Tische, Stühle und Tresen fertigte ein hervorragender Tischler an. Für die Beleuchtung wählte ich grüne Deckenlampen im englischen Stil, die angenehmes, gedämpftes Licht verbreiteten.

Als der Umbau samt Interieur fertig war, stand ich stolz in meinem neuen Lokal. Das ist es, dachte ich, hier habe ich etwas Besonderes geschaffen. Ein derartiges Restaurant gab es noch nicht in Wien. Außerdem etablierte sich das

Viertel zwischen dem nahen Ruprechtsplatz, der Judengasse und dem Rabensteig unter dem Namen Bermudadreieck mit seinen zahlreichen Lokalen gerade als Gastronomiemeile. Ich hatte also den richtigen Platz für mein Nobelgasthaus gewählt.

Jetzt fehlte nur noch ein Name für mein neues Lokal. Auch diesen fand ich rasch. In der Wohnung meiner Schweigermutter stand ein sehr großer rosafarbener Elefant auf dem Kaminsims. Immer wenn ich bei ihr zu Besuch war, bewunderte ich ihn, ich war geradezu verliebt in diese prächtige Porzellanfigur. Sie schenkte mir den Elefanten, und ich gab ihm gut sichtbar in einer Nische meines neuen Restaurants einen Ehrenplatz. Jetzt stand der Name meines feinen Gasthauses fest, es würde »Rosa Elefant« heißen.

Die Eröffnung feierte ich an einem kalten Tag im Spätherbst des Jahres 1981. Mein kleines Restaurant war zum Bersten voll, um die hundertfünfzig Gäste, darunter Freunde, Bekannte und Kollegen aus der Gastronomie, drängten sich im Gastraum. Es war ja noch jene Zeit, in der die Menschen sehr gern und sehr oft ausgingen, meist mehrmals pro Woche, und vor allem, wenn ein neues Lokal seine Pforten öffnete, ließen sie sich das nicht entgehen.

Wir servierten Fleischlaibchen, Schweinsbraten und Bauernsulz. Vor allem die köstliche Bauernsulz kam besonders gut an. Dafür wurden Schweinshaxen, Schweinekopf und Schweineschwarten mit Karotten, Petersilienwurzel, Lorbeer, Pfefferkörnern und Salz dick eingekocht und dann in tortenstückgroßen Portionen, garniert mit Zwiebelringen, serviert.

Natürlich ging die Eröffnung nicht ganz ohne Pannen ab. Damals hatten wir jenen großartigen Koch noch nicht, der wenig später auch mit seinen Spareribs-Gerichten für den Erfolg des Restaurants sorgte, deshalb stand eine ältere Dame in der Küche, die prompt eine große Menge des Schweinsbratens fallen ließ. Das war ein Schreck, das ganze Lokal war ja voll mit hungrigen Gästen. Gott sei Dank reichte das weitere kulinarische Angebot, denn Schweinsbraten konnten wir an diesem Eröffnungsabend, der bis in die frühen Morgenstunden dauerte, nur in geringen Mengen servieren.

Mein Gasthaus, der »Rosa Elefant«, lief von Anfang an gut. Ich habe Ihnen ja schon erzählt, dass die fünfundsiebzig Sitzplätze im Restaurant und die hundertfünfzig auf der Terrasse regelmäßig voll belegt waren. Baldur schlug mir deshalb vor, den »Rosa Elefant« auszubauen. Es wäre kein Problem gewesen, die angemieteten Räumlichkeiten waren ja enorm groß, und das Restaurant war mit einer Türe, die sich im hinteren, vom Gastraum nicht einsehbaren Teil des Lokals verbarg, mit dem Rest der weitläufigen Immobilie verbunden.

Doch ich hatte andere Pläne. Schon während des Ausbaus des »Rosa Elefant« schwebte mir vor, dort einen Nachtclub zu eröffnen. Mein Motiv war simpel. Mit Gastronomie kannte ich mich aus und mit Männern auch. Im »Femina« hatte ich gelernt, dass sie gerne und großzügig Geld für angenehme Stunden ausgaben.

Die Bar sollte Seriosität ausstrahlen, sie dufte auf keinen Fall anrüchig wirken. Sie sollte exklusiv und zugleich gemütlich sein. Ich wollte Tapeten aus Seidenbrokat, Spiegel und Bilder in opulenten goldenen Rahmen, kleine antike Kommoden, Mobiliar aus rotem Samt, edle Leuchten aus Messing mit aufwändig gearbeiteten Lampenschirmen.

Ich plante eine Garderobe für die Damen und sechs Séparées für jeden Geschmack. Zwei kleinere, einfach eingerichtete ohne Dusche, die ich als Studentenzimmer deklarieren wollte, zwei sogenannte Kükennester mit versteckter kleiner Dusche, und zwei Séparées, darunter den Roten Salon, die jeden Luxus bieten sollten, vom Jacuzzi über Spiegelwände bis zur enorm großen Bettstatt.

Meine damaligen diesbezüglichen Ideen erwiesen sich in den Jahren, in denen ich mein Etablissement betrieb, als goldrichtig.

So gab es etwa tatsächlich junge Herren, die noch zur Universität gingen und sich mit Mädchen in den Studentenzimmern vergnügten. Auch als sie bereits Akademiker waren, gutes Geld verdienten und den teuersten Champagner orderten, zogen sie sich nach wie vor in die Studentenzimmer-Séparées zurück, weil diese sie an ihre Jugendtage erinnerten.

Später, als aufgrund der Vorliebe der Herren Bedarf dafür bestand, richtete ich auch das sogenannte Schwarze Zimmer ein, einen Raum für Herren mit Vorliebe für Sadomaso-Sex mit den entsprechenden Accessoires.

Jener Architekt, der mich schon bei der Ausstattung des »Rosa Elefant« unterstützt hatte, griff mir auch bei den Plänen für mein Etablissement unter die Arme. Als die Skizzen fertig waren, hatte ich Bedenken, sie Baldur zu präsentieren. Wie brachte ihm nur bei, dass ich eine Bar eröffnen wollte?

»Nina, das will ich nicht«, sagte er auch prompt, als ich ihm von meinem Vorhaben erzählte.

»Aber ich werde das sehr seriös machen«, hielt ich ihm entgegen.

»Ein Nachtclub ist etwas anderes als ein Gasthaus. Damit ziehst du die Unterwelt an. Das ist viel zu gefährlich.«

»Es wird Möglichkeiten geben, sich zu arrangieren.«

»Wenn du das wirklich unbedingt willst, ist es in Ordnung«, sagte er schließlich. »Ich helfe dir, so gut ich kann.«

Der Umbau der Bar ging rasch voran, ich kümmerte mich um jedes Detail, auch um exquisite Dekorstücke. Wie eine eifrige Ameise war ich ständig in der Stadt unterwegs, kaufte passende antike Glasvasen und Stehlampen, ließ in feine Untersetzer aus Batist für die Getränke mein Monogramm einsticken.

In Wien verbreitete sich mein Vorhaben, in Kürze einen Nachtclub zu eröffnen, durch Mundpropaganda wie ein Lauffeuer. Ich war Wirtin des Innenstadt-Gasthauses »Rosa Elefant«, stand jeden Tag im Lokal und erzählte dort lieben Gästen wie auch befreundeten Kollegen aus der Gastronomie von meinem Plan. Auch in den Geschäften, in denen ich Accessoires für die Bar einkaufte, berichtete ich von der bevorstehenden Eröffnung. Schon bald stellten sich die ersten Mädchen bei mir vor. »Wer bei mir arbeiten will, muss gepflegt, perfekt frisiert und geschminkt sein«, sagte ich allen. »Es wird eine Uniform geben, daran arbeite ich noch. Das sind die Spielregeln.«

Schon wenige Monate nach dem Start des »Rosa Elefant« feierte ich die Eröffnung von »Ninas Bar«. Ich war siegessicher, ich wusste, dass das Etablissement ein Erfolg werden würde. Heute überlege ich manchmal, warum ich einen Misserfolg überhaupt nicht ins Kalkül zog, warum ich keine Angst vor einem Scheitern hatte. Einerseits vermutlich, weil die Bar genauso geworden war, wie ich sie mir vorgestellt hatte, und ich wusste ja, in welchem Ambiente sich die Herren wohlfühlten. Andererseits, weil mir der unerschütterliche Optimismus der im Sternzeichen Löwe Geborenen eigen ist, der mir neben Mut und Kraft schon immer auch unglaubliche Zuversicht gab. Selbst wenn ich mit »Ninas Bar« gescheitert wäre, hätte ich den Misserfolg mit hocherhobenem Kopf hingenommen und einfach weitergemacht, im sicheren Wissen, dass die Zukunft Großartiges für mich bereithält.

Es war eine kalte Novembernacht, der Tag des Opernballs im Jahr 1982, als ich die schwere grüne Holztüre meines Etablissements für die Gäste der Einweihungsfeier öffnete.

Sie kamen in Scharen, Freunde, Bekannte und Prominenz. Die Stimmung in dieser Eröffnungsnacht war grandios, es wurde getanzt, gelacht und gesungen, und viele kamen nicht wegen der Mädchen, sondern um zu sehen, was ich geschaffen hatte. Zahlreiche prominente Politiker und Unternehmer wie Udo Proksch gehörten zu diesen Gästen, Künstler wie André Heller und Helmut Qualtinger und dessen Freund Kurt Kahl, ein bekannter Journalist und Buchautor, waren ebenso da wie der Maler Christian Ludwig Attersee in Begleitung meiner Freundin, der Gastronomin Evelyn Oswald.

»Auch Damen waren zugegen?«, werden Sie sich vielleicht fragen. Aber natürlich, jede Menge. Meine Bar war zum Bersten voll mit Gästen, auch mit weiblichen. Dazwischen drängten sich meine Mädchen in ihren verführerischen Uniformen, servierten Getränke und plauderten mit den Gästen.

Es war ja nicht so, dass sich jeder Herr in der Eröffnungsnacht mit einer jungen Dame in ein Séparée zurückzog. Viele kamen nur, um sich zu unterhalten und sich das neue Etablissement anzuschauen. Dennoch war der Andrang bei den Séparées enorm, alle waren binnen kürzester Zeit und während der ganzen Nacht besetzt.

Als erster Herr bat ein sehr freundlicher etwa fünfzigjähriger italienischer Diplomat, ein Aristokrat, eines der Mädchen zum Tête-à-Tête. Später, als er schon Stammgast in meiner Bar war, nannten wir ihn liebevoll »Kater«, weil er Katzen so liebte.

Der Morgen dämmerte bereits, und das macht er ja im November erst spät, als ich meine Bar nach dieser Eröffnungsnacht verließ. Todmüde und glücklich war ich, keine Panne hatte es in diesen für mich so wichtigen Stunden gegeben. In den folgenden Wochen und Monaten zeigte sich, dass die Begeisterung der Gäste von Dauer war. Mein Etablissement legte einen Raketenstart hin, die Bar lief vom ersten Tag an hervorragend. Ich hatte ja mit einem

Erfolg gerechnet, aber dass der Zuspruch so enorm groß sein würde, hätte ich mir nicht träumen lassen.

Als Baldur, der sich seit der Eröffnung meiner Bar federführend um die Geschicke des »Rosa Elefant« kümmerte, nach einem Jahr vom Steuerberater die Umsätze von »Ninas Bar« vorgelegt wurden, war er sprachlos. Mehr als dreißig Millionen Schilling, damit hätten weder er noch ich gerechnet. Schon mit zwanzig Prozent dieser Summe wäre ich sehr zufrieden gewesen, denn bereits zwanzig Prozent des tatsächlichen Umsatzes hätten meine Bar zum Erfolg gemacht. Auch das Finanzamt freute sich über meine immensen Einnahmen, die Behörden wollten »Ninas Bar« bald als Großunternehmen einstufen.

Natürlich war es ein durch und durch gutes Gefühl, so viel Geld zu verdienen, aber Geld und hohe Einkünfte waren nicht meine Triebfedern, eine Bar zu eröffnen. Sie erinnern sich doch, dass ich Ihnen schon erzählt habe, dass Baldur stets ein überaus großzügiger Ehemann war. Mit hätte es auch zuhause an nichts gemangelt. Mir ging es immer nur darum, Spaß bei der Arbeit zu haben und mich wohlzufühlen. Die hohen Umsätze machten mich nur insofern richtig glücklich, als sie mir bewiesen, dass ich etwas richtig gemacht hatte, dass ich ein Ambiente geschaffen hatte, indem sich die Herren wohlfühlten.

Baldurs Befürchtung, dass die Unterwelt bereits am Eröffnungstag meiner Bar einen Fuß in die Tür stellen würde, hatte sich nicht bewahrheitet. Allerdings erlebte ich bereits wenige Monate später eine unangenehme Einschüchterungsaktion.

Eines Abends stürmten hinter einem uns bereits bekannten netten Gast, dem die Tür geöffnet worden war, zwölf Männer in mein Etablissement und wüteten dort auf entsetzliche Weise. Sie pöbelten die Gäste an, zertrümmerten Gläser und bedrohten mich mit Waffen. »Lauft rüber und verständigt die Polizei«, rief ich panisch meinen Mädchen zu. Sie wussten, was zu tun war, huschten durch die versteckte Verbindungstür in den »Rosa Elefant« und holten Hilfe. Schnell war die Polizei da und sorgte für Ordnung, die dunklen Gestalten wurden festgenommen.

Ich war eine Frau im Nachtgeschäft, und die Unterwelt wollte mich in die Knie zwingen. Vermutlich hätte ich in Folge Schutzgeld bezahlen sollen. Aber ich entschied mich gegen die Unterwelt, mit der ich nie etwas zu tun haben wollte, ich entschied mich für die Polizei. Damit war der Fall erledigt, fortan hatte ich Ruhe.

Die goldene Zeit

Vielleicht haben Sie den Eindruck, dass ich, wie viele Menschen, wenn sie in ein gewisses Alter kommen und ihre Memoiren schreiben, die Vergangenheit verkläre. Es kann schon sein, dass ich ein wenig dazu tendiere, das liegt ja in der menschlichen Natur. Wir merken uns eher die schönen Erlebnisse als die unangenehmen.

Oft erkennen wir erst auch rückblickend, dass eine bestimmte Zeit doch gar nicht so schlecht war. Denn während wir in der Gegenwart mit alltäglichen Sorgen und Problemen beschäftigt sind, spielen diese retrospektiv betrachtet keine Rolle mehr. Was bleibt ist die Erinnerung, dass das Leben damals doch recht gut war.

Ich behaupte also nicht, dass ich einen gänzlich objektiven Blick zurück in die Vergangenheit werfen kann, aber ich werde mein Bestes versuchen. Doch auch wenn ich nostalgische Regungen beiseiteschiebe und die Achtziger- und Neunzigerjahre mit größtmöglicher Nüchternheit betrachte, scheint mir eines offensichtlich: Die Welt war damals menschlicher.

Vielleicht empfinden Sie das als anmaßend, und ich muss Ihnen Recht geben, denn ich habe ja nur einen kleinen Teil dieser Welt erlebt. Ich bin ein abgelenkter Zeitzeuge, denn mein eigenes kleines Universum hat mich täglich aufs Neue komplett in Anspruch genommen. Mein kleines Universum war meine Bar, das Nachtgeschäft, und in diesem kannte ich mich wirklich aus. Deshalb schränke ich mein Urteil ein: In der Nacht ging es in Wien damals weit menschlicher zu als heute.

Das soll nicht heißen, dass alles eitel Wonne war, dass alle in dieser Branche Beschäftigten eng befreundet waren. Aber trotz aller Widrigkeiten, trotz eventuellen Streites und Ärgers stand der Mensch im Mittelpunkt. Damals waren es die Protagonisten dieser Szene, die Nachtclubbesitzer, die Mädchen und Kunden und deren Geschichten, um die sich alles drehte. Heute geht es in dieser Branche um Zeit und Geld. Nachtleben war damals noch ein Abenteuer, heute ist es ein Produkt.

Wer die Achtziger- und Neunzigerjahre erlebt hat, weiß, dass diese Zeit nicht nur Angenehmes bereithielt. Die Achtzigerjahre waren nicht nur das Jahrzehnt der Öffnung des Eisernen Vorhanges und des Falles der Berliner Mauer. Davor war der Kalte Krieg erneut eskaliert und die Welt stand abermals kurz vor einem Atomkrieg, ehe Michail Gorbatschow das Ende des Konfliktes zwischen den Großmächten einleitete. In diesem Jahrzehnt beunruhigten auch der Falklandkrieg und der Erste Golfkrieg die Welt. Abseits davon forderte die Hungersnot von Äthiopien bis zu einer Million Tote, und die Reaktor-Katastrophe von Tschernobyl machte die Probleme der Atomenergie nachhaltig bewusst. Überdies beherrschte der Lockerbie-Anschlag, das Bombenattentat auf ein Verkehrsflugzeug, bei dem zweihundertsiebzig Menschen starben, die Schlagzeilen. Auf medizinischem Gebiet gab es Anfang der Achtzigerjahre eine wichtige Entdeckung, AIDS wurde als epidemische Krankheit erkannt.

Hochbrisantes wie den Zweiten Golfkrieg und den Völkermord in Ruanda hielten auch die Neunzigerjahre bereit. Durch den Zerfall Jugoslawiens tobten selbst in unmittelbarer Nachbarschaft Österreichs gleich mehrere Kriege. Allein während des Bosnienkrieges kamen mehr als hunderttausend Menschen ums Leben, das Massaker von Srebrenica forderte achttausend Opfer. Eine zivile Katstrophe in diesem Jahrzehnt war der Untergang der Ostseefähre Estonia, bei dem mehr als achthundert Passagiere starben.

Auch das Nachtleben in Wien war in den Achtziger- und Neunzigerjahren keineswegs nur eine Kuschelzone. Nicht überall ging es, wie von mir beschrieben, so menschlich zu. Das Rotlichtmilieu hatte auch eine recht brutale Seite, und zwar jene, die von der Unterwelt regiert wurde. Es gab die Gürtelszene, eine im zweiten Bezirk, vor allem im Bereich um den Prater, und einige Rotlichtenklaven in den Außenbezirken. Jede wurde von einem anderen Herrn regiert. Regelmäßig gab es Messerstechereien und Schusswechsel, nicht nur einmal waren Tote zu verzeichnen, wenn Reviere verteidigt und abgesteckt wurden.

Es war auch die Zeit, als Prostituierte ihre Dienste zumeist auf der Straße anboten und den Großteil ihrer Einnahmen an Zuhälter abliefern mussten, deren vorrangige Charaktereigenschaften Gewaltbereitschaft und Gnadenlosigkeit waren. Außerdem schwebte über den Damen des Gewerbes und ihren Freiern stets das Damoklesschwert der lebensbedrohenden Krankheit AIDS. In den Achtzigerjahren hatte die Infektion zwar einen Namen, aber weder war deren Tragweite bekannt, noch, wie sich die Menschen davor schützen konnten.

Im Prinzip hatte Baldur also recht, als er mich bis zuletzt vor den Folgen meiner Entscheidung, ein Nachtlokal zu eröffnen, warnte. »Willst du dir das wirklich antun?«, fragte er mich immer wieder. »Du begibst dich ins Rotlichtmilieu. Das ist keine gute Branche, und du hast gar keinen Bezug dazu. Warum machst du in den Räumen nicht einen Modesalon auf? Mit Mode kennst du dich ja wirklich gut aus.«

»Ich schaffe das schon«, antwortete ich Baldur abwehrend.

Wäre nicht Frau Lehner gewesen, die mich in meinem Kosmetiksalon mit ihren Erzählungen über ihren viel zu jungen Liebhaber stundenlang gequält hatte, hätte ich Baldurs Rat folgend vielleicht eine feine Damenboutique eröffnet. Doch meine Erlebnisse mit ihr bestätigten mich in meiner Überzeugung, ich wollte in Zukunft als Geschäftsfrau lieber mit männlichen als mit weiblichen Kunden zu tun haben. Deshalb überlegte ich kurz, ob ich vielleicht einen Herrenausstatter einrichten sollte. Aber ich wusste ja, dass Männer nicht gern einkaufen gehen, deshalb verwarf ich diese Idee rasch.

Hätte ich jemals an meiner Entscheidung, einen Nachtclub zu eröffnen, gezweifelt, wäre nur ein kurzer Gedanke an Frau Lehner und mein letztes Zusammentreffen mit ihr nötig gewesen, um mich wieder auf den richtigen Weg zu bringen. Damals kam sie in meinen Kosmetiksalon und wollte von mir, dass ich sie wie ein junges Püppchen schminke. Der Grund dafür war höchst diskussionswürdig. Mit ihrem Make-up wollte sie ihren jungen Liebhaber dazu bringen, sich endlich mit ihr in der Öffentlichkeit zu zeigen. »Ich kann eine ältere Dame aus Ihnen machen, die alle für ihre Schönheit bewundern«, sagte ich, »aber ich kann keine junge Dame aus Ihnen machen.« Daraufhin ging sie und warf wütend die Tür hinter sich zu, als wäre ich an der Vergänglichkeit ihrer Jugend und an ihrer sonderbaren Beziehung zu dem jungen Mann schuld.

Außerdem konnte ich Baldur auch in einem weiteren wichtigen Punkt nicht recht geben. Ich hatte durch meinen Großvater väterlicherseits, sein Name war Milič Kukič, sehr wohl einen Bezug zum Nachtgeschäft. Er genoss in meiner Familie immer einen zweifelhaften Ruf, obwohl er in seinem Beruf als Schmied sehr tüchtig war und gut verdiente. Doch nachts zog es ihn hinaus ins Rotlichtmilieu, und ich hörte stets, dass er ein loses Leben führte. Die Geschichten, die über ihn kursierten, faszinierten mich. Schon als junges Mädchen vermutete ich, dass das Nachtleben offenbar etwas ganz Besonderes bereithielt. Etwas, das ihn magisch anzog, etwas, das vielleicht nicht dem gängigen Moralbegriff entsprach, das es aber dennoch wert war, entdeckt zu werden.

Besonders fesselte mich eine Geschichte, die in meiner Familie gern und oft erzählt wurde. Meinem Großvater rettete eine Nacht in einem Bordell das Leben. Ihn, einen ausgesprochenen Schürzenjäger, zog es, wie später mich, in seinen jungen Jahren in die Ferne. Er wollte mit einem Freund über England nach Amerika reisen, um dort sein Glück als Hufschmied zu versuchen. Auf dem Weg nach New York kamen die beiden in die englische Hafenstadt Southampton, von der aus die Ozeanriesen über den Atlantik fuhren. Eine Nacht mussten mein Großvater und sein Freund dort im April 1912 verbringen, denn ihr Schiff würde erst am nächsten Morgen ablegen.

Die bevorstehende Reise wäre ein Grund gewesen, sich auszuruhen, doch den beiden Männern war nach ausgiebigem Feiern zumute. Sie begossen ihre Ankunft in Southampton, ihren Abschied vom alten Kontinent und vorsorglich auch gleich ihre goldene Zukunft in der neuen Welt.

Am Morgen erwachte mein Großvater im Bett einer englischen Hure. Elektrisiert ob der späten Morgenstunde packte er, so schnell er konnte, seine wenigen Sachen zusammen, rannte durch das Haus und fand seinen Freund in einem anderen Zimmer. Mit wehenden Mänteln eilten die beiden in den Hafen. Ihrem Schiff, das bereits abgelegt hatte, konnten sie nur mehr beim Auslaufen zuschauen.

Was für ein Unglück, dachten sie und griffen sich an die schmerzenden Köpfe. Bloß weil sie dem Charme zweier blasser Huren mit roten Haaren erlegen waren, war die Titanic ohne sie ausgelaufen. Mein Großvater und sein Freund scheinen bis heute auf der Opferliste der Schiffskatastrophe auf, obwohl sie nie an Bord gewesen sind.

Damals hatten die beiden keine Ahnung, dass sie dem Tod nur knapp entronnen waren. Sie steckten den Ärger über die verpasste Schiffspassage weg, kauften, da ihre Reisekasse gut gefüllt war, neue Tickets und traten ihre Reise nach New York drei Tage später an.

Die Geschichten über meinen Großvater brachten mich schon als junges Mädchen zum Nachdenken. Offenbar hatten die meisten Männer eine Vorliebe für amouröse Eskapaden, die vom Großteil der Gesellschaft als verwerflich betrachtet wurden. Sind also fast alle Männer verabscheuungswürdig?, fragte ich mich. Das konnte ich nicht glauben. Waren vielleicht die moralischen Maßstäbe falsch? Auch davon war ich nicht überzeugt. Ich fand nie eine Antwort auf meine Fragen, aber ich ahnte damals schon etwas, das ich heute mit Sicherheit weiß: Ein Abend, an dem ein Mann all seinen Ärger und all seinen Kummer vergessen und sich dem puren Genuss hingeben kann, rettet möglicherweise sein Leben. Nicht nur im direkten Sinn, wie dies bei meinem Großvater der Fall war, sondern auch im übertragenen. Er kann Kraft und Optimismus für ein sorgenumtobtes Leben tanken. Dieses Angebot zu machen, hatte für mich als Geschäftsfrau immer etwas Ehrenhaftes.

Die Mädchen der goldenen Zeit

Es war wohl die Mischung aus dem Anspruch, Herren glückliche Stunden zu bescheren, einer gewissen Naivität, die mir trotz allem bis heute geblieben ist, und meinem Tatendrang, die mir dabei half, innerhalb dieser vielleicht gar nicht so heilen Welt der vielleicht gar nicht so goldenen Achtziger- und Neunzigerjahre meine eigene Insel zu schaffen. Eine freundliche, gemütliche Insel im Nachtleben, auf der im Gegensatz zu anderen Lokalen der Branche, Lautes und Brutales keinen Platz hatte.

Hilfreich beim Aufbau meiner Oase war, dass sich der neue Stil, der mir vorschwebte, unter den Mädchen herumsprach und eher jene anzog, die sich stets genau eine solche Bar als Arbeitsplatz gewünscht hatten. Unter ihnen hielt ich nach jenen Damen Ausschau, die davor noch nicht in anderen Nachtlokalen gearbeitet hatten. Ich wollte damit verhindern, dass deren Zuhälter sowie weitere mutmaßlich unangenehme Konsorten Einzug in meine Bar hielten.

Viele meiner ersten Mädchen kamen durch Kontakte, die ich im »Rosa Elefant« geknüpft hatte, zu mir. Einige waren Studentinnen, die bereits mit dem Gedanken gespielt hatten, sich in diesem Gewerbe zu versuchen, aber nirgendwo ein Ambiente vorgefunden hatten, in dem sie sich sicher genug fühlten. Beim Einstellungsgespräch achtete ich auf die Ausdrucksweise der Mädchen, denn derbe Worte passten nicht in den Rahmen, den ich mir vorstellte. Kein Mädchen sollte klingen, als hätte ich es aus der Gosse zu mir geholt. Währenddessen beobachtete ich sie genau. Gesunde Zähne und Haare sowie gepflegte Hände waren Voraussetzung. Jede musste mir ihre Unterarme zeigen. Mir war klar, dass es im Rotlichtmilieu eine Affinität zu Drogen gab, und dass auch ich durch meine Bar damit in Berührung kommen würde. Doch immerhin konnte ich Mädchen mit zerstochenen Venen ablehnen.

In den vergangenen dreißig Jahren haben ungefähr viertausend Mädchen bei mir gearbeitet. Sie kamen und gingen. Manche waren nur für einen Abend da, andere blieben zwei Wochen, wieder andere betätigten sich jahrelang bei mir. An manche entsinne ich mich gut, an andere weniger. Aber wie das so ist, sind mir die ersten, die ich damals vor der Eröffnung aufnahm, am besten in Erinnerung geblieben.

Ruth

Das bemerkenswerteste Mädchen, das bei der Eröffnung meines Etablissements dabei war, und das auch rückblickend betrachtet eines der eindrucksvollsten unter all den rund viertausend anderen blieb, war Ruth. Ruth war sehr attraktiv, und das hatte sie sozusagen schriftlich. Sie war die amtierende »Miss Vienna«, und das meiner Meinung nach zu Recht.

Ruth war groß, hatte rotblonde Haare und die grünen Augen einer Katze. Ihre Figur mit dem wohlgeformten Busen und der schmalen Taille zeigte so perfekte Linien, als hätte Michelangelo persönlich sie gemeißelt. Ihr Gesicht hatte etwas Geheimnisvolles, es ließ vermuten, dass sich hinter ihrem hübschen Äußeren eine Persönlichkeit verbarg, die unbedingt erkundet werden sollte. »Ruth«, fragte ich sie, »warum möchtest du bei mir arbeiten?«

Sie erzählte mir, dass der Titel einer »Miss Vienna« nicht unbedingt karrierefördernd war. Er beeindruckte zwar Freundinnen, reiche aber nicht, um als Model oder im Showbusiness durchzustarten. Missen gäbe es jede Menge, gab sie mir zu bedenken, allein in Österreich eine für jedes Bundesland. Nach einem Jahr würde den Titel ein neues Mädchen tragen, und die früheren Schärpenträgerinnen gerieten in Vergessenheit. Ein Beruf sei »Miss Vienna« also nicht. »Ich will etwas Richtiges machen«, sagte sie.

Ruth wollte Ärztin werden, damals noch eine Profession, die Wohlstand versprach und gleichzeitig dem Bedürfnis vieler junger Frauen entgegenkam, der Welt zu helfen. »Ich brauche Geld für das Studium«, erklärte sie. »Ich wohne derzeit noch bei meiner Großmutter, aber ich hätte gerne eine eigene Bleibe.«

Gleich zu Beginn unseres Gespräches erzählte mir Ruth, dass sie aus gutem Hause stamme. Doch obwohl sie sich gewählt ausdrückte und passabel angezogen war, hatte ich das Gefühl, dass etwas an ihrer Geschichte nicht stimmte. Kinder aus gutem Hause mussten gewöhnlich nicht arbeiten gehen, um sich eine Studentenwohnung leisten zu können. Ich fragte allerdings auch nicht zu genau nach. Ruth sah einfach zu gut aus. Eine so hübsche und nette junge Frau kam wohl nicht auf die Idee, in einer Bar wie meiner zu arbeiten, wenn sie nicht ein paar dunkle Geheimnisse hatte.

Ruth machte ihre Sache gut. Vom ersten Abend an war sie höflich und zuvorkommend zu den Gästen. Ihre Schönheit hätte es ihr erlaubt, stolz an der Bar zu stehen und auf ihre Umgebung herabzublicken. Doch sie tat genau das Gegenteil, sie lachte viel, fragte in Gesprächen einfühlsam nach, war ganz das allürenfreie, nette Mädchen von nebenan. Die Herren wussten das zu schätzen.

Ich schaute Ruth gern bei der Arbeit zu. Sie kannte die guten alten Umgangsformen. Eine Dame gibt zuerst die Hand. Der Händedruck ist nicht zu fest, aber auch nicht schlapp. Eine Dame unterhält sich gerne, sie ist interessiert. Beim Lachen zeigt sie die Zähne. Das alles musste ich ihr nicht erst beibringen, sie wusste bereits, sich richtig zu benehmen.

Die Herren schauten Ruth nicht nur gerne an, sie zogen sich auch gerne mit ihr zurück. Ich wusste damals noch nicht, dass sich viele Herren in eine Dame des Rotlichtmilieus verlieben. Ich ahnte auch nicht, dass mich dieses Phänomen später oft beschäftigen würde. Damals fiel mir nur auf, dass Ruth vom ersten Tag an zwei Stammgäste hatte.

Der eine war Österreicher, aber kein Wiener. Ein Herr mittleren Alters, er hätte Ruths Vater sein können. An jedem Abend, an dem sie da war, kam auch er zu Besuch.

Eigentlich war er nicht Ruths Gast, denn er zog sich nie mit ihr in ein Séparée zurück. Er trank nur ein Glas Champagner, plauderte eine Weile mit ihr und ging wieder. Der zweite Herr, der Ruth sehr schätzte, war ein amerikanischer Banker. Offenbar machte er Geschäfte mit Osteuropa und war deshalb oft in Wien. Wenn er in mein Etablissement kam, und Ruth da war, hatte er nur Augen für sie. Er nahm sie stets mit in ein Séparée.

Da ich Ruth, wie alle anderen Mädchen auch, beobachtete, wusste ich, dass diese beiden Herren ein Faible für sie hatten. Doch ich kam nicht auf die Idee, dass einer Teil ihres dunklen Geheimnisses war.

Mir fiel nur auf, dass Ruths Beziehung zu den beiden Gästen über den Rahmen einer normalen Geschäftsbeziehung hinausging. Darüber war ich nicht glücklich. Aber ich schaltete mich nur äußerst selten in das Privatleben der Mädchen ein. Ich tat es nur dann, wenn eines Drogen nahm oder zu viel Alkohol trank.

Ich sah es auch gar nicht gerne, wenn Mädchen Privates und Berufliches vermischten, wenn etwa Bekannte sie hier besuchen kamen. Ich akzeptierte nicht, wenn die Mädchen in meinem Etablissement Kontakte knüpften und sich mit einem Herrn danach außerhalb der Bar trafen, um ihre Geschäfte fortzuführen. Hegte ich einen derartigen Verdacht, nahm ich das betreffende Mädchen beiseite und stellte es zur Rede.

Auch Ruth sprach ich auf die beiden Gäste an, zu denen sie ganz offenbar ein spezielles Verhältnis hatte.

»Welchen meinst du?«, fragte sie.

»Ich meine beide«, antwortete ich. »Den Österreicher und den Amerikaner, und bitte sag mir nicht, dass da nichts ist. Ich bemerke so etwas.«

Sie zögerte. »Den Österreicher kenne ich schon länger«, sagte sie mit undefinierbarer Geste. »Sozusagen von früher.«

»Sozusagen?«

»Er ist sozusagen ein Verwandter.«

»Ein Verwandter, der dich jeden Tag hier besucht? Wie das?«

Sie schwieg.

»Rede«, forderte ich sie auf.

»Es gibt aber nicht mehr zu sagen.«

»Was macht er hier? Achtet er darauf, dass du nichts Unanständiges tust? Das kann er sich in Zukunft wohl sparen.«

»Das ist es nicht«, sagte sie.

»Was ist es dann?«, insistierte ich.

»Er ist mein Vater.«

In Folge erfuhr ich von Ruth, dass ihre Lebensgeschichte, die sie mir aufgetischt hatte, Lug und Trug war. Weder war sie hier, um sich ihr Studium zu finanzieren, denn sie hatte noch nie einen Fuß in eine Universität gesetzt, noch, um bei ihrer Großmutter ausziehen zu können. Vielmehr hatte sie ihr Vater zu mir geschickt, um Geld zu verdienen, und er nahm ihr genau die Hälfte ihrer Einkünfte ab. »Verwahren« nannte er das. Er war es auch, der sie zur »Miss Vienna«-Wahl angemeldet und nach ihrem Titelgewinn hohe Einkünfte erwartet hatte. Als er gemerkt hatte, dass daraus kein nennenswertes Kapital zu schlagen war, schickte er seine Tochter zu mir.

Als Wirtin des »Rosa Elefant« und Chefin von »Ninas Bar« hatte ich rasch eine wichtige Überlebensregel verinnerlicht: Es gab immer drei Arten von Problemen, die gelöst werden mussten. Besonders drängende, normal drängende und nicht besonders drängende. In dieser Reihenfolge löste ich sie auch, die nicht besonders drängenden zuletzt, und wenn keine Zeit dafür blieb, dann vielleicht irgendwann oder auch gar nicht. Probleme zu lösen, die gar nicht drängten, wäre insofern ein schwerer Fehler gewesen, als dann die Auseinandersetzung mit den wirklich drängenden auf der Strecke geblieben wäre.

Da Ruth mir von ihrem Vater nicht verzweifelt und unter Tränen erzählt hatte, und diese seltsame Beziehung ihrer Arbeit bei mir in der Bar offensichtlich nicht im Wege stand, beschloss ich, ein Auge darauf zu haben, vorläufig aber nicht einzugreifen. In meinem Etablissement ging alles seinen geregelten Weg, und die Welt von der Plage schlechter Väter zu befreien, war nicht meine Mission.

Das Geheimnis um den einen Gast war gelüftet. Doch das war ja noch nicht alles.

»Und was ist mit dem anderen?«, fragte ich.

»Der Amerikaner? Mit dem ist nichts. Da täuscht du dich.«

»Von wem war der Rosenstrauß, der kaum durch die Tür gepasst hat?«

»Der? Ja, der war von ihm.«

»Trefft ihr euch außerhalb der Bar?«

Sie schüttelte den Kopf.

»Diese Rolex-Uhr mit den Brillanten«, sagte ich und wies auf ihr Handgelenk. »Hast du die von dem Geld bezahlt, das dir dein Vater von deinen Einkünften lässt?«

»Es ist nicht so, wie du denkst«, antwortete sie ausweichend.

Damit ließ ich es vorerst bewenden. Denn eine andere Sache hatte ich auch gelernt. Wenn ein Mädchen ein dunkles Geheimnis hatte, empfahl sich stufenweises Vorgehen. Ich musste immer wieder fragen. Von Mal zu Mal kam ich dabei der Wahrheit ein Stück näher. Irgendwann öffneten sich dann alle Schleusen und ich erfuhr, was ich wissen wollte.

Eines Abends trug Ruth ein kostbares Halsband, das sie selbst nie hätte bezahlen können. Auch dann nicht, wenn sie all ihre Einkünfte der drei Jahre, in denen sie schon bei mir in der Bar arbeitete, hoch verzinst bei einer Bank angelegt hätte. Das Halsband war von der Nobelmarke Cartier, aus Weißgold und mit unzähligen Brillanten besetzt.

Als dann schließlich unglaubliche tausend, ja wirklich tausend, rote Baccara-Rosen für sie in die Bar geliefert wurden, begriff ich, was Sache war. Der amerikanische Banker, der mit dem Ende der Eiszeit zwischen West und Ost immer öfter in Wien war, hatte sich tatsächlich in sie verliebt.

Ruth ergriff natürlich die Gelegenheit, sie begann ein neues, besseres Leben – ohne ihren Vater. Ich trauerte ihr nicht nach, ich freute mich für sie. Ich verlor Ruth, aber ich wusste, dass jeder Verlust nicht mehr ist als eine Veränderung. Und Veränderung bedeutet auch, dass sich neue Chancen auftun können.

Ich nahm sie in die Arme, als sie sich verabschiedete. Wir hatten beide feuchte Augen. »Mach's gut da drüben«, sagte ich. »Schreib mir bitte.«

Ruth schrieb mir tatsächlich. Regelmäßig zu Weihnachten und zu meinem Geburtstag am 27. Juli kamen Karten von ihr mit kurzen Berichten, was gerade in ihrem Leben passierte. Einmal berichtete sie mir von der Geburt ihrer Tochter, dann über ihr neues Haus in Palm Beach. Ich erfuhr von ihr, dass ihr Mann nicht irgendein Banker mit guten Ost-Beziehungen war, sondern einem milliardenschweren Clan angehörte. Sie ließ mich auch wissen, dass sie ein weiteres Kind bekommen hatte, diesmal einen Sohn.

Zehn Jahre, nachdem Ruth Wien verlassen hatte, kam eine schöne Frau in einem bodenlangen Mantel aus Zobelpelz und einem eleganten Kurzhaarschnitt zu mir in die Bar. Für mich gab es einen schlechteren und einen besseren Grund, der sie zu mir geführt haben könnte. Der schlechtere war, dass sie einem unserer Gäste, zweifelsohne einem der vermögenderen, hinterher spionierte, der bessere war, dass sie sich in der Tür geirrt hatte und eigentlich in die nebenan gelegene Bar wollte.

Ich ging der Dame entgegen. »Sie sind hier womöglich nicht richtig«, sagte ich. »Wollten Sie vielleicht in Bela Korenys ›Piano Bar‹?«

»Ich bin es doch«, sagte sie. »Erinnerst du dich nicht an mich?«

Ich trat einen Schritt zurück. Das war ja Ruth. Aber sie hatte sich sehr verändert. Die Linien ihrer Figur waren nicht mehr ganz so perfekt und die Leichtigkeit und die Natürlichkeit der Jugend waren ebenfalls verschwunden. Das einst schlanke junge Mädchen war zu einer richtigen Frau geworden. »Ruth!«, rief ich. »Lass dich umarmen.«

Sie bestellte der alten Zeiten wegen den teuersten Champagner und stieß mit mir an. Wenn eine Mutter von fünf Kindern ganz alleine nach Wien reiste, wie sie es offenbar getan hatte, dann hatte das vermutlich einen Grund. Vielleicht liegt ihr Vater im Sterben, dachte ich. Oder es zieht sie zu ihren Wurzeln, weil sie über etwas Wichtiges nachdenken muss. »Was führt dich wirklich nach Wien?«, fragte ich sie, nachdem sie mir zunächst erzählte hatte, dass sie einfach wieder einmal bei mir vorbeischauen wollte.

»Ich muss dich etwas fragen, Nina«, sagte sie.

Mir war klar, dass die Sache ernst war. »Ist etwas mit deinem Mann?«, wollte ich wissen.

Sie senkte den Blick zu ihrem Glas und wirkte plötzlich ganz geknickt. Auf einmal war sie ein etwas in die Jahre gekommenes Wiener Mädchen, zu dem weder die teuren Kleider noch der exklusive Schmuck passten. »Er geht fremd«, sagte sie. »Und das regelmäßig. Ich finde Lippenstiftspuren an seinen Hemden, die nicht von mir sind. Ich brauche nicht darüber nachzudenken, ob er es wirklich tut, sondern nur noch darüber, wie ich damit umgehen soll.«

»Ach Ruth«, holte ich zu einer längeren Erklärung aus, »das ist der Lauf der Dinge. Du hast das große Los gezogen, von dem alle Mädchen träumen. Aber die Herren sind nun einmal so, nicht nur die Erfolgreichen, aber die besonders. Es kommt doch ganz selten vor, dass eine Frau einen solchen Mann exklusiv für sich hat, zumindest nicht in körperlicher Hinsicht. Sie arbeiten viel und schwer, und wenn sie altern, werden sie nervös und fragen sich, ob sie auch genug erlebt haben. Dann machen sie dumme Sachen. Aus deinen Erzählungen schließe ich, dass er sich nicht von dir trennen will. Er wird sich wahrscheinlich nie von der Mutter seiner Kinder scheiden lassen. Also bleib bei ihm. Das große Los ist er trotzdem. Riskiere nicht deine Familie wegen seiner Amouren. Nimm dir selbst einen Liebhaber. Das wird dir helfen, die richtige Einstellung dazu zu finden.«

Sie gab sich einen Ruck und es war, als würde Ruth, die Erfolgreiche, von der ich inzwischen schon einigen Hundert ihrer Nachfolgerinnen bei mir erzählt hatte, wieder in ihren jugendlichen Körper von einst zurückkehren. Plötzlich drückte ihre Haltung stolze Selbstsicherheit aus. »Du wirst es nicht glauben«, sagte sie dann auch mit hoch erhobenem Kopf, »aber die Männer interessieren sich noch immer für mich.«

»Wieso sollte ich das nicht glauben?«, fragte ich sie. »Du bist wunderschön.«

Ehe sie ging, gab sie jedem Mädchen, das an diesem Tag in der Bar war, einen Scheck über fünftausend Dollar. Eine Weile rief sie mich nach diesem Treffen zu Weihnachten und an meinem Geburtstag an, doch seit Längerem sind wir schon wieder bei den Karten.

Dunja

Dunja lernte ich bei meinem Zahnarzt kennen, sie arbeitete dort als Ordinationshilfe. Als ich sie zum ersten Mal sah, war ich hingerissen. Sie hatte die Ausstrahlung einer Großfürstin. Dunja, eine Serbin, wirkte vornehm elegant, und es umwehte sie ein Hauch aristokratischer Überlegenheit. Neben ihrem Charisma beeindruckte mich ihr Aussehen. Ihre Haare waren rabenschwarz, sie flossen über ihre Schultern, als wären sie aus Seide.

Dunjas Heimatstadt war Belgrad, wörtlich übersetzt heißt das »Die weiße Stadt«, deshalb nannte ich sie »Die Perle aus der weißen Stadt«.

Aber dieses Mädchen sah nicht nur gut aus und hatte die Attitüde einer Tochter eines uralten Herrschergeschlechts, Dunja war auch intelligent. Sie sprach neben Serbisch fließend Englisch und Italienisch. Deutsch lernte sie binnen zweier Monate. Sie erzählte mir, dass sie in Belgrad das Studium der Literaturgeschichte begonnen hatte, ehe sie nach Wien kam. Außerdem sei sie musikalisch, verriet sie mir, in ihrer Freizeit spiele sie Geige und singe gern.

»Warum bist du nach Wien gekommen?«, fragte ich sie.

Der Grund war die Liebe zu einem Montenegriner. »Er hat für eine Weile geschäftlich in Wien zu tun«, erklärte sie.

Während Dunja mir ausführlich über ihr Studium und ihre Liebe zur Musik erzählt hatte, antwortete sie mir in Bezug auf ihre Beziehung nur ausweichend. Das weckte in mir einen gewissen Argwohn. Doch vorerst beließ ich es dabei, denn ich hatte nicht den Eindruck, dass sie unglücklich war.

Seltsam kam mir aber vor, dass es dieses gut aussehende und kluge Mädchen ins Nachtleben zog. Dunja könnte doch ein ganz anderes Leben führen, dachte ich. Aber ich wusste schon damals, dass dieser Eindruck täuschen kann. Ich hatte viele begabte junge Mädchen kennengelernt, die den Traum von einer großen Karriere und von einem erfüllten Leben abseits des Rotlichtmilieus hegten. Sie studierten und wollten Ärztinnen, Anwältinnen oder Sängerinnen werden, sie wollten einen netten Mann heiraten und mit ihm eine Familie gründen. Doch sie scheiterten, zumindest vorerst, an der Umsetzung derartiger Lebenspläne, weil sie, vielleicht durch traumatisierende Erlebnisse in ihrer Kindheit, psychisch angeschlagen waren. Sie hatten zu wenig Selbstwertgefühl und zu wenig Kraft, um ihre Pläne zielgerichtet zu verfolgen. Dann landeten sie zum Beispiel bei mir.

Dunjas innere Zerrissenheit führte sie in die emotionale Abhängigkeit von einem Mann, der ihr nicht gut tat. Denn das Geschäft, das der Montenegriner in Wien betrieb, war sie. Je besser wir uns kennenlernten, desto mehr erzählte sie mir von ihrem Freund. Für Časlav hatte sie sich in einem Wiener Vorstadthotel prostituieren müssen, ehe sie den Weg zu mir fand. Auch jetzt lieferte sie ihm das gesamte Geld ab, das sie bei mir in der Bar verdiente.

Ich fragte mich, warum eine Frau wie Dunja, die im Leben alles erreichen könnte, als Prostituierte arbeitete, um ihre Einkünfte einem Halunken wie Časlav zu geben.

Es ging dabei wohl zum Teil um das Bedürfnis nach Geborgenheit, um die Sehnsucht nach einem liebevollen Beschützer, der ein Defizit an Zuwendung ausgleichen sollte.

Časlav war alles andere als ein liebevoller Beschützer. Er verkaufte Dunja nicht nur an Männer, er war dabei auch noch krankhaft eifersüchtig. Eine Tatsache, die auch bei ihm auf gewisse psychische Defekte schließen ließ. Allerdings lösten diese bei mir nachvollziehbarerweise keinen Beschützerinstinkt aus. Im Gegenteil. Für mich war Časlav ein richtiges Ekel, charakterlicher Abschaum.

Endgültig davon überzeugt war ich, als ich eines Tages neben Dunja stand, als sie mit ihm telefonierte. Er brüllte so laut, dass ich alles mithören konnte. »Was soll das heißen, du kannst nicht?«, schrie er. »Ich habe hier Kunden. Du kommst auf der Stelle ins Hotel Intercontinental.«

Doch Dunja blieb standhaft. »Ich habe getrunken«, hielt sie ihm entgegen. »Außerdem habe ich viel zu tun.«

Ich war stolz auf sie. Wie ich Ihnen ja schon erzählt habe, mischte ich mich nicht in die Angelegenheiten der Mädchen ein, aber grundsätzlich war ich immer der Meinung, dass sie ihr Geld, das sie bei mir verdienten, ausschließlich für sich behalten und davon einen Teil für ihre Zukunft zurücklegen sollten. Dunja musste diesen Kerl also loswerden. Ihr Trotz war ein Anfang. Ich zwinkerte ihr zu und der Abend nahm einen heiteren Verlauf.

Die angenehmen Stunden wurden gegen Mitternacht jäh unterbrochen. Die Verbindungstür zwischen meinem Restaurant »Rosa Elefant« und meiner Bar, die nur Mitarbeitern und Stammgästen zur Verfügung stand, schwang mit einem Knall auf. Herein stürmte ein Mann, den ich zuvor noch nie gesehen hatte. Mit wenigen Sätzen war er an dem Tisch, an dem Dunja mit einem Herrn plauderte, mit dem sie vor wenigen Minuten aus dem Séparée Schwalbennest gekommen war. Erschrocken fuhr sie hoch. Ihr Gesicht versteinerte, Angst hatte es im Bruchteil einer Sekunde zur verzerrten bleichen Maske gemacht. »Časlav«, sagte sie tonlos.

Mir war klar, dass ich sofort reagieren musste, doch ich war wie gelähmt. Časlav packte Dunja an den Haaren, zerrte sie zu Boden und prügelte auf sie ein. Da lag sie, die Perle aus der weißen Stadt, und krümmte sich unter seinen schweren Hieben.

Gott sei Dank kam Baldur, mein Mann, in genau diesem Moment zufällig aus dem »Rosa Elefant« in die Bar, wie immer ruhig und mit bedächtigen Schritten und erhobenem Kopf, um sich einen Überblick zu verschaffen. Sein Erscheinen löste mich aus meiner Starre, und als Baldur die Brisanz der Lage erkannte, schritt er sofort ein.

Zu diesem Zeitpunkt hielt Časlav Dunjas Kopf, an dem sie blutende Wunden hatte, mit einer Hand hoch, während er ihr mit der anderen ein Springmesser an den Hals drückte. »Er bringt sie um«, schrie ich. »Der Wahnsinnige bringt sie um.« Doch mit einem Satz war Baldur bei ihm, drückte seinen Arm um Časlavs Hals, während er ihm das linke Knie in den Rücken stieß. »Lass das Messer fallen«, zischte er, »sonst breche ich dir das Genick.«

Mittlerweile hatte ich telefonisch Hilfe angefordert. Benommen sah ich zu, wie die Polizei Časlav und die Rettung

Dunja mitnahm. Ein Ende mit Schrecken, dachte ich, aber jetzt ist sie ihn wenigstens los.

Ich hatte mich geirrt, denn bei der folgenden Gerichtsverhandlung nahm Dunja den brutalen Kerl in Schutz. Er sei nur aufgebracht gewesen, gab sie zu Protokoll. Er habe im Affekt gehandelt, er hätte sie niemals umgebracht. Mit ihren Erklärungen brachte sie mich in eine unangenehme Lage, denn ich sagte wahrheitsgemäß genau das Gegenteil aus. Damals schwor ich mir, mich nie wieder emotional in die Geschichte eines Mädchens verstricken zu lassen, nie wieder Partei zu ergreifen. Denn manchen konnte nicht geholfen werden, sie ließen Unterstützung nicht zu.

Zum Glück glaubte der Richter nicht Dunja, sondern mir. Auch deshalb, weil ihre Verletzungen in der Verhandlung zur Sprache kamen. Er verurteilte Časlav zu einer Haftstrafe und schließlich schob ihn die Justiz ab. Dunja erholte sich und arbeitete wieder bei mir. Ihre Einkünfte konnte sie endlich behalten. Ich wusste aber, dass sie Monat für Monat einen bestimmten Betrag an ihre Eltern schickte. Diese finanzierten damit ihren Hausbau und kauften sich ein Auto. Wie ihre Tochter ihr Geld verdiente, wussten sie wohl nicht.

Dunja war jetzt eine andere. Sie war nicht mehr die Frau, die sich Illusionen über eine glänzende Zukunft machte. Sie schien ihre trügerischen Hoffnungen mit Časlav hinter sich gelassen zu haben. Jetzt war Dunja einfach ein Mädchen, das in meiner Bar arbeitete. Zwar unterhielt sie die Herren auch weiterhin gern mit Erzählungen über ihre Pläne für ihr weiteres Leben. Doch sie betrachtete sie nun selbst bloß als Plaudereien ohne Anspruch auf Wahrheitsgehalt. Von den Herren dachte ohnehin kaum jemals einer darüber nach, ob derartige, von den Mädchen erzählte Geschichten stimmten oder nicht.

Dunja begrub auch den Traum, dass ihre musikalische Begabung jemals zu einem Beruf in dieser Branche führen würde. Trotzdem schwärmte sie den Gästen noch immer davon vor. Diese Geschichte mussten ihr die Herren glauben. Denn eines Abends war in der Bar ein berühmter Tenor zu Gast mit dem Dunja sich auf Anhieb gut verstand. Die beiden sangen zu fortgeschrittener Stunde brillant Stücke aus »Carmen«. Schnell machte diese Episode die Runde und bereicherte das Wiener Nachtleben um eine weitere Facette. Bei Madame Nina arbeitet ein Mädchen, das eine Karriere als Opernsängerin vor sich hat, hieß es.

Doch warum konnte sich Dunja von ihren Zukunftsfantasien verabschieden? Hatte die Enttäuschung mit Časlav dazu geführt, dass sie sich nicht länger ihren Illusionen hingab? Das waren komplizierte Fragen, aber vielleicht gab es darauf eine einfache Antwort. Es könnte sein, dachte ich, dass Dunja innerlich gar nicht zerrissen ist, dass sie überhaupt nicht an den Folgen von psychischen Verletzungen leidet. Vielleicht hatte sie einfach Spaß am Sex.

Grund zu dieser Vermutung gab mir Dunjas Verhalten. Sie zählte nicht zu den Mädchen, die den Herren Zuneigung und Lust vorspielen mussten. Sie mochte die Männer, und sie liebte Sex. Sie küsste die Herren so leidenschaftlich, als wäre jeder einzelne ihre erste große Liebe. Dunjas Begeisterung für Sex hatte wohl schon in ihr geschlummert, als sie sich noch in ihrer mit Perlenglanz veredelten Fantasiewelt verloren hatte.

Sie arbeitete fünfzehn Jahre bei mir. Fünfzehn Jahre, in denen sie keinen festen Freund hatte. Vielleicht tat ihr das gut, weil ihr dadurch ein Halunke wie Časlav erspart blieb. Vielleicht litt sie aber auch darunter, denn sie begann zu trinken. Hatte sie zu viel Alkohol genossen, war sie schwer zu ertragen. Dann pöbelte sie die Herren in der Bar an, und das konnte ich nicht dulden. Ich musste sie immer wieder vor die Tür setzen. Bei jedem Hinauswurf wusste ich aber, dass ich sie wieder aufnehmen würde. Denn die Herren mochten Dunja, und für mich gehörte sie zu meiner großen Familie der Nacht.

Nach fünfzehn Jahren ging Dunja wieder eine Beziehung ein, abermals zeigte sie kein glückliches Händchen bei der Wahl des Mannes, wieder war es einer mit dunklen Seiten. Warum treffen manche Frauen bei der Partnerwahl stets fatale Fehlentscheidungen? Warum greifen sie mit schlafwandlerischer Sicherheit zu einem Mann, der sie schlecht behandelt? Ich weiß darüber nicht viel mehr als jede andere Küchenpsychologin. Ich kann nur vermuten, dass diese Frauen zu wenig Selbstwertgefühl haben, dass sie es nie entwickeln konnten, oder dass es ihnen durch ein Ereignis, das vielleicht mit einem Mann zusammenhängt, genommen wurde. Frauen ohne Selbstachtung und Selbstvertrauen, so scheint es mir, ziehen magnetisch Partner an, die sie demütigen und ausnützen. Die Männer spüren, dass sie wehrlose Opfer sind. Denn eine Frau ohne Selbstwertgefühl wird bei schlechter Behandlung keinen Widerstand leisten, vielleicht meint sie sogar, diese verdient zu haben.

Dunjas Neuer war ein chronischer Spieler. Er machte ständig neue Schulden, die sie für ihn bezahlte. Sie zog mit ihm zusammen und verließ meine Bar, die fünfzehn Jahre lang eine Ersatzheimat für sie gewesen war. Ich erfuhr, dass sie in einer billigen Absteige im zweiten Bezirk in Wien anschaffte. Dort wies sie niemand in die Schranken, wenn sie zu viel trank.

Warum erzähle ich Ihnen diese Geschichte? Weil Dunja zu meinen ersten Mädchen gehörte. Es waren jene Tage, als der Barbetrieb für mich noch neu war und die Zeit noch nicht so rasant an mir vorüberraste wie später. Deshalb erinnere ich mich noch so gut daran, und eben auch an Dunja, die meine Sicht auf die Welt mitgeprägt hat. Ich wollte ihr hier ein Denkmal setzen, nicht der Perle aus der weißen Stadt, sondern der Frau, die aus ihr hätte werden können.

Eva

Ursprünglich wollte ich Ihnen gar nicht von Eva erzählen. Denn Eva ist eine gefährliche Frau. Sie steht jetzt in der Öffentlichkeit und ist mit jeder Menge Macht ausgestattet. Diese Macht hat sie, wie ich den Medien entnommen habe, schon mehrfach eingesetzt, um Gegnern zu schaden. Zwar sieht sie heute ganz anders aus als zu jenen Zeiten in meiner Bar, aber das Risiko, sie zu provozieren, war mir zuerst einfach zu groß.

Für mich stand aber immer fest, dass hier auch Mädchen Thema sein sollen, die ich während der dreißig Jahre, in denen ich mein Etablissement betrieb, gefeuert habe. Als ich darüber nachdachte, fiel mir nur eines ein. Eva.

Eva ist nicht der tatsächliche Name dieser Dame, Eva war auch nicht der Künstlername, den sie in der Bar führte. Aber lediglich ihren Namen zu ändern schien mir zu Beginn meiner Überlegungen als Sicherheitsmaßnahme nicht ausreichend. Man kann ja nie wissen, dachte ich.

Doch dann überlegte ich weiter: Wer könnte nach Veröffentlichung meiner Memoiren schon kommen und sagen: »Ich weiß, wer diese Eva in Wirklichkeit ist. Ich weiß, was sie jetzt macht.« Das könnte nur Eva selbst tun, und sie wäre verrückt, es zu tun. Sie ist aber nicht verrückt, sie ist intelligent.

Nach allen diesen Erwägungen serviere ich Ihnen die Geschichte über Eva. Ich verrate Ihnen, wie es dazu kam, dass ich sie als erstes und einziges Mädchen aus meiner Bar warf.

Eva war bei bestimmten Herren beliebt. Bei jenen, die es gerne bieder mochten. Eva schaffte es, selbst in ihrer erotisierenden Uniform hausbacken zu wirken. Sie hatte einen blonden Pagenkopf, Pausbäckchen und benahm sich wie eine sittsame Hauswirtschaftsschülerin, die sich in meine Bar verirrt hatte. Ihr Aussehen und ihr Habitus wirkten, als hingen in ihrem Garderobenschrank ein züchtiges graues Kleid und ein Lodenmantel. Tatsächlich sah sie zar brav aus, war es aber, zumindest während der Zeit, in der sie in meiner Bar arbeitete, kein bisschen.

Eva studierte, was genau, das will ich Ihnen nicht verraten, weil es Rückschlüsse auf ihre spätere bemerkenswerte Karriere zuließe, die sie einer breiten Öffentlichkeit bekannt machte. Das Studium fiel ihr leicht, sie kam gut voran, eben weil sie so intelligent war. Abseits davon vertrat sie wie andere Mädchen auch den Standpunkt, dass die Jugend dazu da sei, um sich richtig auszutoben. Das tat sie, indem sie in meinem Etablissement Herren verwöhnte.

Zum Austoben gehörte für sie auch, dass sie am Champagner nicht bloß nippte. Gelegentlich trank sie etwas mehr als nötig gewesen wäre, doch auch dann wurde sie nie unangenehm. Wenn sie beschwipst war, verhielt sie sich wie ein braves Mädchen, das ein wenig zu tief ins Glas geschaut hat. Sie lachte dann ein bisschen zu viel, schwankte ein bisschen, war ein wenig anzüglicher als sonst und manchmal tanzte sie dann auch auf unserer kleinen Bühne.

An den Tag, an dem Eva den Grund für ihren späteren Rauswurf lieferte, kann ich mich bis zu dem Eklat, den sie verursachte, nicht genau erinnern. Vermutlich war es ein ganz typischer Tag in meiner Bar. Wobei typisch ein wenig abschätzig klingt. Denn jeder einzelne dieser rund elftausend Tage war auf seine Art etwas ganz Besonderes. Aber rückblickend erscheinen mir diese vielen Tage manchmal doch wie ein einziger, glänzender, rauschender Tag oder besser gesagt: wie eine einzelne, glänzende rauschende Nacht.

In einer dieser Nächte war Eva wieder beschwipst. Sie ging von Tisch zu Tisch und ihr Lachen schien von überall zu kommen. Aber sie war nicht aufdringlich. Zumindest nicht in einer Weise, die mein Einschreiten erfordert hätte. Ich sah ja auch, dass die Herren sie amüsant fanden. Alkohol machte sie nie aggressiv, sondern nur mutiger und unternehmungslustiger. Deshalb begann sie zu tanzen.

Zu diesem Zeitpunkt betrat Alina die Bar. Alina war Russin, und sie war neu. Viele Herren kannten sie noch nicht, deshalb zog sie deren Aufmerksamkeit auf sich. Die Blicke der Gäste richteten sich auch auf Alina, weil sie sich durch ihr Äußeres von den anderen Mädchen in der Bar unterschied. Alina hatte barocke Rundungen. Nun ja, eigentlich war sie ziemlich dick. Ich hatte für sie eine eigene Uniform besorgen müssen, denn die weiße Schürze und die weiße Schleife für den Hals waren ihr zu eng. Nicht einmal die Manschetten hatten Alina gepasst, weil ihre Handgelenke zu stark dafür waren. Also bestellte ich bei meinem Uniform-Lieferanten, einem auf Arbeitskleidung für die Gastronomie spezialisierten Geschäft, alles nach ihren Maßen. Einen transparenten schwarzen Body in ihrer Größe brachte sie selbst mit.

Alina wirkte trotz ihrer Leibesfülle aber nicht plump. Doch selbst wenn sie schwerfällig und ungelenk erschienen wäre, hätten die Herren Interesse an ihr gezeigt. Viele meiner Gäste hatten eine Schwäche für dicke Mädchen, bloß kaschierten sie diese in ihrem Alltagsleben. Sie waren mit schlanken Frauen liiert, weil diese in gewisser Weise Statussymbole für sie darstellten. Schlank zu sein, mager zu sein, entsprach ja schon seit langem dem Ideal. Mit einer dicken Partnerin, so dachten die Herren wohl, könnten sie daher nicht Furore machen.

In der Bar dagegen ließen sich viele von ihnen gern von einem rundlichen Mädchen verwöhnen. Manche erzählten mir sogar, dass ihnen ihre Frauen zu dünn seien. Männer wollen eben immer das, was sie nicht so leicht bekommen, dachte ich dann. Einige Herren hatten spezielle Vorlieben, sie wünschten sich ein Mädchen mit einem großen Busen oder eines mit einem dicken Po. Wenn ich darüber nachdenke, könnte ich mir vorstellen, dass die Herren das Zusammensein mit beleibteren Mädchen auch gemütlicher fanden.

An diesem Abend stahl die dicke Alina also der beschwipst tanzenden Eva die Show. Das gefiel ihr nicht. Auch später, als Eva schon auf der Karriereleiter nach oben geklettert war und schließlich als Politikerin im Rampenlicht stand, zeigte sich, dass sie Aufmerksamkeit zu schätzen wusste.

Eva zog sich gestört durch Alinas Eintreten aber nicht beleidigt in eine Ecke zurück und schmollte. Nein, ganz im Gegenteil, sie sann nach einer Idee, die ihr wieder das ungeteilte Interesse der Gäste einbringen würde. Daran war ja auch nichts auszusetzen. Doch an diesem Abend war ihr diesbezüglicher Plan völlig verrückt.

Ich erinnere mich jetzt wieder ein bisschen besser. Die Uhr zeigte schon nach Mitternacht, als Eva ihr Vorhaben in die Tat umsetzte. Es war Februar, der Tag des Wiener Opernballs, in der die Bar traditionell gut besucht war, weil vielen Herren der Sinn danach stand, diese besondere

Nacht nach dem Ball in meinem Etablissement weiter zu feiern.

Eva kam nackt auf die Bühne. Wenn die Stimmung ausgelassen genug war, hatte ich nichts dagegen, dass sich ein Mädchen textilfrei zeigte. Dunja etwa zog manchmal auch ihre Uniform aus und sang völlig entblößt. Das Problem war also nicht Evas Nacktheit, das Problem war, was sie auf der Bühne tat.

Sie hatte eine Flasche Krug-Champagner dabei, nur die Flasche, kein Glas. Die Blicke der Herren waren Eva auf die Bühne gefolgt, und sie hatte bereits wieder die Aufmerksamkeit aller. Doch das genügte ihr nicht. Sie setzte die Champagnerflasche an die Lippen und nahm den letzten Schluck daraus. Dabei taumelte sie ein wenig, fing sich aber wieder. Dann breitete sie die Arme aus, in der einen die Flasche. »Ha!«, rief sie und strahlte in die Runde.

Die Herren sahen sie fasziniert an. Die Atmosphäre war wie im Zirkus, jeder erwartete ein Zauberkunststück. Und genau ein solches bot Eva. Während Marylin Monroe durch die Lautsprecher der Bar »Teach Me Tiger« hauchte, wandte sich Eva an ihr Publikum. »Seht ihr diese Flasche, meine Herren?«, fragte sie. »Seht sie euch genau an. Seht her. Jetzt ist sie da …« Eva ließ die Flasche zwischen ihren Brüsten nach unten über ihren Bauch und schließlich über ihren Venushügel gleiten. »Und jetzt ist sie weg«, verkündete sie.

Die 0,75-Liter-Krug-Champagnerflasche war verschwunden. Aber nicht hinter einem schwarzen Magierumhang oder in einem doppelten Boden. Eva hatte die Flasche blitzschnell in ihren Unterleib geschoben. Tatsächlich die ganze Flasche, und zwar mit einer Selbstverständlichkeit, als würde sie dies jeden Tag machen.

Niemand applaudierte. In der Bar war es totenstill. Es war so still, dass ich überdeutlich die letzten Klänge von »Teach Me Tiger« hörte. Die Gäste waren verstört, nein, schockiert. Eine solche Darbietung passte nicht in meine Bar. Keiner der Herren wollte auf diese Weise mit den anatomischen Möglichkeiten einer Frau konfrontiert werden. Die Stimmung war dermaßen gedrückt, dass ich damit rechnete, alle Besucher würden mein Etablissement umgehend verlassen.

Ich holte Eva sofort von der Bühne, die Flasche hatte sie mittlerweile wieder zum Vorschein gebracht. »Eva«, rügte ich sie unter vier Augen in der Garderobe, »so etwas kannst du doch nicht machen.«

»Ich weiß nicht, was die haben«, rechtfertigte sie sich mit schwerem Zungenschlag. »Da unten kommen doch auch Kinder raus, und die sind größer als so eine Champagnerflasche.«

Es gab ja schon damals auf gewissem Gebiet kaum etwas, das mir fremd war, aber Evas Darbietung hatte selbst mich aus dem Konzept gebracht. Wie hat sie das gemacht?, fragte ich mich. Hatte sie eine körperliche Fehlbildung, wie etwa auch einige Herren, die Zeugen ihrer Show geworden waren, mir gegenüber vermuteten. Erst später, als Pornos im Internet abrufbar waren, erzählte mir ein Kollege aus der Branche, dass Evas seltsame Künste nichts Ungewöhnliches seien. Es gebe Porno-Videos, in denen

Frauen das Gleiche machten, und diese hätten auch ihr Publikum.

Meine Gäste kannten derartige Filme noch nicht, sie waren nach Evas absonderlicher Darbietung bestürzt. Klarerweise fiel dieser Schatten auf mich und nicht auf Eva. Als Chefin war ich dafür verantwortlich, hier ein Ambiente der Behaglichkeit zu schaffen, eine Welt der Illusionen, in der sich Mädchen den Herren hingeben. Keiner wollte in meiner Bar eine anatomische Porno-Show sehen. »Es ist grotesk«, sagte einer der Gäste, der im Frack vom Opernball gekommen war, »man muss sich ja fragen, wo man hier gelandet ist.«

Ich setzte Eva nicht sofort vor die Tür. Ich dachte, dass sich auch diese Aufregung, wie all die anderen kleinen davor, wieder legen würde. Dass Evas verrückte Darbietung zur Anekdote avancieren würde, die sich die Herren an der Theke weitererzählten. Doch das war nicht der Fall. Die vielen Gäste, die Evas Auftritt miterlebt hatten, waren regelrecht traumatisiert. Der Anblick der verschwindenden Champagnerflasche irritierte sie wohl so, wie manche Väter die miterlebte Geburt eines Kindes, ein Ereignis, das sie monatelang auf Sex verzichten lässt.

Jedes Mal, wenn die Gäste Eva in der Bar sahen, wurden sie an ihre Show, die sie vergessen wollten, erinnert. Also blieb mir keine Wahl. »Eva«, sagte ich, als mir das Problem in voller Tragweite bewusst wurde, »du bist ein kluges Mädchen. Ich bin sicher, dass du es in deinem Leben weit bringen wirst. Es ist aber besser, wenn du dich hier eine Weile nicht blicken lässt.«

Sie wusste, dass dies ein Rauswurf war, und sie trug ihn mit Fassung. Ein hübsches junges Mädchen, das sich austoben will, muss nicht lange nach Gelegenheiten dafür suchen.

Ich weiß nicht, wo sie diese Gelegenheiten fand. Aber ich war verblüfft, als ich merkte, wie richtig ich mit meiner Prophezeiung gelegen hatte. Nämlich mit jener, dass sie es weit bringen würde. Schon als sie in eine exponierte Beamtenposition aufstieg, war ich beeindruckt, erst recht, als ich sie als Spitzenpolitikerin im Fernsehen sah.

Es gilt, was ich schon beim Bundespräsidenten gesagt habe. Wenn Sie mich fragen, ob es diese Politikerin oder jene war, werde ich in jedem Fall immer mit Nein antworten. Ersparen Sie sich also bitte, sollten wir uns jemals treffen, die Frage, wer Eva wirklich ist.

Milena und Eleonora

Da ich Ihnen bereits von der Vorliebe vieler Herren für dicke Mädchen erzählt habe, möchte ich in meine Liste der Damen, die mir am intensivsten in Erinnerung geblieben sind, auch Milena aufnehmen. Sie war nicht dick. Aber auch sie, oder besser gesagt ihr Erfolg bei den Herren, zeigt, dass viele Frauen eine ganz falsche Vorstellung davon haben, was sie für Männer wirklich attraktiv macht, was Männer an ihnen wirklich schätzen.

Wenn Milena in der Bar war, machte sie meist das beste Geschäft, auch dann noch, als sie ihre Jugend bereits weit hinter sich gelassen hatte. Da konnten sich die hübschen jungen Dinger noch so anstrengen, wenn Milena kam, rissen sich die Herren um sie.

Milena war Mitte dreißig, als sie die Arbeit in meinem Etablissement aufnahm, und sie blieb ungefähr zwanzig Jahre. Sie verabschiedete sich mit siebenundfünfzig, aber sie sah nicht aus wie siebenundfünfzig. Das Leben in der Branche hatte tiefe Spuren in ihrem Gesicht hinterlassen, und diese ließen sich auch nicht überschminken. »From behind she looks like eighteen, from the front she looks like eighty-eight«, sagte ein amerikanischer Gast einmal zu mir. Ganz Unrecht hatte er damit nicht.

Als Milena in meiner Bar begann, punktete sie bei den Herren noch mit ihren lockigen, dunklen Haaren und ihren verführerischen Augen. Ich nannte sie deshalb Sneguljčica, was im Slowenischen, ihrer Muttersprache, Schneewittchen bedeutet. »Ich würde so gerne bei Ihnen arbeiten«, sagte sie, als wir uns kennenlernten. »Ich werde auch immer ordentlich sein.«

Milena war damals verheiratet, ihr Mann wusste über ihren Beruf Bescheid. Er hatte sogar seine Freude daran, denn, wie das damals leider oft üblich war, nahm er ihr das verdiente Geld ab. In die Bar durfte er sie nicht besuchen, das galt für die Freunde und Ehemänner der anderen Mädchen ebenso. Diese Regel hatte ich nach meinem Erlebnis mit Dunjas aggressivem Liebhaber aufgestellt.

Als sich Milena nach einiger Zeit von ihrem ausbeuterischen Mann scheiden ließ, hielt ich das für ein gutes Zeichen. Doch sie war unglücklich. Dass kein Beschützer mehr da war, oder zumindest einer, dem sie diese Rolle in ihrer Vorstellung zudenken konnte, machte sie traurig. Ihren Kummer bekämpfte sie mit Alkohol. Milena war aber nicht ab und zu etwas beschwipst wie Eva, sie war regelmäßig total betrunken. Wenn dies der Fall war, blieb mir nichts anderes übrig, als sie vor die Tür zu setzen.

»Jetzt ist Schluss. Komm nicht wieder«, sagte ich ihr schon beim dritten Rauswurf. Ich wiederholte diese Sätze in den folgenden Jahren oft, denn Milena stand immer wieder reuevoll vor der Tür. Stets erneuerte sie ihr Versprechen, sich zu bessern. Obwohl ich wusste, dass sie es nicht halten können würde, gab ich ihr stets eine neue Chance, weil auch sie gewissermaßen zur Familie gehörte. So kam es, dass sie all die Jahre bei mir in der Bar blieb und mit siebenundfünfzig aussah wie ihre eigene Mutter.

Womit sich jetzt die Frage stellt, wie sie es trotzdem schaffte, den hübschen jungen Dingern die Herren wegzuschnappen. Die Antwort ist einfach. Männer achten bei einer Dame auch auf das Aussehen, aber es hat bei weitem weniger Priorität als die meisten Frauen denken. Selbst in meiner Bar, in der die Gäste in eine Märchenwelt entführt wurden, war die Ausstrahlung eines Mädchens viel wichtiger.

Um diese anziehende Wirkung auf Herren zu erzielen, setzten die Damen gewisse Tricks ein. Jede Frau, die mit derartigen Raffinessen vertraut ist, wird ein Mädchen aus dem Rennen schlagen, das vielleicht jünger und hübscher ist, das diese Tricks aber nicht kennt. Ich verrate Ihnen gern die Kniffe meiner Mädchen, die sie unwiderstehlich machten. Aus Erfahrung weiß ich, dass sie auch im normalen Alltagsleben ihre Wirkung bei Männern nicht verfehlen.

Die Herren schätzen liebevolle Freundlichkeit, eine wohldosierte Fröhlichkeit und die Fähigkeit, interessiert zuhören zu können. Ja, und ein bisschen Bewunderung schadet auch nie. Hand aufs Herz, jeder von uns findet eine Person anziehend, die einem vermittelt: Du bist der Beste, Du bist die Einzige.

Sinn für Humor spielt auch eine wesentliche Rolle, um von einem Herrn als attraktiv eingestuft zu werden. Mädchen, die mit den Gästen mit einer mühelosen Leichtigkeit scherzen konnten, waren beliebt. Vergessen Sie nicht, Lachen verbindet.

Die Mädchen gingen auch stets auf die jeweilige Stimmung des Gastes ein. War ein Herr gedrückt, wurde er vorsichtig nach seinen Sorgen gefragt. In einem einfühlsamen Gespräch spendeten die Damen Trost, machten den Herren Mut und sorgten so dafür, dass sie sich wieder wohlfühlten.

Ich möchte Sie an dieser Stelle an eines erinnern: Die Herren kamen ja zu mir in die Bar, um sich etwas zu holen, das sie zuhause, in ihrer Beziehung, nicht bekamen. Sie wollten sich in »Ninas Bar« Wünsche und Träume erfüllen, aber nicht nur auf sexuellem Gebiet. Sie wollten sich einfach geborgen und verstanden fühlen. Gibt Ihnen das zu denken?

Ich weiß, was ich Ihnen jetzt sagen werde, klingt furchtbar altmodisch, verstaubt und überholt, aber wahr ist es trotzdem. Viele Ehen, viele Beziehungen wären um einiges glücklicher, gingen die Frauen mehr auf ihre Männer und deren Wünsche ein. Ein bisschen freundlicher sein, ein bisschen weniger nörgeln, und die Herren schmelzen dahin.

Werden Männer einfühlsam behandelt, ist ihnen das Äußere der Dame gar nicht mehr so wichtig. Sie übersehen ein paar Kilo zu viel ebenso wie die fehlende Jugend. Leider jagen heute viele Frauen in fortgeschrittenem Alter einem Idealbild nach. Sie sind besessen davon, jung aussehen zu wollen. Das macht sie verkniffen und verkrampft. Glauben Sie mir, das sind aber genau die Eigenschaften, die Männer nicht mögen. Die Herren wollen entspannte Frauen, die das Leben genießen.

Zu den Frauen, die trotz ihres fortgeschrittenen Alters jeden Mann haben konnten, gehörte neben Milena auch Eleonora. Sie arbeitete bei mir, bis sie einundsechzig war. Eleonora war gebürtige Russin und kleidete sich wie eine Hollywood-Diva. Sie liebte enganliegende Kostüme von Designern wie Versace und Dolce & Gabbana und trug teure Schuhe mit hohen Absätzen. Beim Gehen schwang sie leicht mit den Hüften, was ihre Star-Attitüde noch unterstrich.

Dass ihr die Männer reihenweise verfielen, lag in erster Linie daran, dass sie den Herren gegenüber keinen Zweifel daran ließ, dass sie Sex mit ihnen wollte. Eleonora, eine Spezialistin für Rollenspiele, musste sich dabei nicht verstellen. Sie hatte tatsächlich unbändige Lust auf Sex, und zwar ständig.

»Ich brauche Sex«, antwortete sie mir, als ich sie bei ihrem Vorstellungsgespräch fragte, warum sie bei mir in der Bar arbeiten wollte. »Ich kann ohne Sex nicht leben. Das

Geld spielt für mich keine Rolle, ich brauche einfach Sex.« Eleonora war süchtig nach Sex, und sie litt, wenn sie nicht genug davon bekam. War länger kein Kunde da, wurde sie unruhig. »Ich halte das nicht mehr aus«, klagte sie dann an die Theke gelehnt.

Eleonora konnte sich die Gäste tatsächlich aussuchen. Die Herren flogen auf sie, verzeihen Sie die Phrase, aber sie ist einfach zu treffend, wie die Motten aufs Licht. Je jünger die Männer waren, desto lieber waren sie ihr, denn sie hatten, wie sie sagte, das bessere Durchhaltevermögen und waren experimentierfreudiger. Auch als Eleonora bereits einundsechzig war, kamen ganz junge Herren nur wegen ihr in meine Bar.

Wenn Eleonora einen Mann wollte, fixierte sie ihn wie ein Raubtier mit ihren Augen. Es dauerte nie lange, bis der so anvisierte Herr mit ihr in einem Séparée verschwand. Manchmal schrie und stöhnte sie dort so laut, dass andere Gäste sich besorgt an mich wandten. »Madame! Was ist da los? Wird da jemand umgebracht?«, riefen sie.

Ich schüttelte nur lächelnd den Kopf. »Keine Angst«, sagte ich, »das ist nur Eleonora.«

»Wer ist denn diese Frau?«, wollte der betreffende Herr dann wissen. »Ich warte auf sie.«

Manchmal standen die Gäste regelrecht Schlange, sie gaben sich beim Séparée die Klinke in die Hand. Eleonora hatte jeden Abend mindestens vier oder fünf Kunden.

Sie wusste, was sie den Herren schuldig war. Eleonora achtete penibel auf ihren Körper und legte eine eiserne Disziplin an den Tag. Sie ernährte sich hauptsächlich von Obst, Gemüse und ein bisschen weißem Fleisch, Kohlehydrate gönnte sie sich nur in ganz geringen Mengen. Jeden Morgen ging sie joggen und absolvierte Gymnastikübungen. Das hielt sie fit für die Nächte in meiner Bar. Egal, was ein Herr wollte, Eleonora freute sich, seine Wünsche zu erfüllen. Für sie gab es kein Tabu, Hauptsache sie hatte Sex.

Selbst wenn nur wenige Herren in der Bar waren, wusste Eleonora, wie sie sich gegen die Konkurrenz der anderen Mädchen durchsetzen und einen Gast angeln konnte. Reichte ihr Raubtierblick nicht, nahm sie neben ihm Platz, schaute ihm tief in die Augen und unterhielt ihn mit kleinen Geschichten. Eine davon erzählte sie sechsundzwanzig Jahre lang. Sie sei Lehrerin, fabulierte sie, und heute am Nachmittag mit ihren Schülern im Wald gewesen, dort habe sie mit ihnen musiziert. Was für eine hübsche kleine Episode. Die Herren hörten sie gern, sie ließen sich die Geschichte geduldig immer wieder erzählen. Nur einem einzigen Gast reichte es schließlich. »Hör endlich auf mit dem Schwachsinn, du verlogene Schlampe«, schrie er leicht angeheitert. »Den Schwachsinn hast du mir schon vor zwanzig Jahren erzählt.« Vermutlich hatte er an diesem Tag Probleme, für die Eleonora büßen musste. Auch das kam eben vor.

Eleonora wurde in späten Jahren noch Unternehmerin. Noch heute führt sie einen Friseursalon in der Wiener Innenstadt.

Milena ist mittlerweile Rentnerin. Sie blieb bei mir, bis ich zusperrte, zuletzt als Barfrau und Serviererin. Wir telefonieren noch immer ab und zu.

Svetlana

Eine darf in meiner Liste der besonderen Mädchen nicht fehlen: Svetlana, das tüchtigste Mädchen von allen. Doch ich erzähle Ihnen nicht wegen ihres Fleißes von ihr, sondern weil ihre Geschichte beweist, dass es auch in der realen Welt Märchen gibt. Dieses Märchen nahm seinen Anfang in meinem Nachtlokal.

Es war einmal ein Mädchen namens Svetlana, das sich bei mir in der Bar vorstellen kam. Wer hat denn die Metzgerin eingeladen?, dachte ich, als ich sie zum ersten Mal sah. Dass Svetlana dick war, wäre ja kein Problem gewesen, aber sie war auf unattraktive Weise dick. Sie wirkte grobschlächtig und unproportioniert, weil sie an den falschen Stellen zu viele Speckpolster und an den richtigen zu wenig hatte. Auch ihr Gesicht mit der auffällig breiten Nase war nicht attraktiv. Außerdem sprach sie nur bruchstückhaft Deutsch und Englisch. »Warum bist du hier?«, fragte ich untermalt mit Handzeichen, während sie in meinem Gesicht lesen konnte, dass hier in der Bar kein Platz für sie war.

Doch Svetlana ließ sich nicht abwimmeln, hartnäckig blieb sie sitzen. Vielleicht war es ihre Ausdauer und ihre Unverdrossenheit, die mich bewog, ihr eine Chance zu geben. Vielleicht war es aber auch die Tatsache, dass ich Herausforderungen seit jeher liebte. Wenn es mir gelingt, aus ihr ein Mädchen zu machen, das die Herren gern anschauen, dann habe ich wirklich etwas Einmaliges geschafft, dachte ich. Ich sah ihr tief in die Augen. »Svetlana«, sagte ich, »wenn du hier arbeiten möchtest, musst du immer genau das tun, was ich dir sage. Hast du das verstanden?«

Sie sah mich ratlos an. Ihr ahnungsloser Gesichtsausdruck brachte mich zum Lachen und ich tätschelte ihr die Schulter. »Lass uns keine Zeit verlieren«, sagte ich, wohlwissend, dass sie auch das nicht verstand.

Die anderen Mädchen protestierten. »So wie die aussieht, hat sie bei uns nichts verloren«, murrten sie. Während ich die Mädchen beruhigte, bemerkte ich, dass Svetlana deren Ablehnung nicht entgangen war. Doch sie ließ sich davon nicht aus der Ruhe bringen. Offenbar war sie nicht nur körperlich robust, sondern auch in psychischer Hinsicht und darüber hinaus willensstark. Das gefiel mir, ich wertete Svetlanas Reaktion als gutes Zeichen.

Schnell zeigte sich, dass Svetlana auch ambitioniert war, sie hatte im Gegensatz zu vielen anderen Mädchen jede Menge Ehrgeiz. Ich wusste, dass sich mit dieser Eigenschaft im Gepäck die erstaunlichsten Dinge erreichen ließen.

Gleichzeitig war mir klar, was dieser Eifer noch bedeutete: Svetlana würde nicht lange bei mir arbeiten. Sobald ich ein ansehnliches Mädchen aus ihr gemacht hatte, würde sie, strebsam wie sie war, die nächste gute Chance ergreifen und sich von mir verabschieden. Dennoch entschied ich mich, mit meiner Arbeit an ihr zu beginnen. Nicht nur, weil ich, wie gesagt, Herausforderungen schätzte, sondern auch, weil mir Svetlana mehr und mehr ans Herz wuchs.

Sie spürte meine Zuneigung und vertraute mir. Deshalb hielt sie sich genau an meine Anweisungen. »Svetlana, du musst abnehmen«, forderte ich sie zu allererst auf. Binnen kürzester Zeit speckte sie fünfundzwanzig Kilo ab. Außerdem lernte sie wie im Flug Deutsch, und ihre ersten Ersparnisse investierte sie in eine Nasenkorrektur. Was soll ich sagen? Ich habe weder davor noch danach einen Menschen gesehen, der sein Aussehen dermaßen rasch zum Positiven verändert hat. Nach nur drei Monaten war Svetlana eine ganz andere.

Sie war zwar noch immer keine strahlende Schönheit, aber sie konnte durchaus als hübsch bezeichnet werden. Was ihr an Makellosigkeit fehlte, machte sie mit ihrer Energie und ihrem Eifer wett, auch beim Sex. Die Herren erzählten mir, Svetlana sei wie eine Naturgewalt, die über sie hereinbreche, und sie küsse leidenschaftlich, sie lecke ihnen mit Verve über das ganze Gesicht.

Wenn ein Mensch Ehrgeiz und Willenskraft hat, ist die Herausforderung, ihn zu seinem Vorteil zu verändern, in Wirklichkeit nicht groß, dachte ich. Svetlana hatte mir das deutlich vor Augen geführt. Aber die nahe Zukunft zeigte auch, dass ich mit meiner anfänglichen Vermutung richtig gelegen war. Svetlanas Ehrgeiz ging weit über die Wände meiner Bar hinaus.

Neben Deutsch lernte sie auch Englisch und nach einem Jahr beherrschte sie beide Sprachen fast fließend. Ihre Sprachkenntnisse kamen ihr zugute, als eines Abends ein neuer Gast in die Bar kam. Der Herr war ein russischer Geschäftsmann, der sich sofort mit Svetlana verstand, und sie fungierte für ihn als Übersetzerin.

Sie ahnen vielleicht schon, dass es dieser Gast war, der Svetlana zu einem neuen Leben verhalf. Doch lassen Sie mich die Geschichte bitte fertig erzählen, denn ein Märchen, das mit »Es war einmal« begann, kann doch nicht so abrupt und nüchtern enden. Außerdem gehört die Episode um Svetlana zu jenen, die mir jetzt in meinem fortgeschrittenen Alter einfallen, wenn ich mich frage, was in meinem Leben wirklich wichtig und gut gewesen ist.

Ich mache es kurz. Dimitri, so hieß der russische Herr, kam immer öfter in die Bar. Manchmal allein, manchmal hatte er Geschäftspartner an seiner Seite, und die Herren zeigten sich spendabel, sie gaben jede Menge Geld aus. Schon bald war mir klar, dass es den russischen Herrn vor allem Svetlanas wegen in mein Etablissement zog. Schon wenn er durch die Eingangstür trat, schaute er sich nach ihr um. War sie nicht da, fragte er mich, ob an diesem Abend noch mit ihrem Kommen zu rechnen sei. Vielleicht war ihm selbst damals noch gar nicht bewusst, dass er tiefe Gefühle für Svetlana hegte. Ich wusste jedenfalls, dass er sich in sie verliebt hatte. Und ich ahnte, dass ich sie verlieren würde. Dennoch schritt ich nicht ein, ich wies Svetlana nicht in ihre Schranken, wie ich dies bei anderen Mädchen tat. Ich wollte ihr den Weg in eine bessere Zukunft nicht verbauen, denn ihre Chancen darauf machten mich glücklich. Manchmal ist Selbstlosigkeit nötig, um das Leben als erfüllend zu empfinden.

Über Svetlanas Ehrgeiz wusste ich Bescheid, doch wie weit es das tüchtige Mädchen schließlich schaffte, überraschte mich dann doch.

Aus der Beziehung zwischen Svetlana und dem russischen Geschäftsmann Dimitri wurde keine Liebe fürs Leben. Er war verheiratet und dachte nicht an Scheidung. Svetlana hatte ihm aber dermaßen den Kopf verdreht, dass er sie finanziell unterstützen wollte. Sie verabschiedete sich von mir und der Arbeit in meiner Bar und begann ein Studium. Svetlana konnte sich ein recht angenehmes Leben leisten. Sie hatte Geld zur Seite gelegt und Dimitri kam für die Kosten ihrer hübschen kleinen Wohnung in der Nähe des Stephansplatzes auf und ließ ihr überdies regelmäßig eine größere Summe für ihren Unterhalt zukommen.

Einige Jahre später traf ich Svetlana zufällig in der Innenstadt. Sie hatte ihr Studium tatsächlich beendet und trug nun einen Doktortitel. Sie, das grobschlächtige Mädchen, das kaum ein Wort Deutsch sprach, als ich es kennenlernte, und das ich abfällig »Metzgerin« genannt hatte, war jetzt Anwältin. Außerdem hatte Svetlana geheiratet. Sie und ihr Mann, ebenfalls ein Rechtsanwalt, waren bereits Eltern eines gemeinsamen Kindes.

Lassen Sie mich die Geschichte hier abschließen. Märchen beginnen doch immer mit »Es war einmal« und enden mit »Und sie lebten glücklich bis ans Ende ihrer Tage«. Diese Illusion möchte ich behalten. Vielleicht auch, weil Svetlanas Märchen nicht nur durch ihren Ehrgeiz, sondern auch durch mein Zutun wahr wurde.

Die Herren der Nacht

Mit dieser Besetzung, mit diesen Mädchen, fuhr ich mit meiner Kutsche durch die Jahrzehnte, die mir jetzt in der Rückschau trotz der dunklen Momente wie eine verzauberte, unwirkliche Traumlandschaft erschienen. Aber ich habe Ihnen ja versprochen, dass ich Ihnen das Leben in meiner Bar nicht nostalgisch verklärt schildern werde, sondern mit aller Nüchternheit. Diese gebietet es mir, das Unangenehme nicht auszusparen. Dass ich Wort halte, haben etwa meine Erzählungen über die Mädchen gezeigt. Nicht alle Geschichten haben so erfreulich geendet wie jene über Svetlana. Es ging auch um traurige Lebensgeschichten, um zerstörte Hoffnungen und begrabene Träume, um Alkoholmissbrauch und um Gewalt. Jetzt beim Schreiben fallen mir viele weitere Mädchen ein, von denen ich Ihnen berichten könnte, aber ich will es vorerst dabei belassen und ein wenig auf die Herren, auf meine Gäste, zu sprechen kommen.

Meine Bar, »Ninas Bar«, etablierte sich rasch in der Stadt. Es war das Ambiente, das die Herren anzog. Es ging um Sex, aber nicht ausschließlich. Mindestens genauso wichtig war die Gemütlichkeit, die Unterhaltung, der Spaß. Auch die Musik trug zu der besonderen Stimmung bei. Hier plätscherte nicht, wie anderswo, nebenbei eine beliebige Melodie.

In meinem Etablissement wurde in jeder Beziehung auf die Vorlieben der Gäste Rücksicht genommen. Die Herren wünschten, wir spielten. Aktuelle Hits genauso wie Frank Sinatra oder Udo Jürgens. Wenn etwa »Griechischer Wein« aufgelegt wurde, sprangen alle auf und sangen mit, das war bis zum Tag der Schließung meiner Bar so. Jede Nacht war wie eine private Party.

Eine solche Bar war etwas Neues in Wien, etwas Besonderes. Die Mundpropaganda funktionierte, ein Herr empfahl uns an den nächsten. Auch Journalisten waren unter meinen Gästen, sie berichteten in den Medien über die Bar und bezeichneten mich als schillernde Persönlichkeit. Heute würde man sagen, dass »Ninas Bar« rasch Kultstatus erlangte. Es gehörte beinahe zum guten Ton, bei mir vorbeizuschauen.

Vor allem Künstler zog es von Beginn an in mein Etablissement. Im engen Umkreis gab es mehrere Galerien, nach den Vernissagen war es bald üblich, dass die Künstler und ihre Entourage den Abend in »Ninas Bar« ausklingen ließen.

Künstler haben ja generell wenig Scheu vor dem Rotlichtmilieu. Außerdem lieben sie das Neue, das Aufregende, das Unkonventionelle. Deshalb faszinierte sie mein Nachtclub. Das Ambiente gefiel ihnen ebenso wie die Mädchen. Nicht nur, weil sie hübsch waren und für Sex zur Verfügung standen. Nein, auch weil sie sich gut mit ihnen unterhalten konnten, denn viele meiner Damen waren klug und gebildet, die meisten hatten Matura.

Die Mischung aus angenehmer Atmosphäre und gut aussehenden, gescheiten Mädchen machte »Ninas Bar« zur Institution, und ich wurde zu einer gesellschaftlichen Größe der Nacht.

Mit dem Aufschwung meines Restaurants und meiner Bar verbesserte sich meine wirtschaftliche Lage. Ich hatte für diesen Erfolg hart, aber immer mit Begeisterung gearbeitet. Nach wie vor bin ich überzeugt, dass alles, was mit Leidenschaft angepackt wird, Früchte trägt. An dieses Motto habe ich mich stets gehalten, und ich verdiente schon kurze Zeit nach der Eröffnung des »Rosa Elefant« und von »Ninas Bar« gut.

Ein Hausfrauendasein kam für mich nie in Frage, obwohl ich daheim dank der Einkünfte meines Mannes Baldur ein angenehmes Leben gehabt hätte. Aber ich bin ein Workaholic. Ich arbeite gern, weil mir die Arbeit Spaß macht. Darum träume ich selbst jetzt im fortgeschrittenen Alter davon, wieder eine Bar zu eröffnen.

Ich habe Ihnen schon erzählt, dass Geld für mich nicht die Triebfeder war, ein Restaurant und eine Bar zu führen. Doch als sich der Erfolg einstellte, freute ich mich über die hohen Einnahmen. Ich konnte mir vieles leisten, mehr als wäre ich bei Heim und Herd geblieben, und ich gab das Verdiente mit vollen Händen aus. Fast jeden Tag ging ich auf Einkaufstour in die Innenstadt. Ich erstand alles, was mir gefiel, Schmuck bei Cartier, Kleider bei Popp & Kretschmer, Taschen und Schuhe bei Braun & Söhne, Bettwäsche und Vasen bei Versace. Ich nahm Geschenke für die Mädchen mit, vom Parfum bis zur teuren Tasche.

Zu jener Zeit kauften Baldur und ich eine Luxusimmobilie in Florida, in Miami an der Millionaire's Mile. Ein nobles, aber nicht zu großes Appartement im 27. Stock eines Hochhauses zwischen Beach und Bay mit herrlicher Aussicht. Von dort aus sahen wir im Jahr 1997, wie die Polizei am Indian Creek Canal das Boot stürmte, auf dem sie wenig später Gianni Versaces Mörder Andrew Cunanan entdeckte, der sich zuvor das Leben genommen hatte.

Mittlerweile haben wir das Appartement in Miami wieder verkauft. Nach meinem Unfall vor sieben Jahren benutzten wir es nicht mehr. Ich stürzte damals in Wien aus Unachtsamkeit über die Stufen eines Geschäftes und verletzte mir dabei beide Knie. Noch heute fällt mir deshalb das Gehen schwer.

Jetzt leben Baldur und ich in einem großen Haus am Stadtrand von Wien, in Floridsdorf, wo mein Mann aufgewachsen ist. Der Abschied von unserer Innenstadtwohnung in der Rotenturmstraße ist mir, Sie wissen es bereits, schwer gefallen, weil ich den ersten Bezirk so liebe. In unserem Haus erinnert mich nun das Interieur meiner Wohnung ein bisschen an meine Bar. Denn auch hier zeigt sich meine Vorliebe für Opulenz. Ich lebe zwischen kostbaren Teppichen, Seidentapeten, wallenden Vorhängen, Bilderrahmen aus Gold und Accessoires wie großen Blumenvasen mit üppigen Liliensträußen.

Damals in der frühen Zeit, als mein Etablissement in Wien rasch zum angesagten Nachtlokal avancierte, besuchten immer mehr Herren der gehobenen Gesellschaft die Bar. Sie wollten selbst in Augenschein nehmen, worüber so viel gesprochen und in den Medien berichtet wurde. Es blieb nicht nur bei einem Abend, die meisten Herren kamen immer wieder. Bereits nach wenigen Jahren hatte ich einen teils illustren, teils auch etwas skurrilen Kreis von Stammgästen. Ihre gute finanzielle Situation erlaubte es ihnen, in meinem Etablissement alle Annehmlichkeiten genießen zu können. Meine Bar wurde für sie zum zweiten Zuhause. Von Charlie Sheen, Falco, dem Bundespräsidenten und einigen anderen bekannten Herren habe ich Ihnen schon erzählt. Es gab aber weitere Gäste, deren Geschichte ich Ihnen nicht vorenthalten möchte.

Mr. Sex

Für den Mann, den die Mädchen und ich Mr. Sex nannten, war es ein großes Glück, dass es Nachtclubs wie den meinen gab. Die Natur, denn Gott möchte ich hier nicht ins Spiel bringen, hatte ihn mit einer außergewöhnlichen Gabe ausgestattet, mit einem enormen Durchhaltevermögen beim Sex. Er bedurfte nur einer kurzen Regenerationsphase, um abermals seinen Mann stehen zu können. Aber er hatte nicht nur Lust auf ein zweites Mal. In meiner Bar vergnügte sich der in Wien lebende gebürtige Südtiroler mit bis zu fünfzehn Mädchen. Kaum war er bei einer Dame auf seine Rechnung gekommen, rannte er ins nächste Séparée, in dem schon die nächste auf ihn wartete. So ging das stundenlang weiter.

Als ich eines Abends mit ihm über seine Ausdauer plauderte, meinte er nur lakonisch: »Ich kann es mir selbst nicht erklären. Ich muss einfach ständig Sex haben.«

Sein zweites großes Glück war, dass er über unternehmerisches Talent verfügte. Dafür könnte Gott, so dachte ich, wohl schon eher verantwortlich gewesen sein. Mr. Sex besaß einen großen, erfolgreichen Baukonzern. Er war vermögend und konnte sich sein teures Hobby, das er bei mir in der Bar ausübte, leisten. Oft gab er an einem Abend in meinem Etablissement eine Summe aus, die dem Monatsgehalt eines seiner Spitzenmanager entsprach. Ich möchte mir nicht vorstellen, wie und wo dieser Herr den Druck seiner überschäumenden Lendenkraft abgelassen hätte, wäre er etwa Lehrer oder Straßenbahnfahrer und damit weit weniger gut betucht gewesen.

Für Mr. Sex hatte sich aber alles zum Besten gefügt. Er hatte genug Geld, und es gab meine Bar, in der ihm jede Menge Mädchen gern zu Diensten waren.

In den Zeitungen las ich damals immer wieder über Mr. Sex, der eine Frau und drei Kinder hatte. Die Artikel auf den Wirtschaftsseiten der Gazetten behandelten zumeist die Expansion seines Unternehmens, das Lukrieren neuer Großaufträge oder die Kooperation mit neuen Partnern. Oft zeigten die Berichte auch Fotos von ihm, darauf wirkte er größer als er es in der Realität war. Denn Mr. Sex war ein gedrungener, bulliger Herr mit einer breiten Stirn und derben Händen. Ich muss schon sagen, seine Manieren entsprachen seinem Aussehen, sie waren nicht von der feinen Sorte. Vermutlich hatte er sich seine ungehobelten Umgangsformen in der Baubranche, in der ein rauer Ton herrscht, angewöhnt. Möglich ist auch, dass seine Kinderstube nicht die feinste war, und sein Berufsumfeld nicht zur Verbesserung seines Benehmens beitragen konnte. Von einem Bauarbeiter unterschieden ihn auf den ersten Blick nur seine feinen Anzüge und Hemden und das dicke Bündel Geldscheine, das er stets lose in der Hosentasche trug. Ja, vielleicht auch noch seine klugen, wachen Augen, die ahnen ließen, dass der Herr über Scharfsinn verfügte.

Im Lauf der Zeit vertraute mir Mr. Sex Details über seine Gewohnheiten an. Wenn der Drang nach Sex zu groß wurde, erhob er sich mitten in der Nacht aus dem Ehebett, erzählte seiner Frau, dass er noch etwas Wichtiges im Büro zu erledigen hätte und kam in die Bar. Hier tobte er sich die ganze Nacht lang aus.

Bei seinem Sex-Marathon ging der Herr stets effizient vor. So effizient, dass er manchmal vergaß, mich zu begrüßen, wenn er bei der Tür herein stürmte. Er taxierte die Mädchen, legte sich einen ungefähren Plan zurecht, in welcher Reihenfolge er ihre Dienste in Anspruch nehmen wollte und verschwand sofort mit der ersten Dame in einem Séparée. Eine effiziente Strategie war auch nötig, denn Mr. Sex nahm sich für jedes Mädchen rund dreißig Minuten Zeit. Da die Nacht nicht endlos lang ist, war sein organisatorisches Talent gefragt, um fünfzehn Mädchen in wenigen Stunden unterzubringen.

Die Mädchen waren von Mr. Sex nicht nur wegen seines Durchhaltevermögens angetan. Vermutlich ob seiner reichen Erfahrung kannte er jeden Trick, der Damen in Ekstase versetzte. Mr. Sex verwöhnte die Mädchen auf jede erdenkliche Weise, er massierte hingebungsvoll jede ihrer erogenen Zonen und küsste sie leidenschaftlich. Zum Höhepunkt kam er erst, wenn er dem jeweiligen Mädchen zu einem Orgasmus verholfen hatte.

Verzeihen Sie, wenn ich so direkt werde, aber Mr. Sex vögelte sich tatsächlich durch die ganze Bar. Denn bei der Auswahl der Mädchen konnte er nicht wählerisch sein, manchmal waren nicht mehr als fünfzehn Damen anwesend, wenn es ihn in mein Etablissement trieb. Auf eines achtete er allerdings, kleine, zarte Mädchen wollte er nicht. »Madame, ich mag richtige Weiber. Also bitte, keine Kinder«, sagte er einmal zu mir.

Die anderen Stammgäste begegneten Mr. Sex mit Respekt. Nicht nur wegen seines beruflichen Erfolges und seiner erstaunlichen Leistungen als Liebhaber, sondern vor allem auch weil er authentisch war. Er spielte niemandem den noblen Herrn vor, er wusste, was er wollte und das nahm er sich auch. Er strahlte Selbstbewusstsein und Kraft aus. Deshalb hätten ihn die Mädchen wohl auch attraktiv gefunden, wäre er weniger wohlhabend, weniger standfest beim Sex und damit ein weniger guter Kunde gewesen.

War Mr. Sex nicht in der Bar, diskutierten die anderen Stammgäste über ihn. Sie taten dies in einer Weise, wie Frauen sich über das Aussehen einer anderen nicht anwesenden Dame unterhalten. Die Herren überlegten, ob vielleicht die asketische Lebensweise von Mr. Sex zu seiner Lendenstärke geführt hätte. Es war tatschlich so, dass der bullige Bauunternehmer nur beim Sex hedonistische Züge zeigte. Davon abgesehen war er genügsam. Er ernährte sich gesund, obwohl seine Statur nicht darauf hätte schließen lassen. Ebenso wenig wie darauf, dass er regelmäßig Yoga-Unterricht nahm. Die anderen zeigten sich davon beeindruckt. Allerdings hörte ich von keinem, dass er beabsichtigte, Mr. Sex in Bezug auf Ernährung und Yoga nachzueifern, um dadurch eventuell seine Potenz zu stärken. Ich bezweifelte auch, dass die Herren Erfolg gehabt hätten. Denn ich war überzeugt, dass dem Bauunternehmer sein

Sex-Trieb in die Wiege gelegt worden war, ebenso wie seine Bedürfnislosigkeit in anderen Bereichen. Er brauchte einfach außer Sex nicht viel, und er war nicht der Typ, der sich mit Dingen aufhielt, die er nicht brauchte.

Mr. Sex war jahrelang Stammkunde in meinem Etablissement, jeder seiner Besuche lief auf dieselbe Weise ab. Denke ich zurück, erscheinen mir seine Nächte in der Bar wie ein einziger Sex-Marathon.

Wie gesagt, seine Visiten kosteten ihn eine Stange Geld. Auf seine Rechnung gingen Tausende Flaschen Roeder-Cristal-Champagner. Um den Gegenwert hätte er mehrere Eigentumswohnungen in guter Wiener Lage erstehen können. Aber lassen Sie mich eine Frage stellen, die sich mir aufdrängt. Nehmen wir an, er hätte die Summen, die er in meiner Bar ausgegeben hat, tatsächlich in Eigentumswohnungen investiert. Hätten ihn diese, selbst wenn er nicht reich gewesen wäre, glücklich gemacht? Ich denke nicht. Aber bei mir, bei meinen Mädchen, fand er Erfüllung.

Je älter Mr. Sex wurde, desto mehr wich sein effizientes Vorgehen. Er stürzte nicht mehr in die Bar und zog sich sofort mit einer Dame in ein Séparée zurück, sondern nahm sich auch Zeit zu plaudern. Selbst bei diesen Unterhaltungen stand aber zumeist Sex im Mittelpunkt. Im selben Ausmaß, in dem seine körperlichen Aktivitäten abnahmen, stieg der Wunsch nach verbaler Erotik. Zu animieren schienen ihnen Erzählungen über seine sexuellen Erfahrungen mit den Mädchen. Dabei beließ er es aber nicht. »Nina, wie war das bei dir?«, fragte er eines Nachts auch mich. »Wie alt warst du, als du das erste Mal Sex hattest?«

Mr. Sex war ein guter Kunde, also ließ ich meine Fantasie spielen und ersann eine detailreiche Geschichte. Meine Unschuld, erzählte ich ihm, hätte ich im Alter von siebzehn Jahren unter freiem Himmel mit Vogelgezwitscher in den Ohren und sanftem Wind in den Haaren an einem herrlichen Maitag verloren. Ein Schulkollege habe mich, fabulierte ich, zum Spazierengehen abgeholt. Auf dem Rückweg hätte er mich auf einem Waldweg hinter dem Haus meiner Eltern leidenschaftlich geküsst. Wir sanken, begab ich mich weiter ins Reich der Dichtung, bereits auf dem Grundstück meiner Eltern in eine Blumenwiese. Nur ein paar Sträucher hätten uns vor neugierigen Blicken geschützt, als er mir mein zartes weißes Batistkleid über die Hüften schob. Meine Jungfernschaft habe ich dann zwischen Gänseblümchen und Disteln verloren. »Nur beim ersten Mal tut's weh«, sagte ich abschließend.

»Madame«, gab Mr. Sex augenzwinkernd zurück, »kamen sie etwa auf einer Distel zu liegen?«

Die Geschichte gefiel ihm, immer wieder sprach er mich darauf an. Vor allem die Tatsache, dass ich bei meinem erfundenen Tête-à-Tête jederzeit hätte erwischt werden können, schien ihn zu stimulieren.

Als ich meine Bar schloss, war Mr. Sex tief betroffen. Offenbar schätzte dieser stets so strategisch agierende Herr das bereits Vertraute, er bewegte sich gern auf gewohntem Terrain. In meinem Etablissement kannte er die Mädchen und die Abläufe. Es widersprach seiner Vorstellung von effizientem Zeitmanagement, dass er sich nun auf die Suche nach einem anderen Nachtlokal machen musste, das seinen Wünschen entsprach.

Ein solches scheint er bis heute nicht gefunden zu haben. Denn Mr. Sex ruft mich nach wie vor regelmäßig an und fragt mich, wann ich wieder eine Bar eröffne.

Beauty Hair

Ein Gast ist mir auch deutlich in Erinnerung geblieben. Sie werden es kaum glauben, aber es war seine Haarpracht, die ihn mir einprägte. Noch nie zuvor und auch nicht später habe ich einen Herrn mit so gepflegtem Haar gesehen. Die Mädchen und ich nannten ihn deshalb Beauty Hair. Ich kann nur vermuten, dass er viel Zeit und Geld in seine Frisur und deren Glanz investierte. Wahrscheinlich war er Stammkunde bei einem erstklassigen Friseur, verwendete auch privat nur die besten Produkte und föhnte sein Haar wohl täglich mit Hingabe.

Als er zum ersten Mal in meine Bar kam, waren sowohl die Mädchen wie auch ich hingerissen von seiner Frisur, von seiner mit silbernen Fäden durchzogenen halblangen Mähne. Die Begeisterung führte so weit, dass ihm die Damen bei einer unserer Weihnachtsfeiern einen Pokal überreichten. Beauty Hair trug nun den Titel »Der Mann mit den schönsten Haaren in Ninas Bar«.

Beauty Hair war Unternehmer in der Schuhbranche und, wie viele andere Gäste auch, verheiratet. Er hatte drei bereits erwachsene Kinder. In der Bar vergaß er sein Privatleben und zeigte eine Schwäche für polnische Mädchen.

In die erste Polin, die er bei mir kennenlernte, verliebte er sich ein wenig. Sie nannte sich Grace. Sie war feingliedrig und schlank mit dennoch attraktiven Kurven. Grace erweckte den Eindruck, als hätte ein Bildhauer das Ideal eines weiblichen Körpers skizziert, danach eine Skulptur geschaffen und diese zum Leben erweckt. Jahrelang war Grace die Auserwählte von Beauty Hair, stets zog er sich ausschließlich mit ihr in ein Séparée zurück.

Als Grace die Bar verließ, um einen Herrn zu heiraten, den sie in ihrer Heimat kennengelernt hatte, war Beauty Hair bedrückt. Trübsinnig saß er bei mir an der Theke. Ich bemühte mich redlich, um ihn aufzuheitern, doch er starrte nur freudlos in sein Whiskeyglas. Seine niedergeschlagene Stimmung hielt einige Monate an. Bald war er nur mehr ein trauriger Schatten des Herrn von einst, zwar ein Schatten mit glänzendem Haar, aber selbst seine schimmernde Mähne konnte den Eindruck nicht korrigieren, dass da ein gebrochener Mann saß.

Doch dann kam Jana. Sie war ebenfalls eine junge, hübsche Polin. Jana schaffte es, Beauty Hair dank ihres Aussehens und mit ihren Erzählungen wieder zum Lächeln zu bringen. Sie bezauberte den Herrn mit dem glänzenden Haar etwa mit ihren bruchstückhaften Deutschkenntnissen.

Nach und nach wurde er wieder zu dem strahlenden Herrn, der er früher gewesen war. Er lachte viel und warf seine schimmernde Mähne zurück. Jana, die in ihrer Heimat Balletttänzerin gewesen war, machte ihn glücklich und wir hatten ihn wieder, Beauty Hair in seiner ganzen Pracht.

Es zeigte sich, dass der Herr die Zeit, während er traurig an der Theke saß, zum Nachdenken über sich und die verlorene Grace genutzt hatte. Er war in Grace verliebt gewesen, seine Frau aber liebte er nicht mehr, er war in seiner Ehe unglücklich. Dennoch hatte er nicht gehandelt und sich zu Grace bekannt, weil ihm damals noch nicht bewusst war, dass er sie liebte. Er erkannte erst, wie viel sie ihm bedeutete, als er sie verloren hatte. Beauty Hair zog aus dem Verlust von Grace seine Schlüsse. Nie mehr würde ihm ein solcher Fehler unterlaufen.

Deshalb sorgte er bei Jana, der polnischen Balletttänzerin, die ihm ans Herz gewachsen war, für klare Verhältnisse. Er ließ sich scheiden und heiratete sie. Er eröffnete eine Zweigstelle seines Unternehmens im polnischen Katowice, die Jana leiten sollte. Das empfand selbst ich als eine mehr als außergewöhnliche Geste. Denn ich hatte zwar schon oft erlebt, dass Gäste eines der Mädchen ehelichten, doch dass ein Herr seine bei mir gefundene Lebenspartnerin beruflich auf eigene Beine stellte und sie damit finanziell von ihm unabhängig machte, hatte ich noch nie gehört.

Viele der Herren, die Mädchen aus meiner Bar zur Ehefrau nahmen, erwarteten, dass ihnen die Damen weiterhin so nett und willig zur Verfügung standen, wie dies in meinem Etablissement üblich gewesen war. Dazu gehörte, dass sie finanziell von ihnen abhängig blieben und damit an sie gebunden waren.

Bei Beauty Hair und seiner Frau Jana war das ganz anders, und ich fragte mich, ob diese Beziehung von Dauer sein würde. Dabei zog ich auch den großen Altersunterschied ins Kalkül. Beauty Hair und Jana trennten fünfunddreißig Jahre.

Ihre Ehe verfolgte ich fortan aus der Ferne. Manchmal steckten mir Gäste einen neuen Tratsch über die beiden zu, dann wieder riefen mich Bekannte, die Beauty Hair privat kannten, an und erzählten beiläufig von ihm und Jana.

Es war schon einige Zeit vergangen, als ich Jana, die nun in denselben Designergeschäften in der Innenstadt einkaufte wie ich, im Cartier-Laden am Kohlmarkt traf. Sie probierte gerade ein brillantbesetztes Armband an. »Ach«, sagte sie, während sie das funkelnde Schmuckstück an ihrem Arm betrachtete, »ich bleibe für immer bei ihm.« Dann ließ sie die Hand sinken sah mich mit dramatischem Ernst an. »Ja wirklich«, sagte sie. »Ich bleibe bei ihm bis zum Ende seines Lebens.« Dabei gab sie ihrem Leibwächter, der draußen vor der Tür wartete, ein Zeichen. Es würde hier im Cartier-Laden noch länger dauern, bedeutete sie ihm. Sie wollte sich noch weitere Schmuckstücke aussuchen.

Beauty Hair hatte ich also, so schien es, für immer als Gast verloren. Den Pokal für den »Mann mit den schönsten Haaren« werden wir nicht mehr vergeben, dachte ich. Wir hatten ihn ja für ihn erschaffen.

Doch wie das Leben so spielt, saß der Herr mit der eindrucksvollen Mähne drei Jahre später wieder Trübsal blasend an der Theke meiner Bar. Abermals versuchte ich ihn aufzuheitern, abermals liefen meine Versuche ins Leere.

Doch jetzt grübelte er nicht nur, sondern er ließ mich an seinen Gedanken teilhaben. Er erzählte mir von seinen Erlebnissen mit Jana und von den Lektionen, die sie einander erteilt hatten.

Jana machte Beauty Hair um eine unangenehme Erfahrung reicher. Um eine bittere Erkenntnis, die vielen Herren, die ihr Herz in reifem Alter an ein junges, hübsches Mädchen verlieren, nicht erspart bleibt. Sie müssen zumeist feststellen, dass ihnen ihre Fantasie einen üblen Streich gespielt hat, dass sie einem Trugbild erlegen sind. Vor allem die erfolgreichen Herren, die alles im Leben erreicht haben, meinen in ihren fortgeschrittenen Jahren, ein zwingendes Anrecht auf Beziehungsglück zu haben. Sie verlieben sich in ein junges, hübsches Mädchen, weil Jugend immer anziehend und verführerisch ist, und erwarten ganz selbstverständlich, dass ihnen diese Frau die echte, wahre Liebe schenken wird. Gleichzeitig hoffen die Herren, vielleicht auch unbewusst, dass ihnen eine jugendliche Partnerin die eigene Jugend zurückbringt.

Im Überschwang der Gefühle tauchen diese reifen Männer in eine Fantasiewelt ein und verlieren den Kontakt zur Realität. Weder ziehen sie in Betracht, dass es im Leben generell keine Garantie für Beziehungsglück gibt, noch stellen sie sich die Frage, warum ihnen gerade ein junges, hübsches Mädchen die echte, wahre Liebe schenken sollte. Sie überlegen nicht, dass Schönheit und straffe Haut einer Frau keine Gewähr für eine erfüllende Partnerschaft sein müssen, und sie denken auch nicht darüber nach, ob dieses junge Mädchen charakter- und interessensmäßig zu ihnen passt. Die älteren Herren machen sich auch nicht bewusst, ob vielleicht ihr Vermögen und die Aussicht, finanziell bestens versorgt zu sein, die Motivation für das junge hübsche Mädchen ist, eine Beziehung mit ihnen einzugehen.

Weil sie einer Wunschvorstellung nachjagen und sich keinerlei kritische Fragen erlauben, landen die meisten Herren über kurz oder lang auf dem harten Boden der Realität. Die jungen, hübschen Mädchen verlassen sie, und die älteren Herren bleiben, noch immer so alt wie sie eben sind, um eine unbequeme Erfahrung reicher zurück.

Auch Beauty Hair erging es so. Jana verliebte sich in ihren Leibwächter, der um Jahrzehnte jünger war als er. Sie reichte die Scheidung ein und beanspruchte die polnische Zweigstelle seiner Firma für sich, die ihr vom Gericht auch zugesprochen wurde.

Doch Beauty Hair sah nicht tatenlos zu, er rächte sich bitter an seiner jungen, hübschen Ex-Frau. In wirtschaftlichen Belangen war er ihr ja aufgrund seiner Erfahrung weit überlegen, und er nützte jede List, die er kannte, um ihr beim Betreiben ihrer Firma einen Stein nach dem anderen in den Weg zu legen. Schon nach wenigen Wochen berichteten die polnischen Society-Magazine, dass die frühere Balletttänzerin und nunmehrige Unternehmerin in der Schuhbranche pleite war.

Beauty Hair hatte sich zwar bei Jana revanchiert, doch glücklich war er nicht. Ich sah mich also wieder um passende Mädchen um, die in der Lage sein würden, seine Stimmung zu heben.

Doch diesmal ging ich mit Bedacht vor, ich wollte Beauty Hair vor neuer Ungemach bewahren. Die Herren sind so naiv, dachte ich, sie vergessen so schnell in welches Liebesdesaster sie mit einem jungen, hübschen Mädchen geschlittert sind, und machen denselben Fehler nur zu gern wieder.

Deshalb stellte ich Beauty Hair gleich drei junge Polinnen vor, damit er sich nicht ausschließlich auf eine konzentrieren konnte und dabei wieder in die Liebesfalle tappte. Er sollte endlich erkennen, dass junge, hübsche Polinnen, auf die er so versessen war, nicht mehr als einen Fetisch für ihn darstellten. Mit diesen Mädchen, die Gegenstand seiner Anbetung waren, konnte er sich in meiner Bar vergnügen, aber er sollte eine derartige Geschäftsbeziehung nicht mit Liebe verwechseln und abermals in einer Ehe münden lassen.

Aber Sie wissen ja, ich hatte immer viel zu tun in meinem Etablissement, es gab auch so viele andere Dinge, um die ich mich kümmern musste, und deshalb entging mir, dass Beauty Hair binnen kürzester Zeit nur noch Augen für eine der drei Polinnen hatte, für Agata.

Da war mir ein Fehler unterlaufen, nicht nur in menschlicher Hinsicht, denn ich hatte ja verhindern wollen, dass sich Beauty Hair abermals in eines meiner Mädchen verliebte, sondern auch in Bezug auf den kaufmännischen Aspekt. Denn meine Unaufmerksamkeit hatte zur Folge, dass ich meinen Stammgast, der stets viel Geld in meiner Bar ausgab, nach nur wenigen Wochen abermals verlor.

Agata war gerissen, sie erkannte schnell, dass Beauty Hair über ein großes Vermögen verfügte und ließ daher ihren Charme und ihre Reize spielen. Der nette Herr erlag ihren Verführungskünsten gern. Er war überzeugt, dass sich das Schicksal nun gütig zeigte und ihn endlich mit der Richtigen zusammengeführt hatte, um ihn für den wegen Grace und Jana erlittenen Schmerz zu entschädigen.

Leider hatte sich der Herr mit dem glänzenden Haar auch diesmal geirrt. Das Schicksal meinte es vielleicht nur insofern gut mit ihm, weil es Beauty Hair seinen Fehler durch die fatale Beziehung mit Agata noch krasser vor Augen führte, um ihn zumindest in Zukunft vor einer solch katastrophalen Fehlentscheidung zu bewahren.

Ich hörte nur Schlimmes über Beauty Hair und Agata. Sie lebte mit ihm in seinem Haus in einer vornehmen Gegend Wiens. Sie trank und nahm Drogen, auch dann noch, als sie bereits schwanger war. Ein Jahr nachdem Agata in meiner Bar Beauty Hair kennengelernt hatte, kam der gemeinsame Sohn des Paares zur Welt.

Eine Zeit lang war ich auf dem Laufenden über den Stand der Beziehung der beiden, denn eine Nachbarin von Beauty Hair und Agata zählte zu meinem engeren Bekanntenkreis. Sie berichtete mir ausführlich über meinen früheren Stammgast und dessen neue Lebensgefährtin. Von ihr erfuhr ich auch, dass sie den kleinen Sohn der beiden barfüßig und nur mit einem Pyjama bekleidet im nahen Park aufgelesen und zum Haus seiner Eltern gebracht hatte. Worte des Dankes, erzählte sie mir, habe sie aber von diesen nicht gehört. Im Gegenteil. Sie bekam den Rat mit auf den Weg, sich künftig nicht in fremde Angelegenheiten einzumischen.

Offenbar war Beauty Hairs Beziehung mit Agata ein Debakel, dem er zu entkommen versuchte, denn eines Abends saß er wieder an der Theke meines Etablissements. Seine Haare glänzten nicht mehr wie früher. Oder bilde ich mir das nachträglich nur ein? Verändert hatte sich Beauty Hair aber auf alle Fälle. Er war noch stiller und legte nicht mehr so viel Wert auf sein Aussehen.

Schon bald zeigte sich, dass er tatsächlich ein anderer geworden war. »Madame, hätten Sie etwas dagegen, wenn ich die heutige Rechnung bei meinem nächsten Besuch begleiche«, fragte er mich eines Nachts. Beauty Hair hatte mehrere Flaschen Champagner geordert, doch ich hatte keine Einwände, da er ein regelmäßiger Gast war. Er beglich seine Schulden aber nie, obwohl ich ihn mehrfach sanft auf den ausstehenden Betrag hinwies. Das war unverzeihlich.

Denn Sie müssen eines wissen: Es gibt wenige Dinge, die mich bei einem Herrn auf charakterliche Mängel schließen lassen, aber unbezahlte Rechnungen gehören dazu. Das hat nichts mit Geldgier zu tun. Ein Herr, der in meine Welt eintauchte, musste die Spielregeln kennen. Er musste wissen, dass unbezahlte Rechnungen mehr als Schulden waren. Sie waren eine Beleidigung. Früher, in seinen guten Tagen, wäre sich Beauty Hair dessen bewusst gewesen. Doch jetzt war es ihm gleichgültig.

Er blieb mit Agata zusammen, und er veränderte sich immer mehr zu seinem Nachteil. Er besuchte die Bar seltener, wohl auch weil er meine Vorbehalte spürte. Er wurde magerer, und ja, seine Haare wurden struppiger. Vielleicht pflegte er sie nicht mehr so intensiv wie früher. Oder die unglückliche Beziehung mit Agata hatte dazu geführt, dass das Alter, das ihm bisher scheinbar nichts anhaben konnte, nun mit aller Macht von ihm Besitz ergriff.

Beauty Hair, der diesen Namen nicht mehr verdiente, kam irgendwann nicht mehr in mein Etablissement. Ich hörte auch nichts mehr von ihm und Agata. Wenn mir jene Nachbarin, die ich kannte, etwas von ihnen erzählen wollte, unterbrach ich sie. »Ich will es gar nicht wissen. Die Welt ist voll von traurigen Geschichten«, sagte ich. Und ich dachte, dass ich an dieser in gewisser Weise mitschuldig war.

Jene Nachbarin war es auch, die mir später einmal ungefragt berichtete, dass Beauty Hair und Agata aus der vornehmen Gegend Wiens wegzogen waren. Wohin, das wusste niemand.

Der Mann mit dem Pferdeschwanz

Da die Geschichte von Beauty Hair so traurig geendet hat, lassen Sie mich die Stimmung ein wenig auflockern, indem ich Ihnen von den Pokalen erzähle, die von den Mädchen bei unseren Weihnachtsfeiern an die Gäste verliehen wurden. Einen solchen hatte ja auch Beauty Hair bekommen.

Um mit einem Pokal ausgezeichnet zu werden, mussten sich nicht mehrere Herren in vorher festgelegten Kategorien messen. Nein, es war umgekehrt. Hatte ein Gast etwas Besonderes an sich, wie Beauty Hair seine glänzende Haarpracht, wurde er mit einem Pokal ausgezeichnet. Ebenso lief es ab, wenn ein Herr über außergewöhnliche Fähigkeiten verfügte. Mr. Sex, der Bauunternehmer, von dem ich Ihnen erzählt habe, erhielt einen Pokal wegen seiner beeindruckenden Manneskraft. Es gab auch einen für den am besten bestückten Herrn.

Der Mann, der sich jedes Jahr über diese Trophäe freute, war einer der ausländischen Stammgäste meines Etablissements. Er hieß Luca, war Italiener und lebte in Udine.

Manchmal überlegte ich, warum der Herr regelmäßig nach Wien kam. Vielleicht führen ihn seine Geschäfte hierher, dachte ich. Oder er will in seiner Heimat seinen guten Ruf und sein Familienglück nicht riskieren, weil er Etablissements wie meines besucht. Nein, hielt ich mir dann stets selbst entgegen, das ist es nicht. Vermutlich hat er keine Frau, wahrscheinlich sind ihm alle Damen davongelaufen.

Sie werden meine Gedanken nachvollziehen können, wenn ich Ihnen das Besondere an diesem Herrn verrate. Er war unter den Mädchen berühmt-berüchtigt wegen der immensen Größe seines besten Stückes.

»Sein Schwanz ist so groß wie der eines Pferdes«, erzählten mir die Mädchen einigermaßen mitgenommen, nachdem sie mit dem so gut ausgestatteten Herrn in einem Séparée zugange gewesen waren.

Die Kunde von der körperlichen Attraktion Lucas, von seinem Riesenpenis, machte rasch die Runde unter den Mädchen, und vor allem die neuen wollten mit ihm ins Séparée. Wohl auch deshalb, weil er große Summen in meinem Etablissement ausgab, und sie sich von ihm ein überdurchschnittlich hohes Honorar erhofften. Erlauben

Sie, dass ich es ganz brutal sage: Die Mädchen rochen Lucas Geld förmlich und waren zugleich neugierig auf sein sagenumwobenes bestes Stück.

Jede hatte umgehend Gelegenheit, diesen speziellen Gast zu bedienen. Denn wenn er in der Bar war, beorderte er meist mehrere Mädchen nacheinander zu sich ins Séparée. Kam eine Dame dann wieder nach oben in die Bar, war sie einigermaßen devastiert, es gab auch Mädchen, die nach dem Tête-à-Tête mit Luca weinten. Bald nannte ich den Herrn nur mehr den »Unterleibszerstörer«. Das soll nicht heißen, dass er grob zu den Mädchen war, nein, aber sein bestes Stück war einfach zu groß.

Eines Nachts, als sich Luca bereits mit mehreren Mädchen vergnügt hatte, war nur noch Miki in der Bar, eine zierliche, kleine Steirerin, ein süßes, zartes Mädchen, das mit seinen dünnen Ärmchen und Beinen wie eine zerbrechliche Elfe aussah.

»Die Nächste, die Nächste«, rief Luca aus dem Séparée, und Miki machte sich auf dem Weg zu ihm. »Halt«, rief ich und hielt sie auf, »du gehst nicht zu ihm. Er wird dich zerstören. Du willst doch nicht, dass ich die Rettung rufen muss.«

»Ach, Madame«, entgegnete Miki gelassen, »machen Sie sich keine Sorgen, das ist kein Problem für mich.«

Luca bestellte eine Flasche nach der anderen ins Séparée, ganze drei Stunden verbrachte er mit Miki dort.

Ich war schon in großer Sorge um sie. Als Miki endlich zurück in die Bar kam, nahm ich sie sofort zur Seite.

»Ich weiß nicht, was die anderen Mädchen haben«, sagte sie. »Ich verstehe nicht, warum sie immer den Kopf schütteln und sich die Haare raufen, wenn sie bei Luca waren. Für mich war sein großer Schwanz kein Problem.«

»Das kann ich nicht glauben«, unterbrach ich sie.

»Madame«, sagte sie, »es ist wirklich so. Ich dachte nur, wenn er unten reinspritzt, kommt es mir oben beim Mund wieder heraus.«

Mikis Erzählung korrigierte meine Vorstellung über die weibliche Anatomie ebenso wie Evas Show mit der Champagnerflasche, von der ich Ihnen schon berichtet habe.

Miki war fortan eines von Lucas Lieblingsmädchen, er entlohnte sie für ihre Dienste fürstlich.

Als sie ihm bei einer unserer Weihnachtsfeiern unter tosendem Applaus der übrigen Gäste den Pokal für den »Mann mit dem größten Schwanz« überreichte, freute er sich. Ja, er errötete sogar ein wenig. Anscheinend war der Mann mit dem Pferdeschwanz ein wenig schüchtern.

Der Mann mit dem goldenen Lächeln

Der Herr, von dem ich Ihnen jetzt erzähle, hieß Rainer, er war Stammkunde in meiner Bar. Er zeigte sich stets großzügig. In der Weihnachtszeit brachte er mehreren Mädchen Geschenke mit, brillantbesetzte Cartier-Uhren, Armbänder und Ohrgehänge von namhaften Juwelieren.

Sie glauben mir nicht? Sie denken, dass ich schamlos übertreibe? Bitte, vertrauen Sie mir. Es war tatsächlich so, dass die Mädchen oft reich beschenkt wurden. Es gab sogar einen Gast, der alljährlich vor Weihnachten mit großen roten Stoffsäcken wie der Weihnachtsmann persönlich in der Tür stand.

Für jedes Mädchen war einer gedacht, in jedem war ein unverschämt teurer Pelzmantel. Seinem Lieblingsmädchen überreichte der nette Herr sogar zusätzlich den Schlüssel für einen funkelnagelneuen Jeep.

Verzeihen Sie den Einschub, ich bin schon wieder bei Rainer, meinem netten Stammgast. Er war ledig, in mittleren Jahren, sah passabel aus, stand finanziell gut da und vor allem war er charmant. Manchmal fragte ich mich, was ihn in meine Bar trieb. Suchte er hier eine Ersatzheimat, oder war es bloß der Sex? Wobei ihm die körperlichen Vergnügungen nicht so wichtig zu sein schienen. Denn Iris, die er manchmal in ein Séparée bat, erzählte mir, dass Rainer dort nicht nur Sex mir ihr hatte, sondern auch gern mit ihr plauderte. »Ich glaube, er braucht ein paar Streicheleinheiten und ein bisschen seelische Unterstützung«, vertraute sie mir an.

Offenbar suchte Rainer in meinem Etablissement also in erster Linie Geborgenheit. Das war mir unverständlich, denn es gab jenseits der Wände meiner Bar sicher Hunderte Frauen, die sich einen Mann wie ihn wünschten. Allein sein sanftes Lächeln hätte ihr Herz höher schlagen lassen. Wenn die Mädchen in der Bar bei Rainers Lächeln dahinschmelzen, dann geht es sicher jeder anderen Dame ebenso, überlegte ich. Wer ein solch bezauberndes Lächeln auf die Lippen zaubern konnte, der musste mit sich und der Welt zufrieden und glücklich sein.

Doch Rainer war ganz und gar nicht glücklich.

Einige Tage vor dem Heiligen Abend des Jahres 1992 kam er in meine Bar. Er war keiner von den ganz reichen Gästen, aber er hatte geerbt und, als ich ihn kennenlernte, eine leitende Stellung in einem Versicherungsunternehmen. Von seinen Erzählungen wusste ich, dass er in einer weitläufigen Wohnung hinter der Karlskirche lebte, die er wegen des antiken offenen Kamins im Wohnzimmer gekauft hatte. Sein Domizil war groß genug, um einer Familie mit drei Kindern samt einer Haushälterin ausreichend Platz zu bieten. Doch Rainer wohnte dort allein.

Über die Jahre hatte er mich, mehr als die Herren das üblicherweise zu tun pflegten, zu seiner Seelenberaterin gemacht. Deshalb wusste ich, dass er sich immer in die falschen Frauen verliebte.

Ein Erlebnis setzte ihm nach wie vor zu. Er hatte sein Herz während eines Kurzurlaubes im oberitalienischen Abano an eine Steirerin verloren. Die Dame besuchte ihn regelmäßig in Wien, die beiden trafen sich auch in Hotels in Österreich und in Italien. Doch zu sich nach Hause, in eine Kleinstadt in der Nähe von Graz, lud ihn seine Angebetete nie ein. Die Geschichte nahm kein gutes Ende. Rainer musste feststellen, dass die Dame verheiratet war, zwei kleine Kinder hatte und nicht daran dachte, sich scheiden zu lassen. Sein Herz zerbrach. »Frauen sind wie Parkplätze. Die besten sind immer besetzt«, sagte er manchmal.

Als dann sein Vater starb und Rainer wenig später seinen Job bei der Versicherung verlor, schien die Welt über ihm zusammenzustürzen, er sah keinen Sinn mehr im Leben.

Ich versuchte diesen netten Herrn, der mir so ans Herz gewachsen war, zu trösten und ihn aufzumuntern. Ich verwies ihn darauf, dass er finanziell abgesichert war und ermunterte ihn mit einem Hobby wie dem Golfspiel zu beginnen, bei dem er auch Kontakte knüpfen und eine zu ihm passende Frau finden könnte. Rainer hörte mir interessiert und mit seinem feinen Lächeln zu. Genau dieses Lächeln war es, das mich stets Hoffnung schöpfen ließ, dass für ihn alles doch noch ein gutes Ende finden würde.

An jenem Tag kurz vor dem Heiligen Abend wirkte er wieder einmal geknickt. »Ach weißt du, Nina«, klagte er, »langsam glaube ich, dass ich in diesem Leben nie richtig glücklich werde.«

»Das ist die Weihnachtszeit, Rainer«, antwortete ich. »Viele Menschen, die allein sind, bedrücken diese Tage. Aber denk immer daran. Die richtig guten Dinge liegen noch vor dir.«

»Das sagt sich so leicht«, meinte er. »Aber ich weiß ja, dass du es gut mit mir meinst. Ich bin dir so dankbar.«

»Sieh dich doch um«, sagte ich. »Ein Mann wie du kann jede Frau haben, hier in der Bar und draußen in der richtigen Welt.« Er sei mit seinen fünfundfünfzig in den besten Jahren, ermunterte ich ihn, er sehe gut aus und sein Lächeln sei wie eine Wunderwaffe, es könne ihm jede Tür öffnen.

»Ich weiß nicht, Nina«, warf er ein. »Reicht das schon?«

»Was könnte es noch sein?«, fragte ich.

Er antwortete wieder mit diesem Lächeln, das jeden glauben machen musste, dass alles gut sei. Als ich ihn ansah, bemerkte ich, dass das Dunkle in seinen Augen noch ein bisschen dunkler war als sonst.

Unser Gespräch wurde abrupt unterbrochen, weil mich ein Mädchen nach unten in ein Séparée rief, in dem ein Gast dabei war, Champagnerflaschen zu zertrümmern. Als ich den Herrn in seine Schranken gewiesen hatte und wieder nach oben an die Theke kam, hatte Rainer sich bereits verabschiedet.

Ich seufzte. Was für ein trauriger Mann, dachte ich. Ich hoffte für ihn, dass er jetzt auf dem Heimweg auf eine Frau traf, die sein Herz erwärmte, auf eine, die er lieben konnte und die sein Leben mit einem Schlag verbessern würde. Ich sehnte mir ein solches Ereignis für ihn herbei, obwohl ich nicht an eine derartige Fügung glaubte. Denn eines hatte mir das Leben beigebracht: Menschen, die man sich in einer misslichen Situation herbeiwünscht, damit sie einem helfen, das Leben zum Positiven zu verändern, laufen einem erst dann über den Weg, wenn man aus eigener Kraft begonnen hat, sich aus der prekären Lage zu befreien.

Dennoch schickte ich Rainer meine Wünsche nach, dem Mann, der eben durch die Tür, hinter der ein kalter Wind Schneeflocken durch die Nacht trieb, verschwunden war.

Zwischen Weihnachten und Neujahr kamen zwei Männer in meine Bar, die ich noch nie gesehen hatte. »Wir sind Freunde von Rainer«, sagten sie.

»Was kann ich für euch tun?«, fragte ich.

»Wir wissen, dass er oft hier war und wollten nur Bescheid geben.«

»Was ist denn passiert?«

Rainer hatte sich am Heiligen Abend vor seinem alten Kamin, den er so liebte, mit einem Revolver erschossen.

Der Tänzer

Die Mädchen und ich nannten diesen Gast den Tänzer, weil er bei uns in der Bar bis ins hohe Alter zu jeder Art von Musik gekonnt das Tanzbein schwang. Er wird mir aber nicht nur wegen seiner Künste am Parkett für immer in Erinnerung bleiben, sondern vor allem auch, weil er den erstaunlichsten Weg fand, sein eheliches Liebesleben in Schwung zu halten.

Der Tänzer hieß Robert und war Steuerberater. Er führte eine kleine Kanzlei, die große Kunden beriet, und er war Vorstand in zahlreichen Privatstiftungen. Trotz des erarbeiteten Wohlstandes lebten er und seine Frau relativ bescheiden. Robert hatte zwar ein Faible für Oldtimer, für die er eine Menge Geld ausgab, und auch bei mir in der Bar zeigte er sich nicht kleinlich, aber abseits davon war er genügsam. Er trug schlecht sitzende Anzüge und Krawatten und Schuhe von minderer Qualität. Auch beim Wohnen hatte der Tänzer keine allzu großen Ansprüche. Er lebte mit seiner Frau zwar in der Innenstadt, gleich in Rufweite meiner Bar, aber aus seinen Erzählungen wusste ich, dass seine Bleibe nur knapp achtzig Quadratmeter groß war.

Robert besuchte mein Etablissement seit einiger Zeit regelmäßig, als ich ihn überraschend in Begleitung seiner Frau in der Plankengasse in der Innenstadt traf. Ich war gerade auf dem Weg zum Modehaus Popp & Kretschmer, um mir ein Kleid abzuholen.

Das Ehepaar ging Arm in Arm, Roberts Frau überragte ihn um gut einen halben Kopf. Sie war auch um einiges fülliger als ihr Mann. In ihrem biederen grauen Mantel mit dem schmalen dunkelbraunen Pelzkragen wirkte die Dame doppelt so breit wie er. Das Paar schien keine Eile zu haben, Robert und seine Frau spazierten entspannt durch die Stadt.

Das alles erfasste ich mit dem ersten kurzen Blick auf die beiden. Dann wandte ich meine Augen sofort ab und wechselte die Straßenseite. Es wäre ein unverzeihlicher Fehler gewesen, wenn ich einen Kunden auf offener Straße begrüßt hätte. Noch dazu einen, der offenbar in einer glücklichen Ehe lebte.

In der Öffentlichkeit hielt ich es aus Gründen der Diskretion generell so, dass ich Gäste, die ich außerhalb meiner Bar traf, wie Fremde behandelte, mit ihnen keine Blicke wechselte und sie schon gar nicht grüßte. Ich war ja eine auffallende Erscheinung und durch die Medien bekannt. Jeder Kontakt mit mir hätte die Herren also eventuell in eine unangenehme Situation gebracht.

Doch der Tänzer überraschte mich. Er hob seine Hand und winkte mir zu. »Madame Nina«, rief er und wechselte mit seiner Frau auf meine Straßenseite, damit wir ein paar Worte miteinander sprechen konnten.

Ich war wie gesagt überrascht, aber deshalb nicht verunsichert. Wenn er sich dazu bekannte, dass wir einander nicht fremd waren, dann war das seine Sache. Er musste wissen, ob er seiner Frau später eventuell heikle Fragen beantworten wollte.

Ich blieb stehen und begrüßte ihn, nachdem er mir mit stolzem Blick die Dame an seiner Seite vorgestellt hatte. »Ich habe meiner Frau schon viel von Ihnen erzählt, Madame Nina«, sagte er. »Von Ihnen und Ihrer Bar. Wissen Sie, wir haben keine Geheimnisse voreinander. Sie hat kein Problem damit, dass ich Gast bei Ihnen bin. Meine Frau weiß, dass das eine nichts mit dem anderen zu tun hat.«

Die Frau des Tänzers, die er mir als Vera vorgestellt hatte, nickte und lächelte. Sie schien weder unangenehm berührt von unserem Aufeinandertreffen zu sein noch sah sie unglücklich aus. Sie machte nicht den Eindruck einer Frau, die sich gegen ihre Überzeugung auf ein übles Spiel ihres Mannes einlässt, nur um ihn nicht zu verlieren. Sie gehörte eindeutig nicht zu jenen Damen, die von den nächtlichen Unternehmungen ihrer Partner wissen und ihn dafür verdammen, aber schicksalsergeben beide Augen zudrücken. Nein, Roberts Frau war von anderem Kaliber. Sie sah zufrieden aus.

Den Worten des Tänzers, dass das eine nichts mit dem anderen zu tun hatte, konnte ich innerlich nur zustimmen. Sie entsprachen meinen Überzeugungen. Die Erlebnisse der Herren in meiner Bar hatten nichts, überhaupt nichts mit ihrer Ehe zu tun.

Würden mehr Frauen das verstehen, gäbe es in Beziehungen viel weniger Gram und Schmerz und viel weniger Scheidungen.

Eine glückliche Ehe ist etwas Langfristiges, sie hat Vergangenheit und Zukunft, und in der realen Welt außerhalb meiner Bar bildete sie das Zentrum der Herren. Bei mir tauchten sie für kurze Zeit in eine Scheinwelt ein, da erlebten sie kleine Abenteuer, die sie froh stimmten. Von dieser heiteren Gemütsverfassung konnten auch die Ehefrauen profitieren.

Erlauben Sie mir, dass ich zur Verdeutlichung einen Vergleich heranziehe. Eine glückliche Ehe ist wie ein langsam fließender breiter Strom, der sich über jedes Hindernis hinwegsetzt. Er wird umso tiefer und kräftiger, je länger der Weg ist, den er bereits zurückgelegt hat.

Im Verhältnis dazu sind die Amouren, die Herren in Etablissements wie meinem erleben, wie kleine Wellen. Können kleine Wellen aber den Fluss des breiten, starken Stroms beeinträchtigen? Nein, das können sie nicht. Warum also sollte diesen kleinen Wellen Bedeutung beigemessen werden? Warum regen sich viele Damen über diese kleinen Wellen so auf?

Ich stand noch eine Weile mit Robert und seiner Frau in der Plankengasse und unterhielt mich mit ihnen. »Ihr Mann ist ein fantastischer Tänzer«, sagte ich zu Vera. »Er beeindruckt uns immer wieder.«

»Ja, nicht wahr«, meinte sie stolz. »Er kann eine ganze Menge von Dingen sehr gut.«

»Ach, Schatz«, lachte Robert, während er seiner Frau über den Arm strich und mir zuzwinkerte.

Mich stimmte die Begegnung mit den beiden heiter. Als ich weiterging, dachte ich, wie erfreulich es doch war, dass der Tänzer und seine Frau eine solch ehrliche und glückliche Ehe führten, aus der sie sicherlich viel Kraft ziehen konnten.

Robert wurde älter, aber er schwang das Tanzbein noch mit der gleichen Begeisterung wie eh und je. Bloß ließ, wie das bei den Herren eben so ist, allmählich seine Manneskraft nach. Er war siebzig, als mir bei ihm ein neues, merkwürdiges Verhalten auffiel. Er zog sich mit einem Mädchen ins Schwalbennest zurück, stürzte aber bereits nach kurzer Zeit wieder heraus, rannte zur Tür, ließ sich seinen Mantel geben und verschwand in der Nacht.

Ich fragte nicht nach, da ich vermutete, dass ihn ein wichtiger Anruf erreicht hatte. Immerhin war der Tänzer noch beruflich aktiv, und es hätte durchaus sein können, dass ein wichtiger Klient auch zu später Abendstunde seiner Hilfe bedurfte. Möglich war auch, dass seine Frau ihn brauchte.

Als Robert in der nächsten Woche wieder kam, verhielt er sich allerdings genauso wie bei seinem letzten Besuch. Abermals verschwand er mit einem Mädchen im Séparée, diesmal in einem Studentenzimmer, und wenig später verließ er die Bar in Windeseile.

Was ist da los?, fragte ich mich. Stand er beruflich so unter Druck? Oder war seine Frau krank und bedurfte seine Unterstützung? Ich musste die Sache klären und nahm das Mädchen beiseite, mit dem sich der Tänzer zuletzt vergnügt hatte.

»Warum musste er so schnell weg? Hat er einen Anruf bekommen?«, fragte ich.

»Nicht, dass ich wüsste«, sagte sie.

»Was war es dann?«

Sie zuckte mit den Schultern. »Keine Ahnung. Alles war wie immer, dann lief er auf einmal weg.«

Merkwürdig, dachte ich. Als ich dasselbe seltsame Verhalten zum dritten Mal registrierte, sprach ich den Tänzer bei nächster Gelegenheit darauf an. »Ist alles zu Ihrer Zufriedenheit?«, fragte ich ihn. »Können wir etwas besser machen? Mir ist aufgefallen, dass Sie in letzter Zeit stets etwas unvermittelt aufgebrochen sind.«

»Ach, Nina«, antwortete er. »Ich hätte mir denken können, dass Ihnen das auffällt. Sie sind ja so aufmerksam. Nein, ich fühle mich wohl hier. Alles ist in bester Ordnung. Es ist nur so, dass ich nicht jünger werde, aber ich liebe meine Frau nach wie vor.«

Ich dachte kurz über das Gehörte nach, konnte mir aber keinen Reim darauf machen.

Er bemerkte meinen verständnislosen Blick und erklärte mir die Sache. »Sehen Sie, Madame Nina, wenn beim Alter einmal die Zahl Sieben vorne steht, dann fallen einem Mann manche Dinge nicht mehr so leicht. Es ist aber nun einmal so, dass ich meine Frau nicht enttäuschen möchte. Zu einer glücklichen Ehe gehört die körperliche Liebe einfach dazu.«

Der Grund für seine überstürzten Aufbrüche war ebenso simpel wie ungewöhnlich. Der Tänzer kam in meine Bar, zog sich mit einem Mädchen zurück, ließ sich von ihm stimulieren und stürmte dann mit kaum geschlossener Hose zu seiner Frau ins Schlafzimmer, um sie dort zu verwöhnen.

»Das ist wirklich verblüffend«, sagte ich. »So etwas habe ich noch nie gehört.«

»Wirklich nicht? Schade eigentlich, denn es funktioniert. Wenn auch zugegeben nur für Menschen, die bei Ihnen ums Eck wohnen.« Er lachte herzlich.

Mittlerweile ist der Tänzer längst verstorben, aber ich denke noch oft an ihn. Auch deshalb, weil er mich an eine weitere Geschichte erinnert. Roberts Sohn, ebenfalls ein erfolgreicher Steuerberater, war wie sein Vater Gast in meinem Etablissement. Seine Frau wusste, wie ihre Schwiegermutter, Bescheid. Das eine oder andere Mal begleitet sie ihren Mann sogar.

Künstler, Medienmenschen und ein Kardinal

Die Fernsehmoderatorin wirkte sittsam und brav. Ihre unauffällige Kleidung, die langweilige Frisur und ihr zurückhaltendes Auftreten ließen sie fast geschlechtslos erscheinen. Es war kaum vorstellbar, ja, es mutete sogar abwegig an, dass diese Frau jemals Sex hatte. Verheiratet war sie aber jedenfalls, ihr Mann arbeitete bei einem Erdölkonzern, und in der Öffentlichkeit gaben die beiden das perfekte biedere Paar ab.

Eines Tages kam sie mit fünf Freunden in meine Bar. Die Runde nahm an einem Tisch Platz und ich begrüßte die Fernsehmoderatorin und ihre Entourage persönlich. Dabei fiel mir auf, dass alle in ausgelassener Stimmung waren. Vermutlich hatten die Dame und ihre Begleiter etwas zu feiern und schon vor dem Besuch in meiner Bar ausgiebig dem Alkohol zugesprochen.

Die Fernsehmoderatorin und ich begrüßten einander mit einem wissenden Lächeln. Wir hatten uns zwar noch nie persönlich getroffen, doch ich wusste, wer sie ist, und sie kannte mich ebenfalls aus den Medien. »Ich bin derzeit Strohwitwe«, sagte sie zu mir. »Deshalb will ich ein bisschen Spaß haben. Haben Sie vielleicht Würfel und einen Becher?«

Wegen eines Würfelspiels müsste die Fernsehmoderatorin mit ihren Freunden nicht unbedingt in meine Bar kommen, dachte ich. Aber mich wunderte schon lange nichts mehr. Ich war abgeklärt genug, um mich nicht einmal vom seltsamsten Wunsch eines Gastes verblüfften zu lassen. »Selbstverständlich«, sagte ich daher. »Ich lasse Ihnen beides gleich bringen und wünsche einen angenehmen Abend.«

Sie lächelte ihre Begleiter an, dann wandte sie sich wieder an mich. »Den werden wir bestimmt haben«, meinte sie. »Mein Mann ist gerade auf Dienstreise in Moskau«, fügte sie noch hinzu.

Ich behielt den Tisch, an dem die Fernsehmoderatorin saß, beiläufig im Auge und stellte fest, dass nur die Herren würfelten und die Dame untätig daneben saß. Bald begriff ich, worum es bei diesem Spiel ging. Die brave Moderatorin war der Gewinn. Der Herr, der die höchste Zahl würfelte, durfte sie als Preis mit in ein Séparée nehmen. Während er sich dort mir ihr amüsierte, vertrieben sich die am Tisch verbliebenen Freunde plaudernd die Zeit.

Waren die Dame und der Herr aus dem Séparée zurückgekommen, begann das Spiel von vorne. Ich verrate Ihnen, dass die Fernsehmoderatorin an diesem Abend mindestens ebenso beschäftigt war wie die besten meiner Mädchen.

Es war nicht das einzige Mal, dass kleine Gruppen aus der besseren Gesellschaft bei mir auftauchten und sich miteinander vergnügten. Ich erinnere mich etwa an einen bekannten Maler, der noch heute vielen Menschen ein Begriff ist, der ebenfalls mit mehreren Freunden in mein Etablissement kam. Darunter waren andere Künstler, Galeristen und Journalisten. Jeder der Herren wählte ein Mädchen aus und gemeinsam zogen sich alle in mein größtes und nobelstes Séparée, in den Roten Salon, zurück. Dort hatten die Damen dann gar nicht viel zu tun. Sie fungierten bloß als Zuschauerinnen. Denn die Herren amüsierten sich ausschließlich miteinander. Jeder mit jedem.

Ich habe in meiner Bar viele ungewöhnliche und interessante Menschen kennengelernt. Ich denke, dass die Begegnung mit solch schillernden Persönlichkeiten das Leben reicher macht. Warum das so ist? Ich weiß es nicht genau. Denn das Leben hat mich ebenso wenig zur Psychotherapeutin gemacht wie zur Weisen. Ich habe in der Bar nur meine Arbeit getan, so gut ich eben konnte. Dennoch will ich versuchen, die Frage zu beantworten. Ich denke, dass das Glück im Zusammentreffen mit außergewöhnlichen und faszinierenden Menschen liegt. Wer es schafft, ein solches Gegenüber wirklich wahrzunehmen, mit allen Facetten, in seiner ganzen Persönlichkeit, wer sich die Zeit nimmt, hinter die Fassade zu blicken, macht Erfahrungen, die den Horizont erweitern und damit zu neuen Sichtweisen verhelfen. Diese bereichern das eigene Leben, sie machen es erfüllter und damit ein wenig glücklicher.

In meiner Rolle als Gastgeberin in der Bar machte ich nicht nur die Bekanntschaft vieler Menschen, sondern ich hatte auch die Möglichkeit, sie von einer Seite kennenzulernen, von der sie sich gewöhnlich nicht zeigten. Darunter waren viele Prominente, deren Namen zumindest in Wien jedem ein Begriff waren. In der Öffentlichkeit präsentierten sich diese Herrschaften auf ganz gewisse Weise, sie boten nur die Vorderansicht ihrer Persönlichkeit dar. Aufgrund dieses Bildes hatte jeder eine Meinung über sie. Tatsächlich waren diese Menschen zumeist ganz anders. Auf eine Weise anders, die wohl niemand je vermutet hätte. Ich konnte hinter die Fassade dieser Personen schauen, und ich sah eine andere Wahrheit. Manchmal fragte ich mich, welche Welt mehr von Illusionen bestimmt ist, die in meinem Etablissement oder die draußen jenseits der Wände.

Ich denke dabei nicht nur an den Bundespräsidenten oder die Fernsehmoderatorin, sondern auch an den Kardinal.

Als der hohe Kirchenmann meine Bar zum ersten Mal besuchte, trug er einen seidig schimmernden Anzug, eine dunkle Sonnenbrille in den Haaren und eine viel zu große Uhr. Er sah aus wie der Kardinal, der nach bestem Wissen versucht hat, sich als Macho zu verkleiden. Er dachte wohl, dass eine derartige Kostümierung seine Identität verschleiern würde. Er hatte sich geirrt. Abgesehen vielleicht von einem Mädchen aus Uruguay, das erst seit wenigen Tagen in Wien war, wusste jeder, wer da in der Tür stand. Dennoch konnte der Kardinal aufatmen, denn weder die Mädchen noch die Gäste warfen ihm neugierige Blicke zu. Alle fanden es völlig normal, dass ein Mann der Kirche hier sein Vergnügen suchte. In meiner Bar waren die Menschen aufgeschlossen, sie hatten Verständnis für jede Art von Bedürfnis, deshalb konnten sie nachvollziehen, dass auch ein Kardinal nur ein Mann ist und Sex haben will wie jeder andere Herr auch.

Der Kardinal gab in meinem Etablissement nicht viel Geld aus. Er wählte ein Mädchen und zog sich mit ihm ins Studentenzimmer zurück. Nach dem Sex blieb er alleine dort zurück. Wie ich später von einer meiner Damen erfuhr, betete er noch ein Weilchen. Vermutlich bat er um Vergebung, weil ihn die Lust hierher in die Bar geführt hatte. Nach dieser Andacht verließ er meinen Nachtclub stets eilig.

Obwohl ihm seine Besuche wahrscheinlich gröbere Gewissensbisse bereiteten, kam er immer wieder. Der Cocktail aus Hormonen, der die anderen Herren in mein Etablissement trieb, ließ auch ihn hier Erleichterung suchen. Jedes Mal erschien er in derselben Weise verkleidet wie bei seiner ersten Visite. Auf gewisse Weise fand ich die Tarnungsversuche des Kardinals liebenswürdig. Er kam mir wie ein kleines Kind vor, das sich die Hände vor die Augen hält und meint, dass es nicht mehr gesehen wird. Ich nehme an, dass er nie auf seine Kostümierung verzichtete, weil er sich durch diese dürftige Sicherheitsmaßnahme bestätigt fühlte. In Wien sprach sich nie auch nur im Ansatz herum, dass in »Ninas Bar« ein Kardinal ein und aus geht.

Nach und nach weihten mich die Mädchen in seine Vorlieben ein. Diese waren es gar nicht wert, dass sich der nette Herr Vorwürfe machte, denn eigentlich hatte er in meiner Bar gar keinen Sex. Er wünschte sich von den Mädchen, dass sie für ihn »Gitarre spielen«. Die von ihm beschriebene Tätigkeit hatte allerdings nichts mit Musik zu tun. Er wollte, dass sich das jeweilige Mädchen mit gespreizten Beinen vor ihm hinsetzte und sich selbst befriedigte. Dabei sah er aufmerksam aus der Nähe zu.

Der Mann der Kirche frönte seiner Leidenschaft in meinem Etablissement, ohne dass ihn dies jemals in der Öffentlichkeit in Verlegenheit gebracht hätte. Mich allerdings beförderte der Kardinal einmal in Schwierigkeiten. In einem Fernsehinterview sprach ich über Geistliche und Sex. Vermutlich dachte ich dabei auch an meinen Gast und an seine überflüssige Gewissensnot. Ich sagte vor laufender Kamera, dass auch Geistliche nur Männer seien, und dass sie niemandem damit schadeten, wenn sie sich in einem Nachtclub mit Mädchen vergnügten. Das war meine Wahrheit und die tat ich kund. Doch ich hatte die Diskrepanz zwischen der Wahrheit meiner Welt und jener, die außerhalb meiner Bar galt, herb unterschätzt.

Kaum war das Interview, in dem ich erwähnte, dass tatsächlich auch kirchliche Würdenträger zu meinen Gästen zählten, ausgestrahlt worden, hagelte es Proteste. Das Telefon in der Bar lief heißt, unzählige Nonnen meldeten sich bei mir, sie brüllten mich an und nannten mich Verräterin.

Die geistlichen Damen bezichtigen mich aber nicht einmal der Lüge, sie erregten sich nur darüber, dass ich meinen Mund nicht gehalten hatte. Wahrheit war in diesem Fall unerwünscht.

Es ist aber eine Tatsache, die Herren der Kirche mochten meine Bar und mich sehr gern, auch ein Bischof war unter meinen Gästen. Mehr als zwanzig Jahre lang besuchte er mein Etablissement, er kam auch noch regelmäßig, als er die siebzig bereits überschritten hatte. Der geistliche Herr war etwas kauzig, er sprach nicht viel, dafür aß und trank er reichlich. Es gehörte zu seinem Ritual, dass er sich an der Schale mit Mozartkugeln bediente, die immer auf der Theke stand. Bei jedem seiner Besuche ließ er sich um die vierzig Stück dieser typisch österreichischen Süßigkeiten schmecken, alle die in der Schale lagen. Praktischerweise nahm er die Verpackungsfolie mit, er steckte sie immer in die Hosentasche. Zu den Mozartkugeln trank der Bischof bis zu zehn Wodka-Orange, ehe er seiner Lieblingsbeschäftigung nachging. Der Herr war leidenschaftlicher Voyeur. Anfangs hatten die Séparées aus rechtlichen Gründen noch keine Türen, sondern waren nur durch Vorhänge abgetrennt. Dahinter versteckte er sich, um einem Gast mit einem Mädchen beim Liebespiel zu beobachten. Offensichtlich animierte ihn das. »Madame«, sagte er danach, »ich möchte einige gebrauchte Mädchen.« Darunter verstand er Damen, die gerade davor mit einem Herren zugange gewesen waren. Hatte der Bischof vier oder fünf »gebrauchte Mädchen« beisammen, zog er sich mit ihnen in ein Séparée zurück. Die Mädchen allerdings hatten kein allzu großes

Faible für den geistlichen Würdenträger, denn sein ganzer Körper war mit kleinen Warzen übersät. »Schon wieder der Warzen-Gustav«, hörte ich sie tuscheln, wenn der Herr mit dem Hautproblem zur Tür hereinkam.

Seinen geistlichen Schwestern mögen die nächtlichen Ausritte von Warzen-Gustav nicht gefallen. Dennoch ist es die Wahrheit, dass er, und damit ein Bischof, in Ninas Bar ein und aus ging.

Am nächsten an der Grenze zu meiner Welt, und damit dort, wo in die Untiefen des Menschlichen geblickt wird und vielleicht so etwas wie Wahrheit zu finden ist, mag sie auch nicht immer erfreulich sein, bewegten sich die Künstler. Sie sind offener und interessierter, sie haben keine oder zumindest weniger Berührungsängste mit Bereichen, die ihnen fremd sind. Ich bin wie gesagt nicht weise, ich ziehe meine Erkenntnisse aus meinen Beobachtungen, und denen zufolge gibt es vor allem eine Eigenschaft, die Künstler von den meisten anderen Menschen unterscheidet: die Neugier.

Wenn ich an Künstler denke, die meine Bar besuchten, fällt mir ein Mädchen ein, das sich Baby Jane nannte. Diesen Künstlernamen trug die Dame, weil sie mit ihrem gewellten blonden Haar und den ausdrucksstarken Augen eine junge Ausgabe der großen Schauspielerin Bette Davis zu sein schien, die im legendären Film »Was geschah wirklich mit Baby Jane?« die Hauptrolle spielte.

Baby Jane war bei meinen Künstler-Gästen, die stets ein Faible für das Außergewöhnliche zeigten, beliebt, während alle anderen Herren eher auf Abstand blieben. Das Interesse der Künstler und die Ablehnung der anderen Gäste hatten einen bestimmten Grund. Baby Jane war anders als die anderen Mädchen. Ihr Äußeres zeigte das Bild einer klassischen Schönheit. Im Neonlicht der Garderobe bewies Baby Jane interessierten Kolleginnen allerdings gern, dass sie auch ein Mann war. Sie hatte sowohl die äußeren Geschlechtsorgane einer Frau wie auch jene eines Herren. »Meine Muschi ist ein Doppeldecker oder vielleicht auch ein Big Mac«, erläuterte sie oder er.

Baby Jane sang gern und gut. Als Lady Diana starb und die Mädchen und ich mit den Gästen in der Bar einen Trauerabend zu ihren Ehren abhielten, stimmte Baby Jane bei Kerzenlicht »Candle In The Wind« an. Sie sang mindestens so ergreifend wie Elton John, der das Lied bei Dianas Begräbnis intoniert hatte. Zum Schluss ihrer Darbietung setzte sie sich auf den Schoß eines Künstlers und hauchte ihm ins Ohr.

Die Künstler wollten die Geheimnisse von Baby Jane erkunden, nicht alle, aber viele von ihnen baten sie ins Séparée. Sie hatten keinerlei Scheu, sich auf neues Terrain vorzuwagen. Es gab eine Verbindung zwischen meiner Welt und der Kunst. Sie war von wechselseitiger Faszination und wechselseitigem Verständnis geprägt.

Ich könnte ihnen viele Geschichten über Künstler erzählen. Über jenen Sänger etwa, der die Welt um einige Lieder bereichert hat, die ihn bestimmt lange überdauern werden. Sein Ruf in Bezug auf Frauen war alles andere als gut, und sein diesbezügliches Image wäre wohl noch schlechter gewesen, hätte die Öffentlichkeit gewusst, dass er Stammgast in meinem Etablissement war. Immer, wenn er mit Freunden die neben meinem Nachtclub gelegene »Piano Bar« besuchte, entschuldigte er sich mit der Ausrede, er wolle nur kurz zum nahen Würstelstand. Dann eilte er zu mir in die Bar. Manchmal kam er zwei- bis dreimal pro Abend. Obwohl er ein zahlender Gast war und damit auf der anderen Seite, auf jener der Kunden, stand, gehörte er, wie viele andere Künstler auch, doch mehr zu uns als andere Herren.

Es gab einen Künstler, auf den meine Welt des Rotlichts eine besondere Faszination ausübte. Er kam meinetwegen in die Bar. Ernst Fuchs, nicht nur in Wien ein Star, fuhr manchmal im Rolls Royce vor. Er bestellte immer nur ein Glas Champagner, nie eine ganze Flasche. Dann saß er davor und fixierte mich, er wollte mich als Modell für ein Gemälde gewinnen. Ich denke, dass ihn vor allem meine Rubensfigur faszinierte. »Du mit deinem dicken roten Zopf, eingehüllt in Samt, das wäre ein wundervolles Bild«, sagte er einmal.

Ich winkte lächelnd ab. »Früher vielleicht«, entgegnete ich. »Damals, als ich noch eine wunderbare Figur hatte. Aber jetzt? Was soll das werden?«

Er ließ trotzdem nicht locker. Er kam in seinem Luxusauto, trank sein Gläschen Champagner, sah sich in der Bar um, und dann blieb sein Blick immer wieder an mir hängen. »Nein, Ernesto«, winkte ich ab. »Sieh dich um. Die Rubenszeit ist vorbei. Schön ist jetzt schlank. Da soll ich mich als dicke, alte Puffmutter verewigen lassen?«

»So ganz vorbei wird die Rubenszeit nie sein«, hielt er mir entgegen und betrachtete ein Mädchen mit einer immensen Oberweite. Es schien, als hätte sie zwei Riesenmelonen in ihrer Uniform versteckt.

Ernst Fuchs war ein sympathischer Mann. Ich verstand nur nicht, warum er mit seinem Geld so geizte, wo er doch so viel davon hatte. Doch das war eine vernachlässigbare Überlegung. Viel wichtiger erschien mir, dass er in meiner Bar nicht als Universalgenie, als weltweit gefeierter Künstler, wahrgenommen werden wollte, sondern als Mensch, der er war. Wie ein Kind, das eben dabei ist, das Leben zu entdecken, kam er mir vor. Diese Mischung ließ ihn authentisch und natürlich und gleichzeitig ein bisschen schräg und verrückt wirken. Er war einfach neugierig, ein Künstler durch und durch.

Ganz besondere Wünsche

Eines Abends betrat ein elegant gekleideter Herr in mittleren Jahren meine Bar. Seine Haltung war aufrecht und seine Schritte federten, trotzdem hatte er einen Gehstock dabei. Auf diesem stützte er sich allerdings nicht ab, sondern er schwang ihn sanft vor sich her. Dieser Herr war noch nie bei mir gewesen. Allerdings hatte ich keinen Zweifel, dass er ein Etablissement wie meines nicht zum ersten Mal besuchte, denn er bewegte sich auf diesem Terrain sehr sicher. Mit hocherhobenem Kopf sah er sich kurz um und ging dann auf die Theke zu. Das ist kein Wiener, dachte ich. Denn würde er hier in der Stadt leben, hätte ich sicher schon von ihm gehört. Sein Äußeres und die Attitüde, die er an den Tag legte, waren auffällig, vor allem stach sein Gehstock ins Auge, der einen Knauf aus purem Gold in Form eines Falkenkopfes hatte.

Als der Herr den Stock an die Theke lehnte und auf einem der Hocker Platz nahm, erwies er sich als galanter Unterhalter. Er lebe in Budapest, erzählte er, aber seine Mutter sei Berlinerin, weshalb er auch Deutsch gelernt hatte. »Madame«, sagte er, »Sie sind auf dem ganzen Kontinent bekannt für Ihre wundervolle Bar. Deshalb will ich Sie schon lange besuchen, und nun hat sich eine Gelegenheit ergeben.«

»Sie haben geschäftlich in Wien zu tun?«, fragte ich.

»Nein«, erwiderte er, »ich habe mein eigenes Unternehmen, eine kleine Gruppe von Hotels, und derzeit laufen die Geschäfte gut. Wenn die Geschäfte gerade gut laufen, bin ich nicht so gefordert. Da kann ich mich das eine oder andere Wochenende zurücklehnen und das Leben genießen. Für uns alle erst einmal Whiskey bitte.«

Erst jetzt fiel mir wegen seiner Bestellung auf, dass der Herr nicht alleine hier war. Seine Begleiter, offenbar Mitarbeiter von ihm, hatten im Hintergrund an einem der Tischchen Platz genommen, während er an der Theke saß und das Terrain sondierte. Interessant, dachte ich, dieser selbstbewusste Herr mit dem Falkenkopf aus Gold und der devoten Entourage. Auf jeden Fall war er ein Gast, der gut zu uns passte und die Nächte bei uns noch schillernder machte.

Bald zog er sich mit einem Mädchen, einer mageren Deutschen, in ein Séparée zurück. Ich plauderte ein wenig mit seinen Mitarbeitern, einem Sicherheitsmann, den er in Wien bestimmt nicht gebraucht hätte, einem Fahrer und einem persönlichen Assistenten. Nebenbei ließen die drei meine Mädchen nicht aus den Augen. Entweder hatte ihnen ihr Chef verboten, sich auch mit einer Dame zu vergnügen, oder, und das schien mir die wahrscheinlichere Variante zu sein, den Herren war ein solches Abenteuer zu kostspielig. Sie trugen zwar hübsche Anzüge, sahen aber nicht aus, als könnten sie sich derartigen Luxus leisten. Von ihrem Chef, dem Gast mit dem Gehstock, wusste ich, dass er nur ihre Getränkekosten übernahm.

Ich unterhielt mich mit den drei Herren gerade ein wenig über Budapest, als ich aus dem Séparée, in das sich ihr Chef absentiert hatte, Geschrei hörte. Ich sah sofort nach. Als ich die Tür öffnete, präsentierte sich mir ein merkwürdiges Bild.

Kathrin, die dürre Deutsche, saß mit entblößtem Unterleib in der Mitte des Raumes. Ihre weiße Haut leuchtete im dämmrigen Licht des Séparées gespenstisch. Vor ihr stand, fast unkenntlich im Halbdunkel, noch gänzlich bekleidet der Hotelier. Jetzt erst erkannte ich ein skurriles Detail. In der Hand hielt er seinen Gehstock, über dessen Ende hatte er ein Kondom gestülpt. Der Herr wirkte überrascht, ja fast ein wenig verunsichert wegen Kathrins Gebrüll und meines Erscheinens.

Mit einem Wink brachte ich Kathrin zum Schweigen. »Geh raus und zieh dich an«, bat ich sie.

Den Hotelier legte ich die Hand auf den Arm. »Verzeihen Sie bitte den Zwischenfall«, sagte ich.

Er ließ seinen Gehstock sinken und schien unentschlossen, ob er das Kondom wieder abnehmen sollte. Fast ein wenig verlegen stand er vor mir.

Ich fragte mich, ob der Herr seine drei Begleiter dabei hatte, weil er im Grunde seines Herzens unsicher war. Der Gehstock als auffälliges Accessoire, der goldene Falkenkopf und seine Vorstellungen von einem Liebesspiel hätten viele weitere Rückschlüsse auf sein Wesen zugelassen. Doch ich hielt mich mit einer Analyse zurück. Ich wusste aus Erfahrung, dass voreilige Schlussfolgerungen zumeist nicht zutrafen. Außerdem besuchten viele Herren mit ungewöhnlichen Vorlieben und Eigenschaften meine Bar, und hätte ich daraus bei allen Rückschlüsse auf ihren Charakter gezogen, wäre mir keine Zeit geblieben, um meine Arbeit zu erledigen.

»In Budapest ist es vielleicht anders«, sagte ich zu diesem speziellen Gast, obwohl ich sicher war, dass das nicht stimmte, »aber hier lautet die Regel: Alles ist möglich, jeder Gast ist willkommen. Bloß müssen wir die Wünsche vorher klären, damit jeder Herr an das Mädchen kommt, das ihn glücklich machen kann.«

Mit der Geschichte über den Herrn mit dem Gehstock bin ich nun an der Stelle angelangt, an der ich Ihnen von den besonderen Vorlieben meiner Gäste erzählen sollte. Ehrlich gesagt weiß ich im Moment aber gar nicht, wo ich damit beginnen soll. Denn jeder Mann hat eine ganz bestimmte Neigung, über jeden Gast ließe sich also einiges berichten. Glauben Sie mir, viele Geschichten würden Sie in Erstaunen versetzen. Allerdings vermutlich nicht mehr in dem Maß, wie das vor dreißig Jahren der Fall gewesen wäre. Denn seit damals sind einige Tabus gefallen. Sadomaso-Sex zählt heute beinahe zur bürgerlichen Kultur, während früher nur hinter vorgehaltener Hand darüber gesprochen wurde. Zum viel freieren Umgang mit dem Thema Sex hat das Internet beigetragen. Dort sind jederzeit Videos abrufbar, die krasse Vorlieben, groteske Utensilien, medizinische Besonderheiten und sogar Sex, bei dem Tiere involviert sind, zeigen.

Angesichts dieser Tatsachen frage ich mich, was ich als Madame Nina heute noch für die Herren tun könnte. Hätten sie noch Interesse an einem Etablissement, wie ich es einst mit meiner Bar geschaffen habe? Damals war mein Nachtclub eine Insel der Seligen, umtost von verkrampften gesellschaftlichen Moralvorstellungen und den Auswüchsen der aufstrebenden Pornoindustrie. Gäbe es heute noch Platz für eine kleine, feine Bar, in der sich die Herren unterhalten, amüsieren und ihre Vorlieben ausleben können?

Aus heutiger Sicht sind die Präferenzen der Herren in den Achtziger- und Neunzigerjahren nahezu rührend. Etwa jene eines netten Gastes, er liebte Freiluft-Sex. Den besonderen Reiz übte allerdings, Sie ahnen es vielleicht schon, weniger die frische Luft aus, sondern das Risiko, beim Sex erwischt zu werden. Anregend fand es der Herr, wenn ahnungslose Spaziergänger ihm und dem Mädchen, das er sich für den Freiluft-Sport ausgewählt hatte, gefährlich nahe kamen. Er sehnte sich danach, beim Sex ertappt zu werden, am besten gleich von der Polizei.

Als stimulierend stufte dieser Gast auch Sex in einem Restaurant, etwa auf der dortigen Toilette, ein. Manchmal holte er sich meine Einwilligung, um ein Mädchen in mein Restaurant »Rosa Elefant« mitzunehmen. Dort amüsierte er sich mit der Dame, danach streifte er mit ihr durch die Stadt. Der Herr fand immer Plätzchen, ob in einem Park, in einem Innenhof oder in einem Hauseingang, an denen es ein wenig riskant war, sich zu vergnügen. Oft, so erzählte er mir, ging dabei sein Wunsch in Erfüllung und die Polizei erwischte ihn und das Mädchen in flagranti. Die Strafe zahlte er dann stets mit einem Lächeln.

Da dieser Gast vertrauenswürdig war, erfüllte ich ihm seinen Wunsch, ein Mädchen mitzunehmen, gegen eine kleine Aufzahlung immer gern. Ebenso wie einem anderen Herrn, der auch einen Hang zu besonderen Örtlichkeiten hatte.

Er war Italiener und nahm gleich mehrere Mädchen mit, es waren immer drei oder vier. Mit ihnen ging er einkaufen, sie durften sich Kleider, Taschen und Schuhe aussuchen. Zum Leidwesen der Mädchen wurde allerdings nicht in den leicht überschaubaren Nobelboutiquen der Innenstadt eingekauft, in denen die Verkäuferinnen alles im Blick hatten und die Pläne des Gastes beim leisesten Verdacht im Vorhinein vereitelt hätten, sondern in großen Kaufhäusern und Einkaufszentren. Der Herr wollte Sex in den Umkleidekabinen, und wenn Verkäufer ihn dabei erwischten, war er glücklich.

Ausgefallen war der Wunsch eines Wiener Kunden. Der Schauplatz seines Liebesspieles musste ein Paternosteraufzug sein. Der Herr war in den letzten zehn Jahren, in denen ich meine Bar betrieb, Stammgast bei mir. Ich mochte ihn gern, aber bei der Lösung des Problems, das sich durch seine ungewöhnliche Vorliebe stellte, konnte ich ihm nicht helfen. Es gab wenige dieser alten Aufzüge in Wien, was die Erfüllung seiner Wünsche ein wenig kompliziert machte. So erzählte er mir einmal, dass er davon träumte, Sex im Paternosteraufzug im Haus der Industrie in der Innenstadt zu haben. »Warum machen Sie es nicht?«, fragte ich ihn.

»Madame«, sagte er, »dieser Aufzug ist der älteste Wiens und er ist einfach zu langsam. Da würde ich ja auf jeden Fall erwischt werden.«

Diesen Paternoster nahm er als Tatort zwar aus dem Rennen, doch wenn der Herr bei mir an der Theke saß, malte er sich ein Tête-à-Tête in diesem speziellen Aufzug gern in glühenden Farben aus. Er stellte sich vor, wie berauschend es wäre, in dem ehrwürdigen Gebäude am Schwarzenbergplatz, das einst Kaiser Franz Josef eröffnet hatte, mitten während des Liebesaktes langsam durch die Stockwerke hinab zu sinken, um in dem Paternoster eine beglückende und durchzitterte Ewigkeit später in dunkle Kellertiefen hinabzutauchen.

Der Herr war ein wahrer Spezialist in Sachen Paternoster. Einmal erzählte er mir, dass es in Wien nur noch etwa zwanzig dieser alten Aufzüge gäbe. Aber auch diese, erklärte er betrübt, würden bald der modernen Technik weichen. Denn sie seien zwar denkmalgeschützt, aber bei Überprüfungen habe die Frage der Sicherheit immer Vorrang.

Noch fand er aber passende Aufzüge für seine Schäferstündchen, und er bezahlte dem Mädchen, das ihn begleitete, stets einen ganzen Tageslohn. Der Herr schätzte den Paternoster des Trattnerhofes, ebenfalls ein geschichtsträchtiges Gebäude nahe des Wiener Grabens, in dem Büros und Wohnungen untergebracht sind. Dabei wünschte er sich von den Mädchen, dass sie recht laut stöhnten. Der Herr wollte, dass sein Liebesspiel auch sicher im ganzen Haus zu hören war.

Ein bisschen seltsam mag die Vorliebe des Herrn für Aufzüge gewesen sein, dennoch war sie doch recht harmlos. Damals, als er Stammgast bei mir war, machten die Gäste auch noch ein großes Geheimnis aus ihren Neigungen, ausschließlich im geschützten Ambiente meiner Bar erzählten sie darüber. Jetzt, das ist zumindest mein Eindruck, wird mit Fetischen jeder Art viel freimütiger umgegangen. Es ist keine Schande mehr, es gilt nicht mehr als charakterliches Manko, spezielle Vorlieben zu haben. Durch die Akzeptanz der Gesellschaft, so scheint es mir, ohne dass ich mir dessen ganz sicher wäre, haben sich die Neigungen weiterentwickelt und treiben zum Teil merkwürdige Auswüchse.

Rückblickend muss ich sagen, dass eine Präferenz für Toiletten, wie sie einige meiner Gäste hatten, heute durchaus nicht mehr völlig obskur erscheint. Damals, als sich ein Herr zu dieser Vorliebe bekannte, war er lange Zeit Gesprächsthema in meiner Bar.

Der Herr bestand darauf, dass ihm der Champagner ausschließlich aufs stille Örtchen serviert wurde. Dort, und nur dort, wollte er auch Sex haben. Er bat stets zwei oder drei Mädchen auf einmal zu sich, denn das Gedränge in der Toilette erregte ihn zusätzlich. Ebenso wie die Toilettenspülung. Die Mädchen durften den Champagner nicht trinken, sondern mussten ihn ins Klo schütten und ihn per Hebeldruck entsorgen.

Diesen Herrn fand ich durchaus unterhaltsam. Es gab aber auch Gäste, die für ihr Leben gern das Pipi der Mädchen aus Champagnergläsern tranken. Auch mit ihnen machte ich Geschäfte, aber ich gebe zu, dass mir stets ein wenig elend zumute wurde, wenn ich an ihre Vorlieben dachte.

Richtig übel wurde mir nur ein einziges Mal. Der Grund war die ekelhafte Vorliebe eines Immobilienhändlers und seiner Lebensgefährtin, einer bekannten Anwältin.

Der Herr aus bester Gesellschaft kam eines Nachmittags, es waren die Achtzigerjahre, zu mir ins Restaurant und wollte mich unter vier Augen sprechen. Er bot mir eine Menge Geld, wenn ich meine Bar exklusiv für ihn und seine Partnerin öffnete. Der vornehme Herr wollte dort allein mit ihr speisen. Offenbar war das diskrete Dinner ein Geschenk, das er seiner Liebsten zum Geburtstag machte.

Er hatte spezielle Wünsche was den Schmuck des Tisches, die Auswahl des Geschirrs, der Gläser und des Bestec̈kes betraf. Alles sollte vom Feinsten sein. Da ich mich nun einmal auf die Sache eingelassen hatte, bemühte ich mich, seinen Wünschen gerecht zu werden.

Als das Paar zum Abendessen erschien, zeigte es sich mit dem Ambiente und dem gedeckten Tisch zufrieden. Die beiden genossen ihr Mahl. Noch nie zuvor habe ich jemanden beobachtet, der mit solcher Hingabe gegessen hat. Die Anwältin, ein zartes Geschöpf mit blonden Locken, leckte danach sogar die Gabel ab. »Was war das eigentlich?«, fragte sie ihren Lebensgefährten mit kokettem Blick.

»Ich denke, das war ein zartes Steak mit Fisolen«, antwortete er lächelnd.

Ich war an diesem Abend selbst in der Bar. Denn ich konnte niemand anderem die Ausrichtung dieses ganz speziellen Dinners zumuten. Während ich mit Tränen in den Augen gegen die Übelkeit kämpfte, dachte ich an die sechzigtausend Schilling, die ich von dem vornehmen Herrn für diesen Abend bekommen hatte, und an die zehntausend Schilling, die in die Brieftasche jenes Mädchens geflossen waren, welches das Mahl sozusagen bereitgestellt hatte. Es waren weder Steak noch Fisolen. Die feine Anwältin hatte genauso gut wie ihr Lebensgefährte gewusst, was auf ihrem Teller lag.

Ich hatte viel zu tun, um die Bar am nächsten Abend wieder für andere Gäste öffnen zu können. Denn der Geruch des Essens, das sich das Paar gegönnt hatte, lag zäh im Raum. Es war der Geruch nach Scheiße.

Das Wesen der Männer

Sie stehen noch immer hinter der Theke, dort, wo früher mein Platz war. Sie haben meinen Erzählungen gelauscht und dabei sind mir Ihre aufmerksamen Blicke nicht entgangen. Ist es schon das dritte Glas Champagner, das Sie mir eingeschenkt haben? Ich nehme die feine hohe Flöte und betrachte die perlende Flüssigkeit so, wie Sie mich betrachten. Wollen Sie mir eine Frage stellen? Vielleicht eine, die Ihnen niemand anderer beantworten kann? Überlegen Sie, es gibt doch sicher etwas, das Sie von mir wissen wollen, weil Sie einen persönlichen Nutzen daraus ziehen könnten.

Ich wüsste, was ich die letzte Puffmutter Europas fragen würde. Jene Frau, die wegen ihres exzentrischen Naturells einen außergewöhnlichen Beruf gewählt und während der Zeit in ihrer Bar erstaunliche Erfahrungen gemacht hat. Wäre ich an Ihrer Stelle, würde mich interessieren, zu welchen Erkenntnissen diese auffällige Frau gekommen ist. »Madame Nina«, würde ich sagen, »welche Einsicht haben Sie gewonnen, die Sie für unumstößlich richtig halten?«

Nun, jetzt habe ich mich selbst vor eine Aufgabe gestellt, ohne zu wissen, wie ich sie meistern soll. Lassen Sie mich nachdenken. Doch, da fällt mir etwas ein, es gibt eine Erkenntnis, die ich Ihnen gerne weitergebe, damit Sie Ihre Schlüsse daraus ziehen können. Männer, lautet sie, sind besser, vielleicht nicht besser als die Frauen, aber auf jeden Fall besser als ihr Ruf.

Ich schicke voraus, dass mir der Umgang mit Männern immer leichter gefallen ist als der mit Frauen. Schon als Kind hatte ich zu meinem Vater eine engere Beziehung als zu meiner Mutter. Diese Prägung war auch dafür verantwortlich, dass ich auf der freien Geschäftsfläche neben meinem Restaurant »Rosa Elefant« keinen Modesalon eingerichtet habe, sondern einen Nachtclub. Ich wollte in erster Linie mit Herren zu tun haben und nicht mit Damen. Mein Verhältnis zum anderen Geschlecht blieb über die Jahre immer gut. Nicht nur jenes zu meinem Mann Baldur, sondern auch das zu allen anderen Herren. Die Männer spürten, dass ich sie mochte, und sie revanchierten sich mit mir entgegengebrachter Sympathie.

Die Gäste meiner Bar zeigten mir ihre herzliche Zuneigung bei jedem ihrer Besuche. Kaum hatten sie ihren Mantel abgelegt, stürmten sie auf mich zu, während ich ihnen mit ausgebreiteten Armen entgegenging. Ich begrüßte sie stets herzlich mit einem Knicks, einem Handschlag und einem Küsschen. Ihr erster Weg führte dann an die Theke, wo sie mir ausführlich über ihre Frauen, ihre Familie und ihre Geschäfte erzählten. Sie wussten, dass ich Verständnis für sie hatte, deshalb öffneten sie sich und vertrauten mir ihre Sorgen und Probleme an. Nach den erleichternden Gesprächen steckten mir die Herren zum Dank Geldscheine in mein kleines Dekolleté.

Ja, und der viele Champagner zu dem mich die Gäste stets einluden, ich darf gar nicht daran denken. Er hätte mich fast zur Alkoholikerin gemacht. Stundenlang saß ein Herr manchmal bei mir an der Theke, erzählte und ließ mir Champagner nachgießen. Oft war es schwer, den Gast an den eigentlichen Sinn seines Besuches zu erinnern, und ihn in die Arme eines Mädchens zu lenken.

Was Männer betrifft, Sie haben es schon erkannt, bin ich voreingenommen, im positiven Sinn. Die Herren bekommen von mir einen Sympathievorschuss. Vielleicht gibt mir aber gerade diese Tatsache das Recht, sie beurteilen zu dürfen. Denn weil ich mich mit Männern immer so gut verstanden habe, ließen sie es zu, dass ich Blicke in ihr Innerstes, ja, in ihre Seele werfen durfte. Das machte es mir möglich, meine Schlüsse zu ziehen. Ich erkannte, wie einfach gestrickt die Herren sind, wie leicht es fällt, sie dankbar und glücklich zu machen. Eine Frau muss ihnen nur mit offenem Herzen zuhören, und die Herren werden fügsam und brav wie kleine Kinder. Ja, es ist tatsächlich eine große Sache für einen Mann, wenn eine Dame seinen Schilderungen mit Interesse lauscht.

Auch Essen lässt die Herren dahinschmelzen. Ich habe ihnen schon erzählt, dass ich manchen Gästen selbst eine Mahlzeit aus dem »Rosa Elefant« oder aus der kleinen Küche meiner Bar brachte. Aber Sie wissen noch nicht, wie wichtig das war. Kündigte ein Gast seinen Besuch an und schwärmte mir von meinem Kalbsgulasch mit Nockerl vor, kochte ich dieses Gericht für ihn daheim und brachte cs ihm in die Bar mit. Das war eine kleine Geste mit großer Wirkung, die Herren waren überwältigt von so viel Aufmerksamkeit und bedankten sich noch Wochen später. Die Schlussfolgerung ist einfach: Wo ein Herr ein mit Liebe zubereitetes Mahl bekommt, fühlt er sich zuhause.

Viel mehr fehlt auch nicht mehr, um einen Mann endgültig zu erobern. Sauberkeit gehört dazu. Ja, und ein guter Duft. Denn die Herren lieben wohlriechende Frauen, sie werden das bestimmte Aroma, das eine Dame umweht, immer mit ihr in Verbindung bringen. Doch obwohl die Parfumindustrie eine milliardenschwere Branche ist, unterschätzen viele Frauen die Bedeutung, die ihr Duft für Männer hat.

Dafür bewerten die Damen den Eindruck, den ihre Kleidung auf die Herren macht, viel zu hoch. Glauben Sie mir, es muss nicht immer etwas Neues nach der letzten Mode sein. Ich trug in meiner Bar dreißig Jahre lang immer das Gleiche, ein schwarzes Kleid mit schneeweißem Kragen und eine Haarspange mit einer schwarzen Masche. Es reicht den Männern, wenn eine Frau adrett angezogen ist. Duftet sie überdies noch gut, vergessen die Herren ihr Alter und ihre Figur, und sie denken auch nicht mehr darüber nach, ob die Dame hübsch ist. Vor allem dann nicht, wenn diese Frau auf sie eingeht und ihnen damit das Gefühl gibt, sie zu verstehen.

Weil ich die Herren so gut kannte, weil sie mir erlaubten in ihr Innerstes zu schauen, wusste ich instinktiv, welches Mädchen zu welchem Gast passte. Daraus machte ich ein Spiel, mit dem ich die Herren unterhielt. Sie mochten es, denn es funktionierte wie ein Taschenspielertrick. »Sieh her«, sagte ich. »Ich schreibe jetzt den Namen des Mädchens, das du heute wählen wirst, auf diesen Bierdeckel und lege ihn mit der Schrift nach unten auf die Theke.« Wenn sich der Gast für eine Dame entschieden hatte, drehten wir den Bierdeckel gemeinsam um. Ich lag fast immer richtig mit meiner Vorhersage. Das gab den Herren das Gefühl, dass ich sie durch und durch verstand, und wo sie sich dermaßen verstanden fühlten, wollten sie immer wieder hin.

Ich gebe zu, Männer haben auch einen Fehler. Sie sind manchmal ungerecht. Wenn sie Stress oder Ärger haben und ihre Stimmung deshalb schlecht ist, lassen sie diese Laune an den Menschen aus, die ihnen am nächsten stehen. Ich weiß, wovon ich spreche, denn ich war oft genug die Zielscheibe des Missmuts von Gästen, um die ich mich immer aufmerksam gekümmert hatte. In solchen Situationen ist es gut zu wissen, dass die Angriffe der Herren nicht persönlich gemeint sind. Es ist gar nicht ihr Bestreben, ihr Gegenüber zu kränken. Sie lassen einfach Dampf ab, weil sie etwa Ärger im Unternehmen oder mit der Familie haben. In solchen Momenten blendet eine kluge Frau den harschen Tonfall und die wütende Gestik des Herrn aus und hört weiter interessiert zu. Vertrauen Sie mir, das hat eine ungemein beruhigende Wirkung auf den Erzürnten. Bei fast allen Herren, mit denen ich eine solche Situation erlebt habe, hat mein unerschütterliches Zuhören dazu geführt, dass sie unversehens wieder sanft wie Lämmer wurden.

Eine Sache ist Männern auch wichtig: die Fairness. Männer wollen unbedingt gerecht und anständig behandelt werden. Hegen sie den Verdacht, dass sie übervorteilt oder sogar ausgenützt werden, schätzen sie eine offene Aussprache. Denn im Gegensatz zu Frauen kommen die Herren bei weitem nicht so gut mit dem Gefühl zurecht, dass hinter ihrem Rücken etwas vorgeht, das eventuell gegen ihren Fairnessbegriff steht.

Deshalb gab ich den Gästen meiner Bar immer das Gefühl, dass sie hier ehrlich behandelt werden. Immerhin war ein Besuch in meinem Etablissement teuer.

Ich habe nach Möglichkeit dafür gesorgt, dass sie trotz aller genossenen Getränke und Lustbarkeiten einen klaren Kopf behielten. Ich wollte nicht, dass sie am nächsten Tag ohne Erinnerung an die vergangene Nacht aufwachten und das Gefühl hatten, in meiner Bar finanziell übervorteilt worden zu sein.

Merkte ich, dass ein Gast zu viel getrunken hatte, schickte ich ein Mädchen mit Kaffee und dem Auftrag zu ihm, ein bisschen mit ihm an die frische Luft zu gehen. Es war mir wichtig, dass die Herren immer wussten, was gerade passierte und was sie taten.

Manche meinten dennoch, dass ich sie bei ihrem jüngsten Besuch wie eine Zitrone ausgequetscht hätte. Dabei klang aber stets ein selbstironischer und neckender Unterton mit. Denn den Herren hatte es ja gefallen, sonst wären sie nicht wiedergekommen. Ich antwortete dann ebenso neckend und selbstironisch: »Hat es dir Spaß gemacht, meine Zitrone zu sein?«

In meiner Bar haben die Herren für Sex bezahlt. Weil ihnen Sex wichtig ist. Vergessen Sie das nicht, Männer wollen Sex. Sie wollen unterschiedlich viel davon und er ist ihnen unterschiedlich wichtig, aber wenn sie in einer Beziehung keinen Sex mehr bekommen, dann geht diese meist nicht allzu lange gut. Die Herren heiraten, um eine Familie zu gründen und ein glückliches Leben zu führen. Zu diesem Modell gehört für sie auch Sex. Wenn sie keinen bekommen, fehlt es ihnen nicht bloß an Befriedigung. Die Herren leiden auch auf anderen Gebieten, so büßen sie etwa nach und nach an Selbstbewusstsein ein.

Vincente, ein italienischer Großhändler, war einer meiner ausländischen Stammgäste. Eines Abends erzählte er mir von seinem schwierigen Eheleben. Bei seinen Schilderungen war er gar nicht mehr zu bremsen. Er sprach mit rotem Kopf und ausladenden Gesten, die zeigten, wie wichtig ihm das Thema war.

Als er seine Frau kennenlernte, sei alles magnifico gewesen, schilderte er. Sie war eine richtige Sexkanone. Sie wollte im Sommer Liebe im Maisfeld machen und im Winter im Schnee.

Ob sie dabei auf Ameisen zu liegen kam oder heftig fror, war ihr egal, Hauptsache es ging zur Sache. »Nina«, sagte er, und seine Augen glänzten von aufsteigenden Tränen, »damals, in unseren ersten Jahren, ist sie einmal auf einen blühenden Baum geklettert, hat ihre Beine gespreizt und mir zugerufen, ich solle hochkommen und es ihr besorgen. Ich dachte, ich hätte die perfekte Ehefrau gefunden, aber jetzt habe ich das Gefühl, dass die Frau von damals ein anderer Mensch war.«

Nach der Hochzeit hatte seine Frau immer öfter Kopf- und Unterleibsschmerzen oder Übelkeit nach einer Mahlzeit als Grund für ihre Verweigerung zum Sex genannt. Später sagte sie einfach, dass sie zu müde für die Liebe sei.

Es kam so weit, dass Vincente und seine Frau nur noch zwei Mal im Jahr Sex hatten, zu Weihnachten und an seinem Geburtstag. »Was mache ich mit dieser Frau, Nina? Helfen Sie mir!«, flehte er.

Er tat mir leid, weil er das Offensichtliche nicht wahrhaben wollte. »Mein lieber Vincente«, sagte ich, »diese Frau hat dich nicht aus Liebe geheiratet. Sie hat dich deines Geldes wegen zum Mann genommen.« Er sah mich an, als wäre er eben aus allen Wolken gefallen. Das ist eine typische Eigenschaft der Männer, sie sind so schrecklich naiv. Deshalb sehen sie manchmal das Naheliegende nicht. »Glaubst du das wirklich, Nina?«, fragte Vincente ungläubig. »Das wäre ja schrecklich«, fügte er an.

»Es ist nicht so furchtbar wie du denkst«, versuchte ich ihn zu beruhigen. »Dein Geld hat dich für sie zu einem guten Mann gemacht. Zu einem Mann, mit dem eine Frau eine Familie gründen und Kinder bekommen kann. Es liegt in der Evolution, dass sich Frauen wohlhabende Männer aussuchen, die ihre Familie gut versorgen können. Ihr habt ja auch drei wundervolle Kinder, nicht wahr?«

Meine Worte machten Vincente wütend. »Ich lasse mich scheiden, Nina«, zeterte er.

Seine Reaktion war naheliegend, doch ich erhob Einspruch. »Das wäre genau der falsche Weg«, sagte ich. »Denk einmal daran, wie teuer eine Scheidung wäre und wie oft du dann deine Kinder sehen würdest. Wenn du wieder Sex haben und dich geliebt fühlen willst, dann nimm dir eine Freundin. Oder du kommst ein bisschen öfter zu mir als bisher. Dann ist alles in Ordnung.«

»Aber sich geliebt zu fühlen ist nicht dasselbe, wie geliebt zu werden«, hielt er mir entgegen. »Ich will ehrliche, richtige Liebe.«

»Ach Vincente, wie alt bist du? Fünfundvierzig?«, sagte ich, obwohl ich wusste, dass er längst jenseits der Fünfzig war. »In deinem Alter solltest du die Dinge schon ein bisschen klarer sehen. Weißt du, viele meiner Mädchen haben einen meiner Gäste geheiratet und es ging dabei immer ums Geld. Vielleicht nicht ausschließlich, aber doch vor allem. Es stimmt schon, dass Mädchen mit Vergangenheit Männer mit Zukunft lieben. Aber auch bei den braven Frauen spielt das Geld der Herren eine Rolle. Sollen wir also in unserem Alter wirklich noch über die reine Liebe diskutieren?«

»Ich bin sicher, dass es sie gibt«, unterbrach mich Vincente.

»Ja, es gibt sie«, fuhr ich fort, »aber sie ist nicht so, wie die jungen Menschen sie sich vorstellen, sie ist kein andauernder Zustand des Verliebtseins, des Herzklopfens und des ungetrübten Glücks. Das ist eine Illusion, und du willst doch bestimmt nicht deine Familie zerstören und dein gutes Leben einer Illusion wegen über Bord werfen.«

»Aber ich kann doch nicht mit einer Frau zusammenbleiben, die mich wegen meines Geldes geheiratet hat«, warf er ein.

»Überleg doch einmal«, forderte ich ihn auf. »Alle Frauen prostituieren sich auf die eine oder andere Weise.« Ich zitierte den montenegrinischen Schriftsteller Petar Petrovic. »Alle Frauen sind Huren«, hatte er gesagt. »Nur meine Mutter nicht. Entschuldige Mutter, du bist auch eine Frau.«

Vincente folgte meinem Rat. Er arrangierte sich mit den Tatsachen und blieb bei seiner Frau und seinen Kindern. Doch er ist eine Ausnahme. Viele Familien werden zerrissen, weil Frauen das grundlegende Bedürfnis ihrer Männer nach Sex nicht mehr respektieren und die Flamme der körperlichen Liebe nicht am Brennen halten.

Sie kennen jetzt alle meine Geheimnisse, wie Sie einen Mann glücklich machen und für immer an sich binden können. Vielleicht sollte ich Ihnen noch erzählen, was die Herren gar nicht mögen. Sie wollen von einer Frau nicht vollkommen vereinnahmt werden. Eine Dame, die ihren Mann nur für sich haben und ihn an straffer Leine wie einen Hund führen will, wird nicht lange glücklich sein. Denn selbst wenn sich ein Mann auf eine solche Beziehung einlässt, weil ihm der Besitzanspruch der Frau anfangs schmeichelt, wird er die Leine irgendwann durchschneiden. Ich habe in meiner Bar viele derartige Geschichten von Männern gehört. Sie waren manchmal jahrelang unglücklich, dann wurde der Leidensdruck plötzlich zu groß, und sie haben ihre Frauen von einer Minute auf die andere verlassen. Ein Herr kann durchaus an einer Leine gehalten werden, allerdings muss sie lang genug sein, um ihm ausreichend Auslauf zu bieten.

Männer brauchen die lange Leine auch, damit sie ihren Jagdtrieb ausleben können. Hin und wieder wollen sie hinaus in den Wald, um einen Hasen zu erlegen. Die Damen sollten ihnen dieses kleine Abenteuer gönnen, denn es beeinträchtigt eine Ehe oder eine Beziehung in keiner Weise, die kleine Jagd hat nicht das Geringste damit zu tun. Ist der Hase erlegt, kommen die Herren wieder nach Hause. In Hochstimmung, und das ist doch gut.

Bedeutung für eine Beziehung erlangt ein solcher Jagdausflug nur, und wirklich nur dann, wenn eine Frau ihm diese beimisst. Wenn sie ihrem Mann etwa nachspioniert, ihn zur Rede stellt und ihm Vorwürfe macht. Eine Beziehung zerbricht dann vielleicht an der Hasenjagd. Aber nicht wegen des Hasen, sondern weil die Damen die Bedürfnisse des Herrn nicht versteht.

Ich könnte ihnen viele Seiten lang Geschichten über Frauen erzählen, die ein sinnloses Drama aus den Besuchen ihrer Männer in meiner Bar machten. Die weibliche Eifersucht ist eine Geißel, die viele Beziehungen, die glücklich sein könnten, durch Forderungen zerstört, denen die Herren nicht gerecht werden können, weil sie ihrer Natur widerspricht.

Männer wecken die Eifersucht ihrer Frauen zumeist, weil sie furchtbar ungeschickt sind. Sie bemerken nicht, dass sie Lippenstift an ihren Hemden oder sogar an ihren Unterhosen haben, wenn sie heim kommen. Oder sie zahlen ihre Rechnungen in Nachtclubs wie meinem mit Kreditkarte, vergessen aber, dass die monatliche Abrechnung zuhause im Postkasten landet und üblicherweise von ihren Frauen geöffnet wird. »Sie müssen die Rechnung meines Mannes vom 3. Juni korrigieren«, sagte einmal eine Frau unwirsch am Telefon zu mir. »Er war mit Geschäftsfreunden bei Ihnen essen, aber Sie haben sich wohl um eine Null geirrt. Da stehen tausendsechshundert Euro, es können aber wohl nur hundertsechzig gewesen sein.«

»Ich glaube nicht, dass es sich um einen Irrtum handelt«, entgegnete ich ruhig. Ich wusste bereits, mit wem ich es zu tun hatte. Sie war Stewardess. Ihr Mann Gregor hatte mir von ihr erzählt. Er besuchte meine Bar regelmäßig, aber nicht, weil er mit Geschäftsfreunden bei mir essen wollte.

»Ich zeige Sie an«, sagte die Dame am Telefon. »Sie sind eine Betrügerin.«

»Wie gesagt, Sie irren sich«, antwortete ich. »Die Rechnung ist korrekt.«

»War mein Mann bei Ihnen?«

»Ja, er war zum Essen hier.«

In diesem Moment läutete mein Handy. Ich entschuldigte mich kurz bei der Dame, die in der Leitung blieb, und nahm das Gespräch an. »Ich weiß, dass sie grade mit dir telefoniert«, sagte ein Herr.

Es war Gregor.

»Sag ihr einfach die Wahrheit«, meinte er.

»Bist du sicher?«

»Bin ich. Sie versteht mich nicht. Wir verstehen uns nicht. Ich habe genug von ihrer Eifersucht. Sag ihr die Wahrheit, Nina. Sag ihr, dass ich für tausendsechshundert Euro Champagner getrunken habe und mit zwei Mädchen Sex hatte.«

Ich erinnere mich auch an einen Industriellen aus Kalifornien, der regelmäßig in Wien war, und der mir jedes Mal von der zermürbenden Eifersucht seiner Frau erzählte. »Sie fragt mich, ob ich in einem Bordell war, und weißt du was, Nina? Würde ich Ja sagen, dann wäre es eigentlich eine Lüge.«

»Aber du bist ja hier«, sagte ich.

Er holte zu einer Erklärung aus. »Schon, aber würde ich Ja sagen, dann wäre es ein Ja zu der Art, wie sie sich die Auswirkungen eines Bordellbesuchs auf unsere Ehe vorstellt. Als würde ich sagen: Ja, ich war bei Frauen, die zu dir in Konkurrenz stehen, mit denen du dich messen musst, wegen derer du dir Gedanken machen solltest, die mich dir wegnehmen könnten. Darum ist es eigentlich ehrlicher, Nein zu sagen. Nein, ich war nicht im Bordell. Obwohl ich hierher komme.«

Dieser Herr war von der Eifersucht seiner Frau dermaßen genervt, dass er sie mitten in unserem Gespräch zuhause in Kalifornien anrief, nachdem er kurz überlegt hatte, dass es in seiner Heimat früher Nachmittag war. »Ich wollte dir nur sagen, Schatz, dass ich gerade in Wien in einem wunderbaren Bordell bin«, sagte er. »Ich werde mich jetzt gleich mit zwei Mädchen in einen Jacuzzi setzen, mit ihnen Champagner trinken und ein Wiener Schnitzel essen.«

»Steven«, sagte seine Frau, nachdem sie nachgefragt und er ihr noch einige Details genannt hatte. »Ich mache einen Termin beim Psychiater für dich aus. Wenn du zurück bist, gehst du gleich hin. Du bist ja total verwirrt. Wo immer du auch wirklich gerade bist, beruhige dich erst einmal, komm gut zurück und dann soll sich der Arzt mit dir unterhalten.«

Die Dame war eifersüchtig, und sie war weltfremd. Nicht ihr Mann war verwirrt, sondern sie. Ehe Frauen über ihre Männer urteilen, sollten sie sich fragen, ob sie einen klaren Kopf haben und alle Fakten richtig einordnen.

Männer haben es manchmal wirklich schwer mit dem anderen Geschlecht. Da sie völlig anders gestrickt sind, verstehen sie viele Verhaltensweisen der Frauen nicht. Das ist eine Tatsache.

Aber ich will die Herren ja nicht generell glorifizieren, ich weiß, dass es auch schlechte Männer gibt. Damit meine ich nicht nur Kriminelle, die Frauen körperlich misshandeln, sondern auch solche, die ihnen psychische Gewalt antun. Der zu Recht schlechte Ruf dieser Individuen hat allerdings eine starke Wirkung auf das Image aller Herren. Ich habe den Eindruck, dass sie exemplarisch für die gesamte Männerwelt stehen. Bei Frauen ist das anders. Es gibt auch viele schlechte, aber diese färben auf den Ruf des weiblichen Geschlechts weit weniger ab.

Ich hatte mehr als einmal in meinem Leben mit bösen Frauen zu tun. Gleich am ersten Abend, an dem ich meine Bar aufsperrte, spielte mir eine von ihnen übel mit. Damals lag noch der Duft des Neuen in der Luft meines Etablissements. Der Architekt hatte perfekte Arbeit geleistet, die Inneneinrichtung meines Nachtclubs sah genauso aus, wie ich sie mir gewünscht hatte. Ich war stolz auf »Ninas Bar«. Die Seidentapeten in Gold und Bordeauxrot waren makellos. Kurz nach ein Uhr in dieser Nacht bemerkte ich, dass alle tapezierten Wände mit einem Schlüssel zerkratzt worden waren. Das machte mich traurig. Gleich am ersten Tag gab es einen kostspieligen Schaden in meiner Bar.

Einige Jahre später erfuhr ich, dass eines der Mädchen die teuren Tapeten zerstört hatte. »Gitti war das damals«, erzählte mir eine ihrer damaligen Kolleginnen. Warum hatte sie das getan? Einfach weil sie es nicht ertragen hatte, mich so stolz zu sehen.

Bereits ehe ich meine Bar eröffnete, wusste ich, dass es schlechte Männer gibt. Aber ich hatte keine Ahnung, dass es mindestens ebenso viele schlechte Frauen gibt. Mädchen, die bei mir arbeiteten, pinkelten sich aus Eifersucht oder wegen kleiner Rivalitäten gegenseitig in die Stiefel, oder sie legten einer Konkurrentin Rasierklingen hinein. Oft erlebte ich auch, dass sie sich ihre privaten Kleider in der Garderobe aus Rachsucht zerschnitten. Die Mädchen waren wie die Furien, sie scheuten aus Neid und Eifersucht auch nicht vor Handgreiflichkeiten zurück. Einem hübschen neuen Mädchen, das bei den Herren beliebt war, schnitten mehrere andere gemeinsam die langen Haare ab, um sie als Konkurrentin zu schwächen. Eine Rumänin schlug bei einem Sadomaso-Spiel für einen Gast einem anderen Mädchen nicht nur zum Schein ins Gesicht, sondern mit voller Wucht. Danach drückte sie ihr auch noch eine Zigarette im Nacken aus. Sie tat es, um sich zu rächen. Wofür? Das habe ich vergessen, der Grund war völlig belanglos.

Viele der Mädchen waren durchtrieben. Ihnen war jedes Mittel recht, um sich einen Vorteil zu verschaffen. Manche bewunderte ich sogar für ihre Gerissenheit und Härte. Darunter war ein Mädchen, bei dem ich im Zug meiner täglichen Kontrolle Einstichlöcher in den Armbeugen entdeckt hatte. Ich wollte nichts mit Drogen zu tun haben, und jedes andere Mädchen hätte ich sofort vor die Tür gesetzt. Doch bei Lisa machte ich eine Ausnahme. Nicht nur, weil sie gut aussah und bei den Männern beliebt war, sondern vor allem, weil sie gnadenlos ehrlich reagierte, als ich sie wegen der Einstiche zur Rede stellte. »Ich bin drogensüchtig und mit dem Job hier finanziere ich, was ich brauche«, sagte sie.

Wenige Tage später bereute ich meine Gutmütigkeit. Die Polizei holte Lisa aus der Bar ab, und das war nicht gut fürs Image meines Etablissements.

Zwei Wochen später wurde sie aus der Haft entlassen. Ihr erster Weg führte sie in meine Bar. Sie stellte sich vor die Theke und sah in die Runde. »Ich bin zwei Wochen gesessen, unter lauter schrecklichen Weibern«, verkündete sie lautstark. »Ich habe noch nicht geduscht.« Ihre Geschichte war ein Knüller, alle Männer wollten sie.

Fast ein wenig Bewunderung empfand ich auch für die junge Frau mit den ungepflegten billigen Stöckelschuhen. Die hohen Absätze waren so desolat, dass das Leder in kleinen Fetzchen weg hing. Die junge Frau kam immer im Tross eines österreichischen Millionärs zu mir in die Bar. Die Dame war seine Sekretärin, und ihrer Aufmachung nach war ihr Chef bei den Gehältern seiner Mitarbeiter bei weitem nicht so spendabel wie bei mir an der Theke. Doch ich brauchte nur ihre Blicke zu sehen, um zu wissen, was sie vorhatte. Sie wollte ihre finanzielle Situation so rasch wie möglich verbessern. Als ihr Chef eines Nachts ziemlich beschwipst war, schob sie das Mädchen, das er gewählt hatte, zur Seite und zog sich selbst mit ihm in ein Séparée zurück.

Aus dieser intimen Begegnung erwuchs eine Affäre, dann war die Dame plötzlich schwanger. Die Scheidung des Millionärs von seiner Frau war sehr teuer. Jetzt stöckelte die frühere Sekretärin in den teuersten High Heels durch die Stadt. Als sie dann die Scheidung wollte, zahlte der Herr noch einmal tüchtig. Sie und ihr Sohn werden nie wieder Geldsorgen haben.

Ich habe mir jetzt eine kurze Pause gegönnt und gründlich nachdacht. Mir ist da noch etwas eingefallen, was ich in den vergangenen dreißig Jahren in meiner Bar über Männer gelernt habe. Anfangs machte ich diesbezügliche Beobachtungen, denen ich keinen Stellenwert zumaß. Doch dann hatte ich einen Verdacht, der sich mit der Zeit zu einer Gewissheit verdichtete: Die Herren, die es am wildesten treiben, sterben als erste. Doch sie sterben nicht so früh, weil sie es am wildesten treiben, sondern es scheint eher umgekehrt zu sein. Sie treiben es wild, weil sie ahnen, dass sie bald sterben werden.

Ich erinnere mich an einen wichtigen Mann der Kunstszene, der schon in relativ jungen Jahren viel Geld verdiente. Dazu hatte er einen Körper wie Adonis. Es lässt sich wohl mit Fug und Recht behaupten, dass ihn eine deutliche Mehrheit der Männer um sein Leben beneidete.

Doch Alexander, wie ich ihn hier nennen will, waren der frühe Ruhm und der Reichtum nicht zu Kopf gestiegen. Er suchte zwar den Genuss und führte ein so wildes, intensives Leben, wie ich es kaum je bei einem anderen Herrn beobachtet habe, dennoch blieb er höflich und freundlich. Aber er wusste, was er wollte, und das nahm er sich mit beiden Händen. »Meine teuerste Freundin«, sagte er, wenn er zu mir kam. »Hier haben Sie ein Kuvert. Wenn am Ende etwas fehlen sollte, sagen Sie es mir bitte. Ansonsten möchte ich heute einfach nur genießen.« Das Kuvert war prall gefüllt mit Banknoten mit hohem Wert. Sobald er es mir übergeben hatte, stürzte er sich hemmungslos in die Abenteuer und Lustbarkeiten, die meine Bar ihm boten.

Aus ökonomischer Sicht war Alexander der perfekte Kunde. Er schätzte mein Etablissement und zeigte sich mir gegenüber stets zuvorkommend, ja, fast dankbar. Ich freute mich, dass ich einen solchen Genießer zufriedenstellen konnte. Außerdem gab er bei mir ja viel Geld aus.

Um Alexander musste ich mir keine Sorgen machen. Die Ausflüge in meine Bar und die Verlockungen, die es hier gab, würden ihn nicht vom richtigen Weg abbringen. Er gehörte nicht zu den Männern, die süchtig nach dem Nachtleben wurden und die es so tief ins Rotlichtmilieu zog, dass sie wegen ihrer Leidenschaft irgendwann Schulden machten und sich so ins Unglück stürzten. Für Alexander waren die Besuche in meinem Etablissement nichts weiter als Stationen in seinem Leben, das er immer und überall genussvoll lebte.

Er besaß eine weitläufige Wohnung mit Blick zum Donaukanal, er aß ausschließlich in den besten Restaurants der Stadt, er feierte rauschende Partys auf seiner in Venedig vor Anker liegenden kleinen Yacht und er liebte Autos, schnelle Sportwagen ebenso wie luxuriöse Limousinen.

Bei all dem Glanz, der ihn umgab, bemerkte ich schon bald den Schatten, der über ihm lag. Alexander hat alles, was sich ein Mann in seinem Alter nur wünschen kann, dachte ich. Warum also gab es diesen Schatten? Vielleicht, weil er ein Getriebener ist, überlegte ich. Ständig ist er auf der Suche nach der nächsten Stufe der Intensität. Doch diese Erklärung erschien mir zu einfach. Getriebene sind wir doch alle auf die eine oder andere Art, und es ist immer noch besser, von der Lust auf das nächste Abenteuer getrieben zu sein, als etwa von der Angst, bald die Miete nicht mehr zahlen zu können.

Er war noch nicht vierzig, als er sich einen besonderen Sportwagen kaufte, ein eher unauffälliges Modell, das aber einen außergewöhnlich starken Motor hatte. Fragen Sie mich bitte nicht nach der Marke des Wagens, sie wurde später zwar in der Zeitung genannt, aber ich kenne mich mit Autos nicht aus und habe sie vergessen. Gut erinnere ich mich dagegen an das Gespräch, das Alexander mit einem anderen begüterten Herrn bei mir an der Theke über seinen neuen Sportwagen führte. In seiner Euphorie über das erstandene Spielzeug erklärte er, dass es derzeit keinen schnelleren Sportwagen gäbe. Woraufhin ihm der Herr eine Wettfahrt anbot. Von Wien nach Salzburg auf der Westautobahn, der Sieger würde für beide die nächste Rechnung in meiner Bar begleichen.

Alexanders Begräbnis fand an einem strahlenden Junitag am Hietzinger Friedhof statt. Viele Trauergäste waren dabei, die ich aus meiner Bar kannte.

Bei der feierlichen Verabschiedung von Alexander stellte ich fest, dass es eine Frau an seiner Seite gegeben hatte. Diese Tatsache brachte mich in Bedrängnis, obwohl ich zum Begräbnis eingeladen worden war. Ich war zu diesem Zeitpunkt ja schon bekannt in der Stadt und die Dame konnte wohl ihre Rückschlüsse aus meinem Besuch ziehen.

Sie erkannte mich auch. Aber sie hatte kein Problem mit mir. Als sich die Trauergemeinde zerstreute, sprach sie mich an. »Ich weiß, dass er oft in Ihrer Bar war«, sagte sie. »Alexander wollte das Leben genießen und er hatte immer das Gefühl, damit nicht schnell genug sein zu können. Es war, als hätte er immer gewusst, dass ihm weniger Jahre bleiben als anderen Menschen.«

Als mein Mann Baldur unseren Mercedes vorfuhr und ich in den Fond stieg, müde, weil das Begräbnis an einem Vormittag stattgefunden hatte und ich gewöhnlich erst am frühen Nachmittag aufstand, dachte ich über die Worte von Alexanders Frau nach. Das könnte der Schatten gewesen sein, der immer über ihm lag, dieser graue Nebel, der Alexander selbst an rauschenden Abenden ein wenig die Farben zu nehmen schien. Der Schatten war offenbar das Wissen, oder zumindest die unbewusste Ahnung, dass ihm weniger Zeit bleiben würde als anderen Menschen. Dass er sich beeilen musste, um in dieser kurzen Zeit seine Möglichkeiten ausgiebig zu nützen.

Sie sagen jetzt vielleicht, dass Alexanders Leben länger gedauert hätte, wäre er es ein bisschen ruhiger angegangen. Dann hätte er sich nicht diesen schnellen Wagen gekauft, bei einer Wettfahrt nicht sein Leben riskiert und er wäre auf der Westautobahn nicht tödlich verunglückt. Doch ich denke eben, dass es genau umgekehrt ist. Ich glaube, dass die Lebenszeit eines Menschen vorherbestimmt ist, und dass wir tief in uns wissen, wie lange unsere dauert. Dieses Wissen steuert unser Verhalten, ohne dass wir uns dessen bewusst sind.

Ich war in den vergangenen Jahren auf den Begräbnissen mehrerer Herren, bei denen mir genau diese Gedanken durch den Kopf gegangen sind. Jedes Mal erschienen sie mir ein bisschen plausibler.

Im Lauf der Zeit bekam ich einen Blick für diese Herren. Wenn ich bei einem diesen Schatten wahrnahm, der auf seinen frühen Abgang hinwies, bedauerte ich ihn deshalb aber nicht. Denn wie wichtig ist denn, wie lange wir leben? Wie groß ist der Unterschied zwischen einem Leben, das vierzig Jahre währt, und einem, das achtzig Jahre dauert? Welche Bedeutung hat diese kleine Zeitspanne im Vergleich zu tausend Jahren, zur Menschheitsgeschichte, zur Erdgeschichte oder gar zum Alter des Universums und zur Ewigkeit?

Alles, was wir in dieser kurzen Zeit, die wir haben, tun können, ist wohl, unsere Möglichkeiten auszuschöpfen. Wir sollten alles tun, was wir tun möchten, um das zu erreichen, was wir haben wollen. Dann können wir uns von dieser Welt vielleicht entspannt verabschieden.

Ich behandelte die Herren, die es eilig hatten, mit besonderem Respekt. Du hast auf dieser Erde nicht viel Zeit, dachte ich dann, deshalb ist es mir eine besondere Ehre, wenn du in »Ninas Bar« in der Wiener Innenstadt vorbeischaust.

Ich will nicht, dass Sie denken, dass mir die Erlebnisse mit den Herren, über denen ein Schatten schwebte, nicht nahegingen. Im Gegenteil. Das Schicksal dieser Gäste hat mir zugesetzt. Vor allem jenes von einem jungen Herrn.

Er stammte aus Tirol, lebte in Wien in einer Wohnung, die er von seiner Großmutter geerbt hatte und war mit einem Talent für Aktiengeschäfte gesegnet. »Madame Nina«, sagte er einmal zu mir, als er an der Theke stand, »ich bin noch jung, ich will mein Leben genießen. Ich weiß ja nicht, was danach sein wird.«

Er hatte mit diesen Worten sein zukünftiges Leben angesprochen. Er meinte, dass er nicht wisse, welchen Beruf er nach dem Abschluss seines Wirtschaftsstudiums wählen würde, und wie es wäre, einmal Verantwortung für eine Familie zu übernehmen. Doch für mich klang dieses »danach« nach einem Leben nach diesem Leben, nach einem Leben nach dem Tod.

Ich sah ihn an, diesen jungen Mann, strotzend vor Gesundheit und Lebenswillen, der mindestens dreimal im Monat zu mir in die Bar kam, die Nacht feierte, als gäbe es kein Morgen, und sich mit mindestens drei Mädchen in eines der Séparées zurückzog. Er lachte, tanzte und sang mit uns und riss die anderen Gäste mit seiner überschäumenden guten Laune mit.

Auch außerhalb der Bar führte er ein rasantes Leben. Er machte viele Kurzurlaube, die ihn für nur wenige Tage an exotische Plätze wie Singapur, Sydney, Montevideo, Bangkok und auf die Philippinen führten. Ich fragte ihn, warum er immer nur so kurz an diesen interessanten Orten blieb. »Ich muss doch alles neben dem Studium unterbringen, ich habe so wenig Zeit«, erklärte er.

»Schnell« war eines seiner Lieblingsworte. Es stand wohl als Synonym für sein temporeiches Leben. »Nächste Woche komme ich nicht, Madame«, sagte er etwa. »Denn ich fliege schnell nach Miami zur Party eines Freundes.«

Als der junge Herr bei mir an der Theke stand und über sein Leben »danach« sprach, sah ich in seine klugen Augen und meinte, darin einen Schatten von Traurigkeit zu sehen. Das bildest du dir ein, wies ich mich sofort selbst zurecht. »Du hast noch genug Zeit, um dein Leben zu genießen«, sagte ich zu ihm, und ich merkte, dass ich es wie eine Beschwörung ausgesprochen hatte.

»Aber Madame Nina«, entgegnete er, wollen Sie mich etwa weniger oft hier haben?«

Bei seinem letzten Besuch in meiner Bar schwankte der junge Mann schon ein wenig, als er sich verabschiedete. »Bist du mit dem Wagen da?«, fragte ich ihn an der Tür. »Du lässt ihn heute besser stehen.«

»Danke, ich habe schon einen Mutter«, lachte er. »Aber damit Sie beruhigt sind, verrate ich Ihnen, dass ich immer mit dem Taxi zu Ihnen komme. Wenn ich sterbe, dann mit großem Spektakel.«

In dieser Nacht rutschte er in seiner Wohnung beim Duschen aus und schlug mit dem Kehlkopf an die Kante der Badewanne. Er war sechsundzwanzig Jahre alt geworden.

Das Ende der goldenen Zeit

Ich bin bei den traurigen Nachrichten angekommen. Nichts dauert ewig, nicht einmal die Dinge, von denen wir annehmen, dass sie nie enden werden. Vielleicht ist es aber gar nicht so traurig, dass alles ein Ablaufdatum hat. Denn nach dem bekannten Alten kommt etwas interessantes Neues. Wenn die Alten denken, dass das Neue schlechter ist, dann liegt das eventuell nur an ihrem Hang zur Nostalgie und daran, dass sie sich selbst nicht verändern wollen. Wer aber starr in Vergangenem verharrt, passt nicht in die neue Zeit und hat deshalb seine liebe Not mit ihr.

Mir haben Veränderungen zwar nie Probleme bereitet, trotzdem finde ich es traurig, dass die goldenen Achtziger- und Neunzigerjahre zu Ende gingen und nicht ewig dauerten. Die Zeit danach mag zwar auch Gutes gebracht haben, doch im Nachtleben ist der Glanz von einst verschwunden.

Das Ende nahm Mitte der Neunzigerjahre seinen Anfang. Ich merkte, dass die Schweizer Gäste unruhig wurden. Sie erzählten von einem drohenden wirtschaftlichen Abschwung. Damals dachte ich, dass vermutlich nur ihre eigenen Umsätze schwanden und die Herren dafür lieber die Weltwirtschaft verantwortlich machten als sich selbst. Wenige Wochen später sprach ein weiterer Gast aus der Schweiz, ein Banker, über eine mögliche Krise. Vermutlich ist Schwarzmalen gerade in Mode, überlegte ich. Doch in den Monaten danach hatten die Schweizer Herren kaum ein anderes Thema. Als ich mich gegen Ende der Neunzigerjahre von einem Schweizer Stammgast mit den Worten

»Bis bald« verabschiedete, machte er ein trauriges Gesicht. »Ich fürchte, ich werde so bald nicht wiederkommen«, sagte er. »Die Konjunktur trübt sich ein. Ich muss sparen, zur Sicherheit. Danke für die schöne Zeit.«

Danke für die schöne Zeit.

Welch ein Satz. Er blieb wie eine böse Vorahnung in meiner Bar hängen. Ich konnte die Räume noch so prachtvoll schmücken und meine Gäste noch so aufmerksam betreuen, dieses Omen schwebte wie ein unangenehmer Geruch, wie der Duft des Untergangs, über allem.

Die Herren wirkten immer bedrückter, und sie wurden sparsamer. Nach den Schweizer Gästen gaben die Deutschen weniger aus, und schließlich kamen auch meine Wiener Gäste seltener. Es war die Zeit, in der die Konzerne ihre Business-Jets verkauften und ihre Manager wieder Linie flogen. Es waren die Jahre, in denen Geschäftspartner nicht mehr in Nachtclubs eingeladen wurden. Nicht nur, weil das nun zu teuer war, sondern auch, weil es in den Konzernen nun Verhaltensregeln gab, die solche Ausflüge untersagten.

Diese neue Zeit stellte vor allem die Mittelschicht vor Probleme. Plötzlich wackelten Jobs, weil die Firmen einsparen mussten. Es gab Gehaltskürzungen, und parallel sank die Kaufkraft. Ich hatte vor allem viele Gäste, die der gehobenen Mittelschicht angehörten, darunter Kleinunternehmer, Manager der mittleren Ebene und auch Ärzte und Rechtsanwälte. Bis jetzt hatten sie alle gut verdient, es gab immer ein bisschen Geld, das sie ausgeben konnten, ohne dass es ihnen anderswo gefehlt hätte. Doch nun stagnierten ihre Einnahmen oder sie sanken sogar, während das alltägliche Leben immer teurer wurde. Daher mussten die Herren ihre Euros zusammenhalten.

Danke für die schöne Zeit.

Sparen wurde zum großen Thema. Ich spürte den angesetzten Rotstift. Die Herren machten Abstriche, sie verzichteten eben auf das Ambiente meiner Bar, auf die liebevolle Betreuung und holten sich Sex in billigen Saunaclubs und in noch billigeren Laufhäusern, die zu dieser Zeit in und um Wien aus dem Boden sprossen.

Die reichen Gäste kamen immer noch zu mir. Doch auch auf sie färbte die in der ganzen westlichen Welt immer schlechter werdende Stimmung ab. Sie hatten es jetzt eiliger, blieben nicht mehr so lange wie früher und schienen sich nicht mehr ganz so sicher zu sein, dass Genuss ein wichtiger Teil ihres Lebens war, ein Teil ihres Lebens, den sie sich verdient hatten und der sie inspirierte.

Die tägliche Kundschaft, die Chefs mittelgroßer Firmen, die Führungskräfte der mittleren Managementebene, die Rechtsanwälte und Steuerberater, die sah ich immer seltener. Deutlich vor Augen geführt wurde mir das Ausbleiben dieser Kunden etwa in den Semesterferien. Früher war meine Bar während dieser Zeit traditionell gut besucht. Denn die Herren schickten ihre Frauen mit den Kindern allein zum Schifahren, während sie selbst daheim blieben und oft zu mir kamen. Doch jetzt rechneten sie nach und stellten fest, dass der Urlaub für Frau und Kinder viel Geld verschlang und für ihr eigenes Vergnügen nichts übrig blieb.

Nicht nur in den Hauptstädten entstanden Saunaclubs und Laufhäuser, auch viele kleinere Gemeinden hatten jetzt ihr Bordell. Womit sich das Ende der goldenen Zeit in einem Rechenbeispiel manifestierte. In meiner Bar gab ein Gast mindestens zweihundertzwanzig Euro aus. Das war mein billigstes Angebot. Der Herr bekam dafür Champagner und eine halbe Stunde im Studentenzimmer. Im Durchschnitt ließen meine Gäste fünfhundert Euro pro Abend in meinem Etablissement. In den billigen Bordellen wurde Sex nun aber ab vierzig Euro angeboten, mancherorts sogar um einen noch geringeren Betrag. Eine gediegene Atmosphäre, Aufmerksamkeit und Sicherheit waren angenehm, aber als es finanziell eng wurde, verzichteten die Herren eben darauf.

Mit dem Verfall der Preise verschwanden auch die kultivierten Mädchen aus dem Geschäft. Sie fanden eine Alternative, welche auch immer, und prostituierten sich nicht zu Dumpingpreisen.

Während noch in den Achtziger- und zu Beginn der Neunzigerjahre Mädchen aus der ganzen Welt bei mir gearbeitet hatten, dominierten jetzt in der Branche die Rumäninnen und Bulgarinnen. Die Armut in ihren Heimatländern schwemmte sie nach Mitteleuropa, und sie machten jede Schweinerei zu einem Spottpreis.

Ich tat mich schwer mit ihnen. Sie waren ungebildet und fühlten sich angesichts ihres Anteils an meinen Einnahmen ausgenützt. Sie verstanden nicht, dass ich jeden Euro versteuern musste, Versicherungen zu zahlen hatte und auch in dieser Zeit ständig Investitionen tätigen musste.

Das Verhältnis zwischen den Mädchen und mir veränderte sich von einer freundschaftlichen Partnerschaft zu einem misstrauischen Konkurrenzkampf.

Immer wieder versuchten Mädchen, mich auszutricksen. Die Professionalität ging verloren. Disziplin wurde zu einem Fremdwort. Die neuen Mädchen kamen, wann sie gerade Lust hatten, und viele stahlen. Selbst mit den wenigen anständigen, die ich noch fand, fiel mir der Umgang schwer. Jetzt, da sie alle Handys hatten, begannen sie zu »fischen«. Sie tauschten im Séparée mit den Kunden Telefonnummern aus und trafen sich beim nächsten Mal privat mit ihnen.

Dennoch habe ich es geschafft, dass meine Bar bis zum Schluss ein Luxusbetrieb blieb.

Jetzt bin ich noch immer Europas letzte richtige Puffmutter, und das werde ich bleiben, solange ich atme. Mein Vorbild war stets die im Dezember 2015 verstorbene Pariser Madame Claude. Auch zu ihr pilgerten Herren aus der ganzen Welt. Sie weinten sich bei ihr aus, amüsierten sich bei ihr und erholten sich in ihrem Etablissement von den Problemen des Alltags. Als ich in einem italienischen Magazin einen Nachruf auf sie las, freute ich mich. »Es stimmt, Madame Claude gibt es nicht mehr«, stand dort. »Aber in Wien gibt es eine andere Madame Claude: Madame Nina.«

Während der ersten Jahre, in denen ich meine Bar betrieb, musste ich hohe Kredite tilgen. Ich wollte die Schuldenlast so schnell wie möglich abtragen. Deshalb gab es für mich jahrelang keinen einzigen Ruhetag. Selbst als die Kredite endlich ausbezahlt waren, führte ich mein Leben weiter wie davor. Bald hatte ich ein Haus mit einem herrlichen Garten in Wien und eine Wohnung in Miami. Bald konnte ich mir jeden Luxus gönnen, aber ich genoss ihn nie in vollen Zügen. Denn wenn ich nicht arbeitete, wollte ich mich nur möglichst rasch erholen, um fit für die nächsten Nächte zu sein. So ging das mein ganzes Leben. Es gab auch keine langen Urlaube für mich. Zu Ostern, zu Pfingsten oder zu Weihnachten wegzufahren, das war ohnehin unmöglich.

Mein Mann pflanzte im Garten herrliche Rosen für mich. Doch in all der Zeit schaffte ich es nicht ein einziges Mal, ganz nach hinten in den Garten zu gehen, um mir die Blumen aus der Nähe anzusehen. Meine Nachbarn sahen mich auch nie an unserem Schwimmbecken. Ich erfuhr, dass sie mich »Zimmerpflanze« nennen. Das mag schon stimmen. Weder habe ich eine große Vorliebe für Gärten noch eine fürs Schwimmen, aber ich hatte auch nie genug Muße, um beides zu genießen.

Meiner Bar zuliebe verzichtete ich auf vieles, etwa auch auf Kinder. Ich wusste, dass ich keine Zeit für sie haben würde.

Ich hatte ja nicht einmal Zeit, krank zu sein. Wenn mich höllisch schmerzende Nierenkoliken überfielen, raufte sich mein der Arzt stets die Haare. »Geben Sie mir, was nötig ist, ich muss am Abend in der Bar sein«, sagte ich zu ihm.

»Oh, diese Frau ist verrückt!«, rief er dann aus.

Ich bat ihn um Morphium und stand tatsächlich wenige Stunden später wieder hinter der Theke. Jeden Tag war ich die erste in der Bar, jeden Tag löschte ich die Lichter.

Freizeit war Luxus für mich. Doch wenn ich mich nach ein paar Stunden des Nichtstuns wieder fit fühlte, langweilte ich mich.

Ich denke, dass ich mir diese Betriebsamkeit von frühester Kindheit an anerzogen habe. Als mein Vater sein kleines Restaurant betrieb, begriff ich rasch, dass ich das beste Stück Fleisch bekam, wenn ich das Spanferkel selbst drehte. Mir war auch schnell klar, dass mich mein Vater mit teuren Schuhen vom Schuster und schicken Mäntelchen vom Schneider belohnte, wenn ich nach der Schule zu ihm lief und ihm half. So lernte ich, dass ich etwas leisten muss, damit ich etwas bekomme oder mir etwas nehmen kann. Nach diesen Richtlinien habe ich immer gelebt, wobei ich mehr Spaß daran hatte, etwas zu leisten als mir etwas zu nehmen.

Ich schwamm all die Jahre mit dem Strom der Ereignisse, die jeden Tag über mich hereinbrachen. Dabei merkte ich gar nicht, wie meine Zeit verging. Mein inneres Alter blieb immer gleich, ich fühlte mich stets wie fünfunddreißig. Das änderte sich auch nicht, als ich sechzig und siebzig wurde. Jetzt kann ich es kaum glauben, dass sich mein Leben dem Ende zuneigt. Ich bereue aber nichts, ich würde alles genauso machen, müsste ich noch einmal von vorne anfangen.

Genau darüber habe ich in den vergangenen Monaten viel nachgedacht. Darüber, wie es wäre, noch einmal von vorn zu beginnen.

Ich denke, dass es für meine Gabe immer einen Markt gibt. Ich spreche von meiner Fähigkeit, mich in die Herren einfühlen zu können. Es fällt mir auch leicht, ihnen Zuwendung zu schenken und Wertschätzung zu zeigen. Kam ein Gast zum zweiten Mal in die Bar, wusste ich, welche Getränke er bevorzugte und welche Mädchen. Auch heute merke ich mir noch alles. Jetzt sind meine Fähigkeiten sogar noch wichtiger geworden. Denn in unserer Zeit ist Aufmerksamkeit eine Währung, die immer mehr an Wert gewinnt. In einer Welt, in der niemand mehr wirklich zuhört, in der sich jeder selbst der Nächste ist, in der Egoismus als schick gilt, in der alle noch lauter schreien, um aufzufallen, ist Aufmerksamkeit ein Rohstoff, der wertvoller ist als Gold oder Erdöl.

Dazu kommt, dass ich nach wie vor nicht der Typ bin, der gern untätig am Schwimmbecken in der Sonne liegt. Faul daheim zu sitzen bekommt mir auch nicht. Seit ich ohne meine tägliche Arbeit lebe, habe ich vierzig Kilo zugenommen. Ich muss sagen, meine Korpulenz ist mir jetzt wirklich schon ein bisschen viel.

Außerdem hat mich die Arbeit in meiner Bar zum Nachtmenschen gemacht. Das lässt sich bestimmt nicht mehr ändern. Ich erwache irgendwann am Nachmittag zum Leben und bin dann bis fünf Uhr morgens munter. Was soll ich denn während dieser Zeit anderes tun, als einen Nachtclub zu betreiben?

Es stimmt schon. Ich bin in einem Alter, in dem Neuanfänge nicht typisch sind. Aber was soll's? Mir fehlen einfach die Menschen. Mir fehlen die Unterhaltungen und die Geschichten. Ich kannte die Liebes- und die Lebensgeschichten aller meiner Stammgäste, sie haben mich interessiert und ich war neugierig, welchen Verlauf sie nehmen.

Viele Herren liebten mich für diese Anteilnahme an ihrem Leben. Sie lehnten sich an meine Schulter und weinten sich aus. Ich tröstete sie und hörte ihnen zu. Die Herren brauchten das, und ich war gerne die fürsorgliche Puffmutter. Jetzt frage ich mich ständig: Wie geht es demjenigen? Was macht diejenige?

Ich fange also noch einmal an. Obwohl ich gesundheitlich ein bisschen angeschlagen bin, ich war bereits zweimal so gut wie tot. Eines Tages kam ich früher nach Hause, weil ich mich nicht wohlfühlte. Mein Mann wollte gerade mit unserem Hund spazieren gehen. »Schatz, mir geht es nicht gut«, sagte ich. »Ich weiß gar nicht, was los ist.«

Im nächsten Moment wurde mir schwarz vor den Augen. Zum Glück waren die Rettungskräfte kurz nach dem Anruf meines Mannes da, denn wenige Augenblicke nach ihrem Eintreffen hörte mein Herz auf zu schlagen. Nach zwei Minuten hatten mich der Arzt und die Sanitäter von der Schwelle zum Reich der Toten wieder zurück ins Leben geholt.

Das Gefühl, das ich während dieser zwei Minuten verspürte, kam mir bekannt vor. Als kleines Kind hatte ich eine schwere Lungenentzündung. Meine Mutter stellte bereits Kerzen um mich herum auf, sie rechnete mit dem Schlimmsten. Damals fühlte ich mich immer tiefer in einen hellen Nebel hineingesogen. Mein Körper wurde immer tauber, gleichzeitig verließ mich nach und nach jede Energie, und ich wurde schwächer und schwächer. Ich wehrte mich mit aller Kraft gegen diesen Sog, als Kind und auch viel später als Erwachsene.

Im Wiener Allgemeinen Krankenhaus, das meines Erachtens das beste der Welt ist, erholte ich mich dank der hervorragenden Betreuung des Ärzte- und Schwesternteams nach meinem Herzanfall rasch. Bereits nach sechs Tagen wurde ich von der Intensivstation auf eine normale Krankenstation gebracht.

Zum Glück war die Patientin, die neben mir im Bett lag, Ärztin. Sie bemerkte in der ersten Nacht nach meiner Verlegung, dass ich aufgehört hatte zu atmen. Hätte es die aufmerksame Ärztin nicht gegeben, wäre ich gestorben.

Seitdem habe ich Angst vor dem Schlaf. Ich brauche immer frische Luft. Egal wie kalt es draußen ist, die Fenster und Türen müssen offen sein, wenn ich schlafe. Mein Mann kommt zwar schlecht mit so viel Frischluft zurecht, doch ich brauche sie. Denn ich habe Angst vor diesem Sog, der uns langsam aber unerbittlich hinüberzieht in eine andere Welt. Daran ist nichts Schönes, wie es manche Menschen mit Nahtoderfahrungen berichten. Das kann ich Ihnen sagen. Der Tod ist nicht schön. Schön ist das Leben.

Ich werde dieses Leben nützen. Deshalb habe ich schon einen Plan für meine neue Bar. Es wird einen Luxusbereich geben und einen Bereich für sparsamere Kunden. Das passt in die Zeit, denke ich. Sie halten das für die Träumereien einer alten Puffmutter, die ihre Zeit hinter sich hat? Sie werden sich wundern. Ich bin schon auf der Suche nach einer passenden Immobilie. Sie soll in der Innenstadt liegen, im Herzen Wiens. Dort, wo für mich alles begonnen hat, will ich noch einmal neu anfangen.

BERNHARD UND MAGDA BAUER
Liebes Leben
Wie wir 46 Jahre nach unserer
Hochzeit die Liebe neu entdeckten
edition a

Bernhard und Magda Bauer
Liebes Leben
Wie wir 46 Jahre nach unserer Hochzeit
die Lust und die Liebe neu entdeckten

Es war Liebe, als sie heirateten, und fünfzig Jahre später war es auch Liebe. Dazwischen kam, vier Jahre vor ihrer goldenen Hochzeit, dieser Moment, in dem sie sich etwas eingestanden: dass ihr Liebesleben zu wenig Schwung hatte, weniger, als sie es sich gewünscht hatten.

ISBN 978-3-99001-176-8
256 Seiten, EUR 21,90

Eugen Prehsler
Liebe gesamt
Lg = Ls + Lf
Selbst-liebe
Fremd-Liebe
Bist du unterliebt?
Selbstliebe für Anfänger
„Ein Buch, das passt wie ein Maßanzug"
Roland Düringer
edition a

Eugen Prehsler
Bist du unterliebt?
Selbstliebe für Anfänger

»Sonst denkst du eher darüber nach, warum du ein Trottel bist und was du alles falsch machst. Jetzt schreib dir fünf Gründe auf, warum du toll bist.« Das ist einer der Vorschläge, die der Comedy-Coach Eugen Prehsler seinen Lesern macht. An jeder Stelle pointiert und gesellschaftskritisch zeigt er, warum wir uns selbst zu wenig lieben, wozu das führt und wie wir es lernen.

ISBN 978-3-99001-158-4
208 Seiten, EUR 19,95